後宮花箋の刺客妃

二

稲井田そう
illust. 藤実なんな

TOブックス

目次

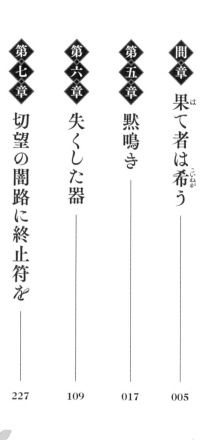

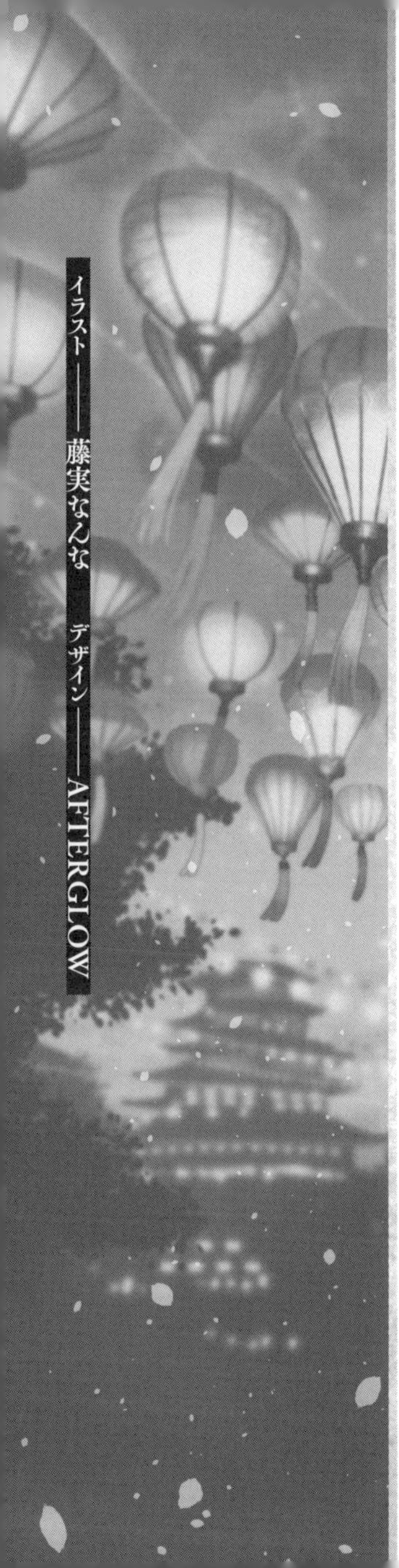

イラスト——藤実なんな
デザイン——AFTERGLOW

人物紹介

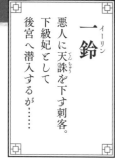

一鈴（イーリン）
悪人に天誅を下す刺客。
下級妃として
後宮へ潜入するが……

廉龍（リーロン）
現皇帝。
父王を殺して即位。
『凍王（ドンワン）』と恐れられている。

四花妃（しかひ）

結華（チュンファ）
牡丹宮の貴妃。
名家出身。

明明（ミンミン）
躑躅宮の淑妃。
舞の名手。

若溪（ルオシー）
水仙宮の徳妃。
巫女家系。

雨涵（ユーハン）
蘭宮の賢妃。
没落令嬢。

小白（シャオバイ）
一鈴の相棒。
糖獣のオス。

天天（テンテン）
廉龍が飼う虎。

雲嵐（ウンラン）
元武官の宦官。
一鈴の警護係。

郭（クオ）
点賛商会の商人。
実は明明の姉。

万宗（ワンゾン）
廉龍の秘書官。

领导（頭領）
遊侠の頭。

間章　果(は)て者は希(こいねが)う

螺淵(らえん)が出来て間もない頃。

西刺(シースー)の彼方で歴史に類を見ない豪雨が続き、川沿いの里が水害に見舞われた。

春夏秋冬、色彩に恵まれた自然が広がり、極彩色の光景を白布に刺す工芸が盛んなことから、西刺(シースー)と地方の総称の由来ともなった里だ。

しかし、里が重宝されていたのは、螺淵(らえん)が出来る前の話。

王朝も民も、活動の中心を緋天城(ひてんじょう)のある黎涅(リンイエ)に移し、注目も黎涅(リンイエ)にあった。

西刺(シースー)の里のひとつが水に侵されたところで、皇帝が動くことはない。当時、富者の屋敷ばかりを狙う付け火が続き税収が見込めず、里の興復に充てる金などなかったのだ。そこで立ち上がったのが、第七皇子、悟心(ウーシン)だ。悟心(ウーシン)はその優れた叡智により、生まれた順番さえ違えば良き皇帝になるはずだったと言われていたが、皇帝の座を狙う権威争いは、民のためにはならないと早々に離脱、世情が落ち着いた暁には、仏門に入ると決めた。悟心(ウーシン)が十三歳の時の決断だった。

月日は流れ、軋轢(あつれき)のもとになるからと政務から離れ、静養という名目で貧しい子供に読み書きを教え慎ましく暮らしていた悟心(ウーシン)が、里の水害について耳にしたのは、彼が十七歳になる春の折。

悟心(ウーシン)は、水害に苦しむ西の里の声を聞き入れ、視察に向かった。

半月以上を移動に費やし、目にしたのは、沈んだ田畑と、水に苛まれた家畜の屍（しかばね）。民の住む家屋は無事であったが、里の食の要は、尽（ことごと）く潰されていた。

悟心（ウーシン）は状況を重く受け止め、里に住まいを移すと復興に奮励した。里の者に指示を出すだけではなく、自らも畑に溜まった水を川へ流し、家畜を弔い、資材を切り出しては里に運んだ。

よそ者を理由に、頭領をはじめとする里の者たちは悟心（ウーシン）を警戒していたが、そのふるまいを見た里の者は、悟心（ウーシン）に感謝し、畏敬の念を抱くようになった。

里の頭領の娘――緋淵（フェイヤン）もまた、悟心（ウーシン）に深い感謝を示す者の一人であった。気立てが良く、悲しむ者の心に寄り添い、不安に押しつぶされそうな者を励まし、里の者をそっと見守る娘は、里の外からやってきた悟心（ウーシン）に恋をした。

聡明な悟心（ウーシン）は緋淵（フェイヤン）からの好意にすぐ気づいたが、戸惑った。緋淵（フェイヤン）は姿も声も美しく、気遣いも出来る。朴念仁の自分とは不釣り合いだと考えたのだ。たとえ自分の身体に王家の血が流れていようと、血はただ身体に流れる組織で、自分を構成するものとは、別のもの。

人間の価値を決めるのは流れている血ではなく、そのあり方だと。

――自分より素晴らしい人間は、いくらでもいる。

そう考え、緋淵（フェイヤン）の恋心に気づかないふりをする悟心（ウーシン）だったが、二人の仲は、里の復興が進むほどに深まった。

春花が散、夏の緑が枯れて、秋の実りが熟れ冬の種が落ちる頃には、互いがかけがえのない存在となった矢先、悟心（ウーシン）は黎涅（リンイエ）に召集された。かねてより病弱だった母妃が死んだのだ。一度西の里を離れることになった悟心（ウーシン）だったが、それきり悟心（ウーシン）が里の土を踏むことはなかった。

悟心（ウーシン）は死んだ。里を出発してすぐ、里と共に在った川に流されてしまったのだ。

緋淵（フェイヤン）は悟心（ウーシン）を儚（はかな）み弔いのために、川に里の名花でもあった菊を植えた。

来世ではどうか共に在れますようにと。

里の者たちも、里に心を砕いてくれた悟心（ウーシン）を讃え、川沿いに菊を植えた。里の傍らにある川沿いに、いっぱいの菊が並ぶと、緋淵（フェイヤン）は病に倒れた。悟心（ウーシン）が導いたかのように安らかな死に顔でこの世を去ったのだ。

以降、里の者たちは若くして亡くなった二人を弔うために、菊を束ねた二つの人形（ヒトガタ）を作り、緋衣と黒衣を着せ、船にのせて川に流す祀りを毎年、夏に行う。

冥府（めいふ）では二人が、安らかであれますように。

どちらの衣も、里で一番腕の立つものが、西刺（シースー）譲りの繊細な刺繍を施す。縫い付けられた金糸は、月明かりに煌めき、船と同時に紅菊の花びらも流す。周りは紅葉が咲き乱れていて、川が紅く染まって見える。

人はその行事を、緋双捧祭（そうほうさい）と呼び、代々受け継いでいったという。

そんな話を、一鈴（イーリン）は旅先で聞いたことがある。とはいえ、人と人が話していた話を、盗み聞いただけだ。そうして一鈴（イーリン）は、人から盗り、奪うことでしか生きていけなかった。

一鈴（イーリン）は物心がついたときから、石壁に囲われた場所にいた。

壁沿いに灯された燭台があり、光はそれだけ。太陽もない。いつ身にまとったかもわからない白い服を着て、首には鈴がついていた。そこには自分と同じくらいの年の子供が百人いて、平旦（3時～5時）に起き、山一つを更地にしたような場所で指定された場所を延々と走り、禺中（9時～11時）になると石の囲いの中に戻されて、蒸した肉を食べ、薬物の汁を飲み、また身体を動かすことを強いられる。

そして六回、夜を越すと、地獄が始まる。

子供たちの中には、首にかけている鈴に、数字が刻まれている者がいた。きっかり五十人。ひとりひとり、一から五十までの数字が割り当てられていた。

数字が刻まれぬ鈴を持つものは、春、夏、秋、冬――季節の終わりに、純白の衣を纏った大人に殺される。生き残る方法は唯ひとつ。誰かの鈴を奪うことだ。そうして子供たちは命を賭けた蹴落とし合いを、何の疑問も抱かぬままに強制される。

新しい季節を迎えると、減った分だけ子供は追加され、能力ごとに新たに数字が割り当てられる。順位をつけるようなものだ。一の鈴を持つ者は強く、五十の鈴を持つ者は、殺しやすく狙われやすい。

一鈴（イーリン）は「五十」と記された鈴を持たされ、石の囲いの中に入った。狙われて、殺して、襲われて、迎え撃ってを繰り返すうちに、一鈴（イーリン）の鈴には、「一」の字が刻まれるようになった。

それまで自分がどんなふうに暮らしていたか分からない。一鈴（イーリン）の源流は、血塗られた石壁の中にしかない。口の利ける者は一人もいなかった。一鈴（イーリン）含め、皆等しく、言葉すら知らぬままに、人の殺し方を実戦で教わった。

やがて、季節がどんなに変わっても、子供が追加されなくなった。残酷な箱庭の中身が、身の安全を保証された、「番号持ち」に限られてもなお、殺しの雨は止まない。

無差別に鈴を集め始める者も出てきた。迎え討たなければ、殺されるだけ。

最後に、一鈴は石壁の囲いの中で、一人ぼっちになった。

このまま自分はここで死ぬのか。

どうなるのか。永遠にこの箱庭に取り残されたまま死んでいくのか。

死を覚悟していた一鈴は、奇しくもすぐに遊侠に救われた。外の世界を断片的に知るにつれ、自分の状況や、人間の暮らしを理解し、自らの犯してきた罪を思い知った。

そうして、自分の名も知らぬ人殺しは、血染めの檻から出て、「一鈴」と名乗るようになった。

自分がなぜ生きているのか。その罪を、忘れぬように。

他人の心臓を重ねて足場を作った償いを、生涯かけてするのだと。

一鈴が遊侠に合流し、人らしき生活に馴れていくにつれて、思うようになったことが在る。

本当に自分は生きていていいのか。

自分が任務に身を投じたいと未練がましく思っているだけで、本当は死ぬべきではないのか。任務の帰り道、俊敏に動いていた足が重くなり、鬱々としていた一鈴は、傷だらけの猫を見つけた。毛は泥に塗れたように茶色く濁って、息も絶え絶えだった。意識はすぐに猫へと切り替わり、一鈴は猫を抱き寄せたが、救い方が分からなかった。

殺し方は熟知している。でも生かし方が分からない。猫一匹助けることも出来ない。

一鈴は行き交う人に助けを求めたが、皆、見ていないふりをした。今思い返せば、恐水病を恐れてのことだと、一鈴は思う。しかし当時の一鈴にとっては絶望するほかなく、一緒に死んでやるのが、唯一猫にしてやれることだと任務を放り出し、猫を抱いてふらふらと歩いた。

　そうして死に惹かれる一鈴の腕を、後ろから掴んだ者が居た。

『やめろ。死ぬな。獣は俺が助けてやる。この螺淵で、一番腕のいい医者に診せてやる』

　少年は、一鈴を物乞い暮らしの孤児だと思ったのか、高価そうな小刀を渡し、猫を抱え去っていった。

　一鈴は自分が任務の間に起きた出来事を、领导（頭領）に伝えた。その後、同じ場所に小刀を返しに、そしてお礼を伝えに向かったが、少年はどこにもいなかった。以降一鈴は、少年のような人間を守るために、救うために、戦うようになった。あんなふうに人を救える人間になりたい。優しくされて、お礼すら言えなかった。だからこそ、その分自分の手を血で染めてでも、「よき国」のために頑張ろう。精一杯生きよう。

　あの時の少年（神様）が、平和な国で暮らせるように。

　呪いとしか思えぬ能力でこの国を「よき国」にする手伝いをすれば、自分の存在に意味が出来る。世にはびこる邪悪を排除して、もう二度と、あの地獄に触れる人間が現れないようにしなければ、死んでいった者が報われるはずだ。

　神様が、死ぬなと言ったのだから。

　螺淵を良くするまでは、生きていても良い。

　だから一鈴は、立つことが出来ていた。しかし、鈴の鳴き声を聴いてしまうと、石の囲いの中にいたことを思い出す。どんなに綺麗な服を着ていようと、その肌はずっと血濡られている。自分自身が作り上げた遺骸の山の上にいるのだと突きつけられて、どうしようもなくなる。

「まだ――は――のですか？」

「ああ、から――あまり――らしい」

「――には――私がお話をして参ります」

「よろしく頼む」

ぼんやりと、水の中で聴いているように声が響く。一鈴（イーリン）がゆっくりと目を開くと、廉龍（リーロン）の横顔が見えた。蓮花宮（れんげきゅう）の寝室に運ばれたらしい。どことなく自分の腕に違和感を感じて、首を少しだけ動かす。廉龍（リーロン）は寝台横の椅子に腰掛けながら、一鈴（イーリン）の右腕を掴んでいた。なにかするでもない力加減で、意図がつかめない。ただ、猫を拾った日を思い出す。

「起きたのか」

廉龍（リーロン）が一鈴（イーリン）を見下ろした。

「申し訳ございません――」

「起き上がらなくて良い。寝ていろ」

廉龍（リーロン）は眉間に皺を寄せ、神経質そうに一鈴（イーリン）を押さえた。

「しかし」

「なんだ」

廉龍（リーロン）の冷ややかな視線が一鈴（イーリン）を射抜く。逆らえず、一鈴（イーリン）は視線を反らした。

「……承知いたしました」

苦し紛れに窓の外、青々と茂る木々に視線を向ければ、廉龍（リーロン）が呟く。

「お前は三日、目を覚まさなかった」

「え――」

一鈴（イーリン）は咄嗟（とっさ）に自分の腕に触れた。思えば、今着ているのは普寝衣だ。普通の妃の体には、傷なんてついていないはずだ。ぞっと顔を青ざめさせ、廉龍（リーロン）をうかがうと、廉龍（リーロン）は眉間にしわを寄せる。

「お前の世話は、项明明（シァンミンミン）と罗雨涵（ルオユーハン）が買って出た。宮女にすら触れさせぬ徹底ぶりだったからな」

「さようですか……」

そこまでしてくれていたのかと、一鈴（イーリン）は雨涵（ユーハン）や明明（ミンミン）に想いを馳せる。ふたりに傷を見られたことになるが、雨涵（ユーハン）の奇妙な勘違いの世界で、一鈴（イーリン）は後宮に入り込んだ刺客ではなく、皇帝の密偵となっている。戦闘の傷かなにかだと納得しているはずだ。それに傷を見て只者ではないと思われたのなら、こうして廉龍（リーロン）とふたりきりになることもない。

一鈴（イーリン）は思案にゆれながら、視線を落とす。

そうして、はたと気付いた。廉龍（リーロン）は一鈴（イーリン）の腕を離さない。

一鈴（イーリン）を求めてのことではない。もしかしたら、殺されぬよう動いているのかもしれない。引き止めているわけではない。逞しい手に視線を向けていると、廉龍（リーロン）が、短く息を吐いた。

「忘れろ」

手が離れ、視線も背けられた。寝台に差し込む陽光には、木の影が流れている。

「すみませんでした」

「何がだ」

「支えて、頂いて」

廉龍は殺すべき相手だが、意識を失う寸前、こちらに手を伸ばしてくれていた。その礼は、伝えなくてはいけない。

「礼を言われることではない」

廉龍は寝台の横の椅子から立ち上がると、寝室から去っていく。一鈴は廉龍の足音が遠ざかっていくのを感じて、そっと身体を起こした。

眠りに落ち、三日しか経っていないというのに、頬を撫でる風はどこかじっとりとして、生あたたかい。こんな短い間に季節は移ろうのか。それとも、後宮に入って誰も殺さず、何もしないことが増えたことで、こうした季節の変化が気になるようになったのか。一鈴はどこか取り残されたような気持ちになった。

未だ一鈴は、廉龍を殺せていない。

遊侠の刺客として生きてきた一鈴は、遊興に命じられ、父を殺して即位した凍王こと、晴龍帝廉龍を殺すために後宮入りした。後宮には位の高いものから、貴妃、淑妃、徳妃、賢妃と、それぞれ住まう宮殿に花の名前が付けられた四花妃がいる。一鈴は皇帝を殺せるよう、目立たぬ、代わりなんていくらでもいる縁延宮の下級妃として潜伏し皇帝を殺す予定であったが、あろうことか皇帝暗殺当日の夜、一鈴(イーリン)は知らないうちに皇帝の宠物(ペット)の虎、天天(テンテン)を狙う刺客を助けたことで、一足飛びに後宮の妃の中で最上位として君臨する皇貴妃(こうきひ)として、蓮花宮(れんげきゅう)に住まい、一鈴(イーリン)にとっては自分を監視し任務の妨げとなってしまう手厚い護衛がつけられることになった。

それから、一鈴(イーリン)は宮女である亚梦(ヤーモン)が天天(テンテン)を狙っていることを暴いた。亚梦(ヤーモン)は自分の宠物(ペット)を残酷な方法で殺されたため、なんとか恐水病対策の見直しを訴えようとしていたらしい。亚梦(ヤーモン)の言葉に心を揺さぶられた一鈴(イーリン)は、廉龍(リーロン)が恐水病対策を完遂させるまで殺すのを見送ることにしたが、その間、賢妃の罗雨涵(ルオユーハン)に命を狙われかけ、さらに雨涵(ユーハン)が脅されていることを知り、黒幕を退治し、その後は雨涵(ユーハン)に泣きつかれ女装徳妃明明(ミンミン)の正体が暴かれるのを阻止した末に——倒れた。それも、廉龍(リーロン)の目の前でだ。

なんたる失態だと、一鈴(イーリン)は頭を抱えた。

また、後宮での日々が始まる。

❀

天龍宮(てんりゅうきゅう)の天花(てんか)の間(ま)からは、蓮花宮(れんげきゅう)がよく見える。

皇貴妃が戻った蓮花宮(れんげきゅう)の灯りが早々に消えているのを確認してから、執務にあたる。目の前には、膨大に連なる資料があり、淡々と自分の仕事を遂行しながらも、廉龍(リーロン)は皇貴妃が倒れた後の自分の行動を振り返っていた。

——皇貴妃が突然意識を失った時、自然と身体が動いていた。

皇帝は、常に命を狙われる存在だ。

だからこそ隙を見せてはならないし、狼狽えてもいけない。たとえ目の前の臣下が倒れようとも、情けをかけてはいけない。周囲に気をかけ、誰が飛び出てこようと斬り伏せるほどの精神を持ってして、動くべきだ。

なのに、廉龍（リーロン）は咄嗟に皇貴妃に駆け寄った。あの瞬間、皇貴妃が刃物を持っていれば、間違いなく廉龍（リーロン）は殺されていただろう。

皇貴妃は、信用できない。

廉龍（リーロン）の飼っている虎を襲った刺客は、相当な手練であることが明らかとなった。人殺しを生業としていたから、虎殺しに戸惑ったこともあろうが、ただの娘の首の骨を折るくらいは、造作もなかったはず。

過去の憧憬と衝動に身を任せ、自らの手で殺してしまったことが悔やまれる。

あのとき、虎を狙う刺客を生かしておけば、こんなふうに、もう分からぬ真相を追うことにはならなかった。

皇貴妃のすべてが気に入らない。

これから螺淵（らえん）を動かしていかなければと物事を始めた矢先に、現れたことも。

何をするか分からぬ母后が、どうも彼女を気に入っているらしいことも。

皇貴妃の取り巻く状況すべてが、皇貴妃を刺客だと、敵だと示している。

なのに決定打がない。故に、表立って処分することが出来ない。

刺客か――尽く難事に巻き込まれる娘。

もし後者であったならとんだ災難であるが、何をするにでも犠牲は必要であり、廉龍（リーロン）は誰かに情けをかけることを、もう二度と許されない立場だ。

なぜなら自分はいつか、必ず、

第五章

黙鳴き

一鈴（イーリン）が目を覚まし、翌日。

蓮花宮（れんげきゅう）に、けたたましい声が響いていた。

「ごめんなさい一鈴（イーリン）。まさか猫が苦手だったなんて……！」

「いや、大丈夫……だから、離して……」

「あれから猫について調べたの。その毛でくしゃみが出てしまったり、痒くなる人もいると聞いたわ。でも、それだけではないのでしょう。猫って、小白（シャオパイ）くんの天敵だものね……」

雨涵（ユーハン）は、そう言ってべたべたと一鈴（イーリン）に触る。その見当はまったくもって違うが、一鈴（イーリン）は否定しないことにした。

それに、昏倒のきっかけはおそらく猫ではなく鈴だ。

推測に過ぎないが、猫単体であったなら、そこまで酷い反応はしない。それに、鈴が駄目ではなく、「猫のつけていた鈴」が駄目だった。

「あの猫は、いったい誰の飼い猫なのですか」

「それが――わからないの。一鈴（イーリン）が倒れたあと、宦官（かんがん）たちがすぐに連れて行ってしまって」

宦官たちが連れて行った。恐水病の件があるからだろうか。

誰の飼い猫か気になる。

「どうしたの？」

徒然と考える一鈴（イーリン）に、ずいと雨涵（ユーハン）は顔を近づけてくるが「あっ、近くなくても見えるようになったの忘れてた！」と、顔を離す。

雨涵はもともと、一鈴を敵視するような言動を繰り返していた。

家族への脅迫が収まり、さらには眼鏡による視力の向上により、「普通の妃」になるかと思いきや、手がつけられなくなった。

蓮花宮にやってきて、一鈴に自分の学んだことを説き、二胡が弾けるようになったと巧みな演奏を始め、書で得た知識を披露して去っていく。廉龍を殺すのは恐水病の件が解決するまで見送ると考えている一鈴だが、このままだと雨涵は晴龍帝抹殺の邪魔になる。

それどころか雨涵は一鈴を皇帝の密偵と勘違いしており、正直すぎる気質も相まって、定期的に一鈴の身辺を揺るがしてくる。

もし刺客が一鈴でなければ、雨涵は間違いなく殺されている。それほどまでに、かつてつかえない妃と呼ばれ忌み嫌われていた雨涵は、向かうところ敵なしである一鈴の驚異となっていた。

とはいえ、一鈴は雨涵に恩がある。

「あの、雨涵……ありがとうございました。着替えをしてくれたとか……」

一鈴が礼を伝えると、雨涵がすぐに一鈴の右腕を見た。やはり、傷に気付いたのだろう。「戦士の勲章よね」と、雨涵は神妙な面持ちになった。

「陣正が、教えてくれたことなのよ。国を守るために戦っているのなら、身体に傷があるはずだって。夜伽は暗いところで行うから、誤魔化せるかもしれないけど……皇貴妃様は妃でもあるしって。そうしたら明明も手伝ってくれて――」

雨涵の後ろには、陣正が控えている。陣正は未だ一鈴に怯えつつも、少しだけ得意げな顔で微笑んできた。

「……あっ、そうそう！　一鈴（イーリン）が倒れてちょっと経った後に発令があったのだけれど、恐水病対策の調査の一環で、陛下は近々東抉（ドンジュエ）に視察に向かうらしいわ」

　雨涵（ユーハン）が「すばらしい！」と、目を輝かせる。

「東抉（ドンジュエ）は商売が盛んでいくつも市が開かれるのに、恐水病のせいでほとんど無くなってしまったそうだし……それに東抉（ドンジュエ）は、番犬が多いから、大変だもの」

　商人は、番犬にするために犬を飼う者もいる。護衛を雇うより安く済み、人と異なり金を持って逃げたりしないからだ。

　雨涵（ユーハン）の言うとおり、東抉（ドンジュエ）は大きな市を定期的に、各所で行う。近くで取れた野菜や果物、商人がほうぼうを旅し集めた工芸品や、珍味を売る。掘り出し物も多く、なかなか手に入らないものと巡り合う好機だが、その裏では、攫った女を売ったり、阿片を売買する『闇市』が開かれている。大抵は黒幇（こくはん）の資金集めを目的としたものだ
　しかし、普段は普通に市で商いをしている者が、金に目がくらみ裏で秘密の商売に手を出している
——なんてこともある。

　そして東抉（ドンジュエ）には、一鈴（イーリン）が排除する予定だった豪商岩准（ガオシュン）がいる。表向きは美術商だが、裏では女を売り買いする卑劣漢だ。今も私腹を肥やしながら人々を苦しめていると思うと、後宮に入る前に殺しておけばよかったと思う。

「でも、陛下が対策をしてくれるなら、きっと良くなるわ」

「だと、いいですが……」

恐水病の対策が終わるまでは、廉龍（リーロン）を殺さない。殺せない。

遊侠に背くことになるが、義を通さなくてはならない。亜梦（ヤーモン）は一鈴（イーリン）が人の道を歩んでいないことを分かっていながら、黙っていたのだから。


いつも蓮花宮（れんげきゅう）に来たらそのまま長居する雨涵（ユーハン）は、一鈴（イーリン）が病み上がりということもあってすぐに帰った。しばらく、蓮花宮（れんげきゅう）に来るのは控えるらしい。猫のことも気にしているのだろうと思ったが、一鈴（イーリン）から宮殿に来てと言うこともなく、日々は過ぎていった。

そうして、一鈴（イーリン）はいつもよりずっと静かな蓮花宮（れんげきゅう）で、ぼんやり小白（シャオパイ）をくすぐっていた。

「小白（シャオパイ）、お前私が倒れてる間、餌は大丈夫だったのか」

「しう、ししう！　しう～、しっし、しゅしゅしゅしゅしゅしゅ！」

小白（シャオパイ）が目にも留まらぬ速さで動き回ったあと、艶やかな舞を始めた。

「蘭宮（らんきゅう）と、躑躅宮（つつじきゅう）で食べたのか」

「しぅ！　しししししっし～……しぅ……ししししし、しぅ……」

「蘭宮（らんきゅう）は美味しかった」

「しぅ」

「躑躅宮（つつじきゅう）は」

「しぅ……」

小白（シャオバイ）は雨涵（ユーハン）の住まう蘭宮（らんきゅう）でかなり食べたようだが、明明（ミンミン）の住まう躑躅宮（つつじきゅう）で食べたような仕草をするとき、どうもそこだけ元気がない。

「……甘いものでなかったのか？」

「ししう、しぅ……しっ」

小白（シャオバイ）は否定する。「躑躅宮（つつじきゅう）の食事だけ口に合わなかったってことか？」と問えば、「まぁな」とでも言うように遠い目をした。

「なんだ、贅沢なやつだな。舌が肥えたんだろう。駄目だぞ。これから困るぞ」

一鈴（イーリン）はすぐに注意した。恐水病の件が落ち着いたら皇帝を殺し、一鈴（イーリン）は速やかに後宮を出て、また螺淵（らえん）の悪を断つ使命がある。そうして、決意新たに小白（シャオバイ）を見返していると、窓の外から誰かが近づいてくる気配がした。どうやら蓮花宮（れんげきゅう）に客人らしい。この気配は、躑躅宮（つつじきゅう）に住む明明（ミンミン）だろう。見当をつけながらしばらく待っていると、一鈴（イーリン）の護衛である雲嵐（ウンラン）が部屋に入ってきた。

「おい、支度しろ。躑躅宮（つつじきゅう）の淑妃が来たぞ」

「準備は終わっています」

一鈴（イーリン）は寝衣から着替え、正装に身を包んでいた。雲嵐（ウンラン）は元軍人で、腕は確かだが小言が多い。一鈴（イーリン）はいつも叱られている。だからこそ事前に着替えを済ませたが、雲嵐（ウンラン）は眉間にしわを寄せた。

「なんで着替えてんだよ」

怒られるとは思っていなかった一鈴（イーリン）は、不機嫌そうな雲嵐（ウンラン）に面食らう。

「躑躅宮（つつじきゅう）の馬車が見えたので」

「ここからは見えないだろ、気味悪いな」

雲嵐はため息をついた。一鈴は刺客として気配を察知する能力に長けている。普通の妃は気配なんて察知しない。気味悪いなんて無礼きわまりない言葉だが、それだけで済んだことに一鈴は安堵する。

雲嵐は「それに」と、さらに怪訝な顔をした。

「髪飾りがずれてる。お前妃なんだから見目は本当に気にしろ。見目で判断される世界だぞここは」

雲嵐は一鈴の髪飾りを整え、部屋を出ていった。危なかった……と、一鈴は安堵していると、ややあってから明明が入ってくる。

「体調はいかがでしょうか……皇貴妃様……」

淑妃明明は、しとやかに微笑む。

晴龍帝廉龍とも通ずる、怜悧な瞳。涼やかながら艶やかな声に全身から放たれる色香に、どこか気怠げでありながら神秘的な美しさから月の舞姫、凍王の寵妃と呼ばれているがその実――姉の身代わりに後宮入りした男だ。姉の名を名乗り、本名は項星星というらしいが、正体を知った後も女装妃である淑妃の危険は変わらないため、一鈴は明明としている。

性別を偽り後宮に入ることは大罪極まりないが、皇帝は凍王、自分は凍王暗殺の任務があり、国のために凍王の血が繋がれていくことはよくないこと――明明が淑妃の座にいて、子どもを産まずとも、国に大損害を与えているわけではない……そう、一鈴は自分のしたことに折り合いをつけていた。

「しっ」

一鈴の考えを察したらしい小白が鳴くが、視線をそらし、一鈴は明明を見る。

「大丈夫です。もともと、病気ではないことで……ご心配をおかけしました。そして、倒れている間、ありがとうございました」

　身体に問題はない。鈴で倒れたのは、自分の心の弱さや見積もり故。

　一鈴はそう思っている。

「いいえ……皇貴妃様には御恩がありますので……でも、病気ではないと聞いて、安心いたしました……ちょっと、お話ししたいことがあったので」

　明明はそう言うと、部屋を見渡した。そばにいた雲嵐に近づいていく。

「なぁ雲嵐、ちょっと人払いをしてくれないか」

「あ？　なんでだよ」

「長い話があるんだ。でも、いつもの喋り方だと……厳しいものがあってね」

　明明が……声を作るのをやめ、雲嵐に頼んだ。雲嵐は明明が男だと知っており、本来後宮に入り込んだ男を排除する立場にあるが、「姉のため命がけで後宮に入った」という明明に懐柔されている。皇帝の暗黙の了解の下なのかどうかも分かっていない中で、だ。雨涵も同じような状況で、明明について受け入れている。

「分かったよ」

　そして雲嵐は、渋々といった様子で部屋から出ていった。

　解せない。一鈴は思う。

　もし自分が同じように雲嵐に頼み事をしたら、八倍の小言が飛んでくる。渋々どころではなく、人払いをしてほしいなんて頼みは、絶対断られる。

一鈴（イーリン）は納得がいかない気持ちになりつつも、明明（ミンミン）に振り向いた。

「話とは一体」

「君の仕事を持ってきたよ」

「私の仕事……？」

殺しの任務かと一鈴（イーリン）は身構えるが、明明（ミンミン）は一鈴（イーリン）を刺客だとは知らないはずだ。戸惑っていると、明明（ミンミン）は微笑む。

「後宮内の困りごとを持ってきた」

こういうことがあるのか。一鈴（イーリン）は思い知った。

雨涵（ユーハン）の誇大妄想により、一鈴（イーリン）は皇帝の密偵となっている。最悪は続き、明明（ミンミン）も雨涵（ユーハン）の妄想世界の住人になってしまった。その妄想により助けられたこともあったため、否定せずにいたが、人を騙し楽をするとこういうしっぺがえしがちゃんと訪れるのだと、一鈴（イーリン）は心の底から思い知る。

「ほかにもなにか抱えているのかい？　倒れていた分の仕事が溜まっているとか？　なにか出来ることがあるなら、こちらも手伝うが」

明明（ミンミン）が首をひねる。まるで、ただただ問題解決の依頼をつっぱねることなど、ありえないと言うように。

雨涵（ユーハン）と陣正（ジエンジャン）は、一鈴（イーリン）が戦うところを見た。陣正（ジエンジャン）にいたっては、どうしてそんなに強いか聞いてきた。

その疑問は皇帝に仕えているからという雨涵（ユーハン）の妄想で消化されたが、その妄想が否定されるようなことがあれば、「ではどうして一鈴が強いの」と、始末した疑問がまた蘇ることとなる。

皇帝の密偵以外で、自分がどうして普通の人より強いのか、一鈴は説明できる自信がなかった。

他所の国で学んだ——下手すれば他国の間諜だと疑われる。

代々家が武人——偽りの一鈴の出自と該当しない。怪しまれる。

突然強くなった——そんなことがまかり通る後宮ならば、わざわざ自分は妃として入る周りくどい手段なんて必要なかったはずだ。

依頼を断るということは、一鈴の存在意義に疑念を抱かせること。

「いえ、ぜひ、拝命いたします」

つまり、一鈴に選択肢など、最初からなかった。


「それで、困りごとというのは」

雲嵐がお茶を持ってきたのを横目に、一鈴は問う。雲嵐がいても大丈夫な話らしく、明明は気に留める様子もなく口を開いた。

「うん……実はねぇ……美味しさが違うんだよねぇ」

「美味しさが違う？　何がですか」

困りごとと言うのだから、そういう類のものだと思っていた。美味しさが違うのだから、つまり困りごとは食事の話。なぜ自分を頼るのか、一鈴は戸惑う。

「蘭宮に運ばれてくる料理だけ、美味しさが違うんだ。それも絶妙な加減で、美味しさが違う」

「……そういうのは雨涵（ユーハン）にお伝えしたらいかがでしょうか……」

一鈴（イーリン）は、自身の味覚について正直なところ自信がない。「美味しさが違う」が分からない。そんな自分が味についての相談にのっていいと思わなかった。雨涵（ユーハン）がなにかを美味しさが違うと思う姿の想像も出来ないが、少なくとも自分よりはましだろうと感じる。

「まず、これを食べてみてくれ」

明明（ミンミン）は包みから粽子（ちまき）を取り出した。

一鈴（イーリン）は手に取り躑躅宮（つつじきゅう）の粽子（ちまき）の匂いを嗅ぐ。毒が入っている様子はない。すぐに小白（シャオパイ）が近づいてきて、小白（シャオパイ）も鼻をふすふす動かし匂いを嗅ぐ。

――あ〜！　これ駄目です！　甘くない！　美味しさが違うわけだ！　解散！　解散！

小白（シャオパイ）は一度嗅ぐと、さっさと前足を払う動作をして、一鈴（イーリン）の肩に乗った。小白（シャオパイ）は、しょっぱい味だけの食べ物には無関心だが、多様な味のある料理……たとえば、赤豆を甘く煮て、子供が軽食として食べるような餡、山菜を炒めたりして作った餡など、多面的な料理の、塩味の類をことごとく憎む。とくにしょっぱい粽子（ちまき）を憎悪しているため、食事に出すと暴れ出す。後宮に入ってもそのきらいが出たため、粽子（ちまき）は控えて欲しいとお願いしていた。

「小白（シャオパイ）……」

糖獣（とうじゅう）は糖を好むというだけで、基本は何でも食べ、木材すら栄養としてしまうものだが、小白（シャオパイ）は食の多様性に極めて懐疑的で、偏屈な生き物だ。

一鈴（イーリン）は小白（シャオパイ）の反応からうすうす察しつつも、粽子（ちまき）を一口食べる。

やはり、小白（シャオパイ）が憎む、本来甘い物である粽子（ちまき）の、塩味だ。

「甘くないから、まずいということですか」

以前、香栄（シャンロン）が廉龍（リーロン）の粽子（ちまき）は甘いと言っていた。廉龍（リーロン）と明明（ミンミン）は秘密を共有している関係で、少なくとも一鈴（イーリン）とは親しい間柄。味覚の傾向も似ているならば、明明（ミンミン）はただただ塩味が受け付けられないだけなのではないか。

「いや？　そもそも粽子（ちまき）はしょっぱいものだろう？」

しかし明明（ミンミン）は怪訝な顔で否定した。

明明（ミンミン）が粽子（ちまき）を塩気のあるものと定義しているのならば、それ以外に明明（ミンミン）が美味しさが違うと感じる部分が分からない。

「次に、蘭宮（らんきゅう）で出たもの。分けてもらったんだ」

つぎに明明（ミンミン）は別の粽子（ちまき）を取り出した。それも食べる。これもしょっぱい味だ。

「……どこに、差があるのですか」

一鈴（イーリン）はもう一度食べてみるが、異変が分からなかった。

そもそもあまり味に関心がない。小白（シャオパイ）が甘いものを求めるから、食事を甘くしたりしていただけで、自分だけが食べるなら味付けすらしない。

騒ぎ立てる悪癖はあれど、味覚はおそらく自分よりまともで、なおかつ明明（ミンミン）の秘密を知っている雨（ユー）涵（ハン）が問題解決に適しているのではと一鈴（イーリン）が思い始めたその時、

「さっきから困りごとだの何言出すかと思ってたら、人の作ったものに美味しさが違うとか言ってんじゃねえぞ。罰あたりが」

それまで腕を組み、不遜な態度で一部始終を見守っていた雲嵐（ウンラン）が大きくため息を吐いた。

「食えるだけいいじゃねえか。戦のときになったら食えるものも食えねえんだぞ。後宮の中で贅沢言ってんじゃねえ。それに、美味しさが違うのは化粧臭いからだろ。化粧の匂いで鼻がおかしくなって飯の匂いも分からねえんじゃねえのか？」

雲嵐（ウンラン）は呆れた調子で明明（ミンミン）をたしなめた。

「なら君も食べればいいじゃないか」

明明（ミンミン）は雲嵐（ウンラン）をさらりと受け流すと、粽子（ちまき）を渡す。

「同意を求めてきたって、俺は美味しさが違うなんて言わねえぞ。お前と違ってな。俺には道徳がある」

雲嵐（ウンラン）は険しい顔で躑躅宮（つつじきゅう）で出たらしい粽子（ちまき）を食べる。そしてすぐに明明（ミンミン）に振り向いた。

「まずい。彩餐房（さんさいぼう）の料理人はどうかしてる。食材への冒涜だ。あいつらふざけてる。食材を嫌がらせの玩具にしやがって。食べ物をなんだと思ってるんだ。米作るのにどれだけの時間がかかってるか分かってんのかあいつら」

雲嵐（ウンラン）は突然の手のひらを返し、彩餐房（さんさいぼう）の料理人に怒り出した。

一鈴（イーリン）は愕然とする。

「そしてこれが、蘭宮（らんきゅう）で出たものだよ、雲嵐（ウンラン）」

明明（ミンミン）は雲嵐（ウンラン）に別の粽子（ちまき）を渡した。

「ああ、もう嗅いで分かる。化粧臭いお前が側にいても……勿体ないから食うけどな」

雲嵐(ウンラン)は粽子(ちまき)を食べ、「彩餐房(さんさいぼう)の奴らどうにかしなきゃな」と、表情を険しくする。

しかし、一鈴(イーリン)は躑躅宮(つつじきゅう)と蘭宮(らんきゅう)で出た粽子(ちまき)の違いが、未だ分からない。

「う、雲嵐(ウンラン)……どういうことですか」

「躑躅宮(つつじきゅう)の分は入れるべき香料(スパイス)の類、二……いや三は抜かれてるな。しかも、なんで抜いたか分からないくらいの三種類だよ」

「香料？」

「ああ。生魚は青臭い、生肉は獣臭い、両方とも殺したら血なまぐさいだろ？　それを誤魔化すために、匂いのする草とかで臭みをとったり、味に深みを出すために種子をすりつぶしたものを混ぜたりするんだよ、そういう香料の中には、薬とかにも使われてるものもある」

「薬に……」

一鈴(イーリン)はひっそりと暮らしていた時、適当に草を抜いて粥に混ぜて食べていた。あの中にも案外それらしいものがあったかもしれないと思いながら、雲嵐(ウンラン)の話にあいづちをうつ。

「そして、この粽子(ちまき)の最悪なところは、価値の高い香料はちゃんと入ってるってことだ。安いけど、味の調整に外せないものばっかり抜いてる」

「つまり、価値が高くて仕入れられない……という理由ではないと」

「ああ。抜かれてるのはどこでも手に入るものだ。手に入らなくなったなんて報せもない。それに、粽子(ちまき)に入れてる肉も生臭い。処理をしてない。いいか、粽子(ちまき)は笹の香りも大事なんだよ。これ、笹でもなんでもねえじゃねえか。毒はないが、食べ物には使わない、ちゃんと悪意あるだろ」

雲嵐(ウンラン)は粽子(ちまき)を包んでいた葉っぱをぐしゃぐしゃに潰し、机に転がした。一鈴(イーリン)は手に取る。小白(シャオパイ)に嗅がせると、「しぅ」と、笹ではないらしい判断を下した。

粽子(ちまき)は、葉に米を包み長い間蒸す。米自身に含まれる水気や熱で、葉の色は笹と区別するには曖昧だ。形は確かに、よく見れば違う気がする。

「誰だこんなことしたやつ。今すぐ深華門(しんかもん)からほっぽり出せ！　ろくでもない仕事しやがって。俺は肩書名乗って職人面しながらろくでもない仕事する馬鹿がこの世界で三番目に嫌いなんだよ」

「一番と二番は」

「万宗(ワンゾン)と丞相」

雲嵐(ウンラン)は即答した。誰かに聞かれたら雲嵐(ウンラン)の首が飛ぶような発言だが、当の雲嵐(ウンラン)はふてぶてしい態度で腕組みする。

「そんなことより、なんで今まで黙ってたんだよ」

「実は……僕……食事が美味しさが違うことに最近まで気づいていなかったんだよ。項(シアン)家といっても僕らは養子、結局の所、部外者だ。舌は庶民舌だし、妃の食事はこんなものかと思ってたんだが……皇貴妃様が倒れて看病している時、賢妃様の住む蘭宮(らんきゅう)で夕食をごちそうになったんだけど……躑躅(つつじ)宮(きゅう)の食事と違うことに気づいてね」

「はぁ……」

「それで賢妃様に聞いてみたら、後宮の妃の食事は彩餐房(さんさいぼう)で作られるらしいんだ。そして、ここからが面白い話なんだけど、食事は位持ちの妃の好みに合わせるとはいえ、今代からは部分的に重なるようになっている」

「共通の小菜が出るということですか」

「ああ。前は四花妃（しかひ）はそれぞれすべて異なった食事が出ていたらしい。でも、我らの皇帝陛下の一存により、料理人は四花妃（しかひ）という大枠の品目を作ってから、それぞれの妃の好みや体質に考慮しつつ組まれることになったらしいんだ」

縁延宮（えんえんきゅう）の妃がみな同じものを口にしているのはなんとなく想像がついたし、皇帝が特別な食事をしていることも知っている。ただ、総龍帝（そうりゅうてい）の代の四花妃（しかひ）がみな異なる食事をしていたこと、そして今代から……大雑把に言えば品目がまとめられたことも知らなかった。

皇帝はなぜそんなことをしたのだろう。一鈴（イーリン）は疑問を抱く。

「そして、僕はあまり食事に頓着をしない性格でね、言ってしまえばなんでも食べてしまうわけさ。そこの小さなお友達ほどではないけれど」

明明（ミンミン）はそう言って小白（シャオバイ）の背をつつく。

「そして賢妃様も、僕と同じ。ようは、僕と賢妃様は、全く同じ菜単が出されていたんだ。徳妃の……柳若溪（リウルオシー）は僕らと異なる菜単で、貴妃の全結華（チァンチュンファ）の食事は、彼女の住まう牡丹宮（ぼたんきゅう）で作られる。つまり、僕だけまずく作られているということさ。皇貴妃様の食事は緋色の食器が使われる。僕は紫、彼女は孔雀緑……器の色が違う。彩餐房（さんさいぼう）で区別できるしね」

宮殿により器の色も違うのか。一鈴（イーリン）は驚いた。小白（シャオバイ）が食べやすい器か、そうじゃないか。それだけだ。色なんて見ていないも同然だった。そこまで位持ちの妃のなかで区分けしているのに、どうして食事を部分的に共通にしたのか。さらに皇帝への疑念を深めていると、明明は改まった様子で声を潜めた。

「嫌がらせか、揺さぶりか……微妙なところだけど……我らの陛下は動きづらい立場にある。飯がまずいなんて言えないが、なにせ、嫌がらせされているのは、本来この後宮にあってはならない僕だろう？　素性が知られていて、なにか警告のつもりで食事をまずくしてきているなら、問題だ」

――だからね、と明明は続ける。

「誰がどうしてこんなことをするのか、僕の身辺を知ってやっていることなのか、ただ単に嫌がらせなのか知りたいんだ」


困りごとを解決するため、翌朝一鈴は雲嵐を連れて蓮花宮を出た。

彩餐房までの道を、雲嵐、そして明明と――花陽の宴で明明が連れていた明明の宦官とともに歩いていく。

馬車や檜子の移動も考えたが、明明の秘密のことも配慮して、人気ない道を徒歩で移動することになった。

「宦官は、知っているのですか。貴方の身体について」

一鈴は声を潜めながら、明明に問う。今まで明明が蓮花宮に来る時、当然、護衛の宦官を連れていた。花陽の宴で伴っていた人物と同じだが、どこまで情報を共有しているかも把握できていない。宦官は雲嵐(ウンラン)、陣正(ジェンジャン)、万宗(ワンゾン)と異なり、ずっと黙って何かをしようとする意思も感じられず、今に至っていた。

「ああ、紹介が遅れたね。彼は臘涼(ラーリャン)と言うんだ。口が重い……というより、刹那主義というか、なるべく頑張りたくない、気力を控えめにして生きることを主義としている男だよ」

不思議な紹介をされた明明(ミンミン)の宦官——臘涼(ラーリャン)は、一鈴(イーリン)のほうに振り向き、雑に拱手した。

雲嵐(ウンラン)より長めの癖のある黒髪で、前髪は切りどきを忘れたように、目尻のあたりまで伸びている。細身で、整った面立ちだが目つきは気怠げだ。

螺淵(らえん)では役人になる条件に、見目の美しさがある。去勢さえすれば、どんな人間でも成り上がれる機会が得られる宦官採用だが、四花妃(しかひ)勤めの宦官もまた、美しさを重視されている。

そうやって振り落としがあるからか、宦官たちは一定の野心を持っている様子だが、臘涼(ラーリャン)からはそういった野心や、意気込みを微塵も感じない。

かわりに体全体から、「面倒くさい」「何もしたくない」「巻き込まれたくない」という、負の情念のようなものが漂っている。

「皇帝陛下からの命令で僕の秘密を隠す手伝いをしてくれているんだ。彼は自分の気配を消すのが上手くてね……それで今は、訳ありの妃についてしまった不運を嘆いているってところだ」

明明(ミンミン)は困り顔で肩を落とした。たしかに臘涼(ラーリャン)は、気配や存在感が薄い。刺客として意図的に消しているのではなく、生気が感じられない。

「……最悪ですよ。本当に、わたしは不幸です。皇帝陛下の勅命ですから逆らえば終わりです。最悪です。死ぬほかない」

すでに半分死んでいるような目で朧涼（ラーリャン）はつぶやく。

「なんなんだよお前、四花妃（しかひ）務めなんだからもっとしゃんとしろよ」

雲嵐（ウンラン）が朧涼（ラーリャン）を嗜める。

すると朧涼（ラーリャン）は突如瞳孔の開いた瞳で雲嵐（ウンラン）に振り向いた。

「貴方、知ってますよ。軍人として、去勢せずとも昇進できたのにわざわざ宦官になったのでしょう？　貴方の指図なんて受けたくもない」

「なんだお前」

雲嵐（ウンラン）は朧涼（ラーリャン）の突然の豹変に驚いている。

「雲嵐（ウンラン）――」

一鈴（イーリン）が止めようとするが、明明（ミンミン）がすぐに「いい、大丈夫」と一鈴（イーリン）を制止した。

「朧涼（ラーリャン）はあんな感じなんだ。おそらく、雲嵐（ウンラン）と顔を合わせるたびにああなるだろう。止めてたらきりがないよ」

「えぇ」

「それより、朧涼（ラーリャン）はどうだろう？　彼は気配が薄い。訓練をすればすばらしい密偵になれそうなんだけど？」

「訓練って……」

明明（ミンミン）が目配せしてくるが、一鈴（イーリン）は正しい密偵の技術なんて、教えられない。影に潜み、突破が厳しそうなら、倒す。それしか出来ない。圧倒的な暴力を持って、叩き潰すやり方だ。「いい人間に師事できればいいですね」と他人事としながら、彩餐房（さんさいぼう）までの道のりを歩いていった。

ほどなくして、一鈴（イーリン）たちは目的地に到着した。

彩餐房（さんさいぼう）は、建物ひとつが大きな厨房になっている。食料庫、食器や器具をしまう収納庫が隣接し、瓦屋根のある回廊で繋がっている。一鈴（イーリン）たちは彩餐房（さんさいぼう）の人々に気付かれぬよう、ひっそりと隠れつつも、花窓の外から様子を伺う。部屋の中では、去勢された料理人たちがせっせと昼餉の準備に勤しんでいた。包丁を握る男たちに混じり、小柄な女たちが、せっせと何かを炒めている。女たちの中には、老婆が混ざっていた。七十歳ほどだろうか。女たちをまとめる指示役らしく、あれこれ身振り手振りで指示していた。食材を切る音、炒める音、煮る音——そして物を洗ったり、金属鍋をずらしたりと、調理に伴い発生する音が、そこかしこで響いている。

「女性がいますね」

食事を作るのは重労働だ。大きな鍋を振るい、大量の野菜を運んだり、腕力はあればあるほどいい世界になっている。訓練した獣でないかぎりは、どうしても肉体的な面で男のほうが優位になりやすい。

一鈴（イーリン）が後宮に入る前、悪人の居をいくつも襲撃したが、食事の支度をしていたのは男だけだった。

「珍しいな。よっぽど料理が上手いんだろ」

雲嵐（ウンラン）も驚いている。

「やっぱり珍しいですか？」

「ああ。飯炊きは重労働だからな。それに、妃の食事だけじゃなく後宮で働く奴らの飯も作らなきゃいけない。米が詰まった麻袋……五つくらい持てないと厳しいからな。腕力重視で、軍と同じで男ばっかになる。ちなみに俺は、麻袋は八つ持てる」

雲嵐（ウンラン）は得意げにしている。

「僕には難しいことだ。雲嵐（ウンラン）より、繊細に出来ているからね。外も中身も」

明明（ミンミン）が声を潜める。

自分は、おそらく持てる。雲嵐（ウンラン）よりも多く――と、一鈴（イーリン）は思う。

「しぅ」

小白（シャオパイ）が『自分は無理ですね』と言いたげに襟から出ようとして、戻す。

ふいに彩餐房（さんさいぼう）の中で働く女のうちの一人――線が細く小柄な少女がこちらにふり向いて、一鈴（イーリン）はぎくりとした。黒髪を耳の下あたりで切りそろえており、歳は雨涵（ユーハン）と同じか、その下だろう。

自分たち、そして小白（シャオパイ）に気付かれたか、そうでないか分からない。

「でも、なんていうか、変な感じだ……なんだろう」

明明（ミンミン）が注意深く部屋の中を見つめる。一鈴（イーリン）は、あ、と気づいた。

「声がしないんですね」

先程から、料理の音は絶え間なく響いているが、彩餐房（さんさいぼう）の人々は、誰も声を発さない。

「戦のときは喋ったやつから死んでいくなんて言われてるんだ。和気藹々と仕事なんてしねえんだよ普通は」

雲嵐（ウンラン）はそう言ってから、一鈴（イーリン）を見やる。

「お前の管理不足だからな？　蓮花宮(れんげきゅう)の宮女が喋りながら物干ししてんのは」

雲嵐(ウンラン)の小言が始まり、一鈴(イーリン)はげんなりする。

率直なところ、一鈴(イーリン)は恐水病の件が片付くまでは後宮にいて、きちんとしていなくてはいけない……とは思っている。自分の暮らしには、民から集められた金が用いられている。なれど自分はならず者であり、ならず者の自分に皇貴妃なんて務まるわけもない。

そして刺客……表で働いていい人間ではないとの自覚から、宮女の態度を注意することに否定的だった。そしてなにより……、

「でも、ちゃんと働いてくれていますし」

宮女は何も、職務放棄をしているわけではなかった。一鈴(イーリン)が呼べばすぐにやってきて身の回りの世話をしてくれる。ただ、雲嵐(ウンラン)が「温度が良くない」「器の選び方が悪い」「この時間にこの茶葉かよ」と、色々追求した結果、「じゃあ雲嵐(ウンラン)がすればいい」と、部分的に職務放棄を行った。

つまり、雲嵐(ウンラン)の望むような宮女を育てるためには、もれなく雲嵐(ウンラン)に小言をやめさせる必要が出てくる。

「雲嵐(ウンラン)の言葉がきつい……可能性は」

「あるわけねえだろ。俺は優しく言ってる」

そして結果は、変わらない。雲嵐(ウンラン)は宮女の態度が悪いことにせっせと青筋を立てているが、とうの宮女たちは雲嵐(ウンラン)を「そういう星の下の人」と理解し、受け入れる様子すら見せ、雲嵐(ウンラン)の小言を「はいはい」「落ち着いて」「また始まった」と、流している。

「とりあえずその話はさておいて……あの、彩餐房(さんさいぼう)ってどんな人がいて、どんな組織か教えていただ

けると……」

「どんな組織か……まぁ男社会だけど、ほら、あそこに婆がいるだろ？　嚥っていうんだが、あいつが今彩餐房を取り仕切ってるやつだよ」

雲嵐は、彩餐房の中であれこれ指示を出している老女を指した。

「男社会なのに彼女が一番上なんですか」

「ああ。俺が後宮に入ってすぐ、万宗野郎になんで婆を飯炊きにしてんだ殺す気かよって言ったんだけど、あいつが言うには、あの婆は統率が上手いから雇ってるらしい。元々彩餐房を取り仕切っていたのは男だったが、その男に気に入られてあの婆……が二十くらいの時に彩餐房で勤め始めて、四十、五十といい位置で働いてたみたいでな、地盤硬めもぬかりなくした結果、自分の上にいた奴が皆死んで、後はもうあの婆の天下だとよ」

「なるほど」

「だから婆が飯を不味くしてるかもしれねぇな。年食うと自分のことも分からなくなるって言うし」

雲嵐が彩餐房の中の老女――を睨む。

「あまりに失礼ではないかい？　年長者に」

明明はやや困り顔をした。

「俺の婆がそうだったんだよ。お前が私の金盗んだだとか、忘れるだとかどっか行くとかだけじゃなく妄想まで入ってたからな。だから、お前が変なこととした、お前が変なことしたと思いこんで悪さしてる、ただ単に頭にガタがきた……色々あるかもしれないな」

雲嵐(ウンラン)の考えだと、明明(ミンミン)が男だから、嫌がらせとして作り方を変えているという線は薄くなる。明明(ミンミン)ではなく、嚥(エン)の問題となるからだ。

「でも、他の方が行った可能性も、否定できないですよね。組織ぐるみの、可能性もありますし」

けれど、彩餐房(さんさいぼう)を取り仕切っているからといって、嚥(エン)が粽子(ちまき)になにかしている、ということは断定できない。組織ぐるみで行っている可能性も否定できない現状で、おいそれと彩餐房(さんさいぼう)の人間たちに粽子(ちまき)を作ったのが誰か聞くのも、悪手だ。

「粽子(ちまき)を作っているのは誰か、調べることはできますか?」

一鈴(イーリン)が問うと明明(ミンミン)が「実は、調べたんだけど、ちょっと複雑な事情があって」と、視線を落とす。

「分かったんだけど、わからないんだ」

「どういうことです?」

「たとえば青菜の炒めものを作るにしても、青菜を切る人間、炒める人間、味付けの調味液を決める人間で動いているようだが、進度やそれぞれの状況により、勝手に互いの仕事を進めてしまっているらしくてね、粽子(ちまき)の味付けも同じように行われているならば、米を仕込む人間、粽子(ちまき)を包む人間が考えられるんだけど……」

「調べただけでは、断定がし辛い……とのことですね」

一鈴(イーリン)は目を細める。

一鈴(イーリン)が刺客を殺す時、たいてい领导(頭領)から得た情報を元に、そのまま現地へ向かい、指定された場所で殺すだけだった。しかし、稀に殺すべき人間がその場にいないこともあった。姿は見つけられても、周囲に善良な人間がいて、ただ殺すだけでは周囲の人に不要な血を見せる……そんな場合もあった。

そういうとき、どうするかといえば、待つか探すかだ。ただただ、相手が一人になる瞬間を待つ。

本懐を遂げるその瞬間まで、じっと待つ。それまでずっと、見ている。

気が進まないが、粽子（ちまき）に関わっている人間が分かるならば、方法はそれしかない。

「分かりました。粽子（ちまき）を作る人間を、私が見張ります」

粽子（ちまき）が出るまで、彩餐房（さんさいぼう）の中を見張る。途方も無い話だが、誰が粽子（ちまき）を作ったか分からない以上、一番確実な手段ではあった。そのため、一鈴（イーリン）と雲嵐（ウンラン）、朧涼（ラーリャン）、明明（ミンミン）は、連日彩餐房（さんさいぼう）の中を、物陰に隠れた場所で監視することとなった。

「途方もねぇなぁ、今日で何日目だよ。指で数えられなくなってんぞ……いっそお前が粽子（ちまき）の祝いをするから大量に作れって言えばいい話じゃねえのか」

雲嵐（ウンラン）が不満げに言う。

「こちらが調査してると勘づかれたくない」

「あ、それもそうか……じゃあ俺が見張ってないとなぁ……ったく」

雲嵐（ウンラン）はげんなりした様子だ。雲嵐（ウンラン）曰く、「俺は軍人で目がいいから、俺が一番監視をがんばらなきゃいけない。俺が言い出したことじゃないのに。護衛も宮女の世話もあって疲れてるのに」ということで大層不満らしい。

一鈴（イーリン）は雲嵐（ウンラン）より目がいい自信があり、十日食事をすることなく悪人を見張ることも出来る。

雲嵐（ウンラン）の付き添いも、明明（ミンミン）と臘涼（ラーリャン）の同行も必要ない。

正直一人で問題ないが、雲嵐（ウンラン）が護衛であり、単独行動がしづらいこと、そんな雲嵐（ウンラン）を黙らせたり、対応する人間がいたほうがいいと、みんなで彩餐房（さんさいぼう）の監視を行っていた。

しかし、先程から臘涼（ラーリャン）が一言も発さないことが、やや気になる。なるべく労力をさきたくないとのことだが、どことなく、臘涼（ラーリャン）からは負の感情どころか、憎悪や軽蔑の気配を感じる。

「どうでしたか？　臘涼（ラーリャン）から見て、彩餐房（さんさいぼう）の人々は」

一鈴（イーリン）は彩餐房（さんさいぼう）から視線を逸らさず問いかけた。

「女は知りませんが、宦官は他の宦官と大差ないですよ」

早口で臘涼（ラーリャン）が言う。雲嵐（ウンラン）はすぐに「おい」と凄んだ。

「それだけじゃ分かんねえだろ、何かねえのかよ」

「……下劣で教養もなく品位に欠け汚らわしく低俗で卑しく矮小で野蛮で浅ましく下品で碌でもなく意地汚いならず者の卑しい有象無象が人間のふりしてさも一生懸命努めていますと厚かましく言わんばかりに料理を作っていますね」

「お前卑しいって二回言ったぞ」

雲嵐（ウンラン）が呆れていると、明明（ミンミン）が苦笑した。

「臘涼（ラーリャン）は……なんていうか、宦官が嫌いだから、赦してやってくれ」

「宦官のくせに宦官が嫌い？」

雲嵐（ウンラン）は大きく目を見開いた。

一鈴(イーリン)は唖然としつつ、「なぜですか」と恐る恐る問いかける。

彩餐房(さんさいぼう)では、昼餉づくりが佳境に迫っていた。一鈴(イーリン)はじっと見つめるが、横から鼻で笑うような声が聞こえてきた。臘涼(ラーリャン)の声だと、後から気づく。

「卑しい人間しか宦官にならないからに決まっているじゃないですか。皇貴妃様は卑しい人間がお好きなんですか？　あはは、随分変わった嗜好をお持ちだぁ」

「え……」

臘涼(ラーリャン)の豹変に、一鈴(イーリン)は戸惑う。雲嵐(ウンラン)も困惑顔だ。臘涼(ラーリャン)はそのまま、大きくため息を吐いてから顔を上げた。

「いいですか……科挙なんて幻想ですよ。どんなにいい成績だろうと結局顔です。では優秀で顔が良いとしても、今度必要になるのは金です。家柄です。今緋天城(ひてんじょう)にいる内部の人間との縁なのです。顔がよく優秀でも、簡単に縁に負けるのです。意味がない。私は優秀で顔も良く生まれましたが、縁も家柄も金にも恵まれなかった。金儲けの手段は色々とありましたが、どうせならより良い仕事につきたいでしょう？　同じ時間働くなら報酬が高いほうが良いでしょう？　同じ金なら疲れず汗をかかず安全なほうがいいでしょう？　畑仕事もあくせく何かを建てるのも、ましてや身の危険にさらされる仕事なんてまっぴらごめんです。どうせなら楽に稼ぎたい。人よりもずっといい位置に行きたい。故に私には去勢しかなかったのですよ。出世するには、宦官になるしかなかったのです。でもどうです？　宦官は顔さえ良ければという面があります。優秀さは軽んじられます。結局の所、皇帝周りさえ優秀であれば、妃の周りに置くのはぼんくらでも構いませんからね。むしろ頭が悪ければ悪いほどいい。謀略なんて起こせないくらいの馬鹿を置くのが一番ですよ。下手に悪知恵が働く人間なんて入れてしまえば、あっという間に寝首をかかれるのは古来より証明されていますから。腕っぷしだけ評価されるような、馬鹿で言うことを聞くしかできないだけの宦官が、一番上にとっては扱いやすいのです……故に宦官というものは、みな、屑です。ただただ健康だけが取り柄で、去勢しなくては仕事につけぬ畜生が、日々後宮に集められていくのです……螺淵の中心だなんて笑わせる。愚か者の群生地ですよここは。わたしは一日五食、きちんと食べられたらそれだけで良かったのに」

五食？

ささやかなふりをしながら、それは多すぎやしないか。一鈴は思うが、朧涼は続ける。

「しかし宦官は品格がない。秩序がない。妃と宮女が去れば始まるのは猥談です。去勢したから煩悩とは無縁と思うでしょう？　逆なのです。失ったからこそ、畜生共は足りないものを欲するのです。ろくでもない……静かな場所で粛々と仕事をしていたら、天龍宮で務めることと成りました。天龍宮は良かった。愚か者が少ない。なのに、わたしは……口が固いからとよりによって淑妃様のお世話を任されたのです……あぁぁ死にたくなってきたなぁ……どうか……明明様をお願いいたします。わたしは頃合いを見て死にますので……」

「え」

一鈴は朧涼の宣言に目を丸くした。明明は「いつものことだよ」と意に介さない。

「彼の口癖だ。僕の素性が知られるということは、朧涼の管理不足が咎められるということだ。まぁ、ただでは済まされないから、楽に死にたいということだよ」

「死ぬって……そんな、悪しき事をしたわけでもないのに」

一鈴（イーリン）は思わず臘涼（ラーリャン）を同情的に見るが、雲嵐（ウンラン）が「悪しき事ってなんだよ」と怪訝な顔をした。

「悪いことをしたからって死ぬべきじゃないだろ、償うべきだ」

雲嵐（ウンラン）が言う。明明（ミンミン）が「何か癇に障ったみたいだね」と声を潜める。すると雲嵐（ウンラン）は、一鈴（イーリン）と明明（ミンミン）を見やった。

「俺は万宗（ワンゾン）に死ぬほど嫌な思いをさせられた。あいつには末永く苦しんでほしい。楽には絶対死なせない」

すると明明（ミンミン）は首を斜めにした。

「君は万宗（ワンゾン）に何をされたんだ？　万宗（ワンゾン）は皇帝陛下の秘書だ。あまり無粋なことを言うと、陛下からの心象も悪くなると思わないのかい？」

「晴龍帝（せいりゅうてい）にはきちんと言った。万宗（ワンゾン）は性根が腐ってる。秘書になんてすべきじゃないってな」

雲嵐（ウンラン）が当然のように頷くが、一鈴（イーリン）には信じられなかった。万宗（ワンゾン）は廉龍（リーロン）の秘書、つまり凍王（ドンワン）の秘書なのだ。どうして雲嵐（ウンラン）の首がまだ胴体と繋がっているのか、唖然とする。

今まで虚脱していた臘涼（ラーリャン）すら、意志ある瞳で雲嵐（ウンラン）を見ていた。

「それで、皇帝陛下の反応は？　どうだった？」

明明（ミンミン）が問う。

「何故そう思うか聞かれた。理由を話したら、晴龍帝（せいりゅうてい）も思うところがあったらしいな。以降、俺は何も言われない」

雲嵐は自慢げに言う。一鈴はあまりに向こう見ずな雲嵐の性格に目眩がした。

「愚か者」

朧涼が呟く。すぐに雲嵐が「はぁ!?」と声を荒らげた。

「今、俺に言ったのか、その侮辱は」

「はい」

「さてはお前、愚か者って言う方が愚か者って知らないな?」

雲嵐の理論がまかり通ると、雲嵐はもれなく性根が腐ってるということになるが、気づいていないのだろうか。一鈴は様子を伺うが、朧涼は雲嵐の言葉を鼻で笑った。雲嵐は頭にきたらしい、口論が始まっていく。

一鈴が呆れながらも、彩餐房の監視を続けていると――、

「あ」

彩餐房の調理場で、若い女がせっせと米の支度を始めた。米に何やら味付けをしながら、具材を切り、葉っぱを準備している。

「粽子だ、粽子です。たぶん……粽子を作ってます」

「なんだと!」

それまで目を放していたらしい雲嵐が、一鈴の真横に飛び出すようにして彩餐房をじっと見る。

彩餐房の若い女は、米を葉っぱで包み終えると皿に並べていく。そしてそれらを蒸し上げた後、出来た粽子に、何かをふりかけはじめた。その瞬間、雲嵐が声を上げる。

「分かったぞ、なんで大して貴重でもない材料を抜いたのか」

「え」

「抜いたのは全部、後に付け足すようなやつなんだよ。蒸してるときに蒸気や熱で風味が飛ぶから。俺なら分かるけど、凡人の嗅覚じゃ薄く感じる。美味しいとは思わない。だから職人はひと手間かけて、煮て風味をつけるもの、後から足すもの、色々使い分けてるんだよ」

「では、後から毒をかけているわけではないと?」

「あんな白昼堂々毒なんてかけれるわけないだろ。周りの奴らだっているんだから」

雲嵐(ウンラン)が声を荒らげた。小白(シャオパイ)が前足で自分の耳を塞ごうとしているが、届かないため一鈴(イーリン)がかわりにおさえてやる。

「でも、これで今日、僕の粽子(ちまき)が美味しくなければ、確定かな? 彼女のことを、調べてみないと」

明明(ミンミン)は、自身の顎に指をあてながら、どこか落ち着いた様子で彩餐房(さんさいぼう)を——粽子(ちまき)を作る女を眺めている。自分になにか悪さをした人間を見るというより、物憂げで、真実を定めようとするような——不思議な眼差しだ。

「今日のところは、解散としよう。君の宦官と僕の宦官が殺し合いに発展しても困るし、僕はそろそろ沐浴の時間だ」

明明(ミンミン)は、臘涼(ラーリャン)の肩を叩く。

「こんな時間に、ですか?」

まだ夕方にもなっていない。沐浴にしては早い時間だ。

「ああ。日が沈む前に——宮殿で仕える人間たちが忙しいうちに、すべてを終わらせなくてはいけないからね。僕の肉体美で魅了するわけにもいかないから」

　そう言う明明（ミンミン）は朧涼（ラーリャン）を伴い、ぬるい初夏の風のように去っていった。


「これから先、監視のたびに淑妃の宦官と会うと思うと気が滅入るな」

　帰る道すがら、雲嵐（ウンラン）が一鈴（イーリン）の横に並びながら、げんなりしたように声を漏らす。今歩いている通りは、明花園（めいかえん）の裏手のひっそりとした道だ。周りに人の気配も感じない。

　返事も思い浮かばず黙っていると、「淑妃に協力はするけどよ」と雲嵐（ウンラン）は続けた。

「家族のために、身の危険を犯してでも、後宮入りするなんて誰にでも出来ることじゃない。お前も協力してやれよ」

「まぁ……」

　一鈴（イーリン）は返事をする。自分が明明（ミンミン）に協力しているのは、そうしないと一鈴（イーリン）の正体が怪しまれるからで、家族のために頑張っているからではない。

「家族……」

　一鈴（イーリン）には、ないものだ。自分が存在している以上、出生に伴う母親と父親がいたことは理解できるが、物心ついた頃から殺し合いに身を投じていた一鈴（イーリン）にとって、自分に親がいたというのは信じがたい。

　それに、遊侠からは、一鈴（イーリン）に殺し合いをさせていた連中は、孤児を拾い集めていたと聞いている。つまり、一鈴（イーリン）は不要だから捨てられたに他ならない。これまで殺してきた悪人には、親子代々悪行をこなす者もいた。

親の愛情がなかったから、悪に手を染めるわけでもない、人を殺すわけでもないということを、一鈴（イーリン）は生業を果たしながら知った。

弟は姉を庇い後宮に行った。姉は自分の身代わりになった弟を追い後宮に入った。商人として。

「でも、良くない家族を持ってる知り合いとかがいるときにさ、良い家族を見ると、こう、世の中捨てたもんじゃねえなって思うのと一緒に、胸の奥がぎりぎりしねえか？」

「良くない家族？　雲嵐（ウンラン）は、よくない家族を持っているのですか」

「俺の話聞いてたか？　知り合いって言っただろ？　俺の家は普通だぞ。ただ、ちょっとややこしいだけで」

「ややこしい？」

去勢だろうか。一鈴（イーリン）は想像する。

雲嵐（ウンラン）は、武官として出世できるはずなのに、わざわざ去勢した宦官だ。ある程度の家柄がなければ、強さだけでは武官にもなれないというし、いいところの出自で宦官になる人間なんていない。

「武官になる前から文句言われてて、去勢しろとか、ああ、僧侶になれ、出家しろとも言われたな」

「出家？」

「ああ。僧侶っていうのは、煩悩を完全に捨てて、断ち切らなきゃいけない。だから、後宮で働かずとも去勢する奴が結構いるんだ。そういうのになれ、償えって」

「償うようなことをなさったのですか」

「まぁな。昔な」

雲嵐(ウンラン)はそっけなく返す。あまり詳しくは話をしたくないらしい。

「良くない家族を持つというのは、柳若溪(リウルオシー)についてですか？」

雨涵(ユーハン)を操り、一鈴(イーリン)を殺そうとし、なおかつ失敗をしても皇貴妃を暗殺した容疑で雨涵(ユーハン)を後宮から追い出すことが出来る作戦を打ち出した若溪(ルオシー)は、邪悪さに事欠かない。

そして明明(ミンミン)を罠にかけた若溪(ルオシー)について、雲嵐(ウンラン)は庇うようなことを言っていた。

「ああ。あいつは父親に操られてるからな。いくら産みの親だからって、あの年で一から十まで言うこと聞く必要なんてないのに」

「同郷ゆえの、言葉ですか」

「気が強くて、じゃじゃ馬みたいなところがあるけど、根は悪いやつじゃないんだよ」

雲嵐(ウンラン)はそう言うが、一鈴(イーリン)は若溪(ルオシー)が雲嵐(ウンラン)を、それこそ仇を見るような目で睨んでいたことを知っている。あれはまさしく憎悪による殺意の眼差しだった。あんなにもわかりやすい殺意を向けられていることに気付かないでいるのに、果たして操られているかなんて分かるのか。返事に困る。

「雲嵐(ウンラン)は、もし若溪(ルオシー)が父親の意向で皇后を目指しているのだとしたら、どうしたいのですか」

「あいつが悪いことをしたら叱るのが俺の役目だし、あいつが望むなら、後宮から出してやるのが、俺の役目だ」

死ぬんじゃないか。

一鈴(イーリン)は思う。

雲嵐（ウンラン）に、後宮脱出を可能とする能力があるか無いかで言えば、無い。

まず足音が大きい。気配どころか威圧を発しているため、隠密行動は不得手。そしてなにより、雲嵐（ウンラン）は戦闘において有利な肉体をしているが、後宮から妃を脱走させるとなると、護衛たち複数を相手にしなければならない。

丞相やほかの権力者の後ろ盾があるなら別だが。あまりに分が悪い。

若溪（ルォシー）自身、後宮から出ることを望んでいるかも怪しい。

「そうなんですね」

一鈴（イーリン）は相槌をうつ。

できれば、自分がいる間に脱走計画なんて起こさないで欲しいと、切実に祈りながら。

今夜、粽子（ちまき）が明明（ミンミン）の食事に出れば、そして明明（ミンミン）いわく、食事が美味しくなければ——粽子（ちまき）を作っていた若い女が、何らかの意図を持ち、明明（ミンミン）の食事に何かをしている、ということになる。

しかし、部分的に食事を変えているか調べるには、雨涵（ユーハン）の粽子（ちまき）も必要だ。

そのため一鈴（イーリン）は、雲嵐（ウンラン）を伴い、蘭宮（らんきゅう）に住まう賢妃、雨涵（ユーハン）の元へ向かうことにした。

「お前、陣正（ジェンジャン）にはちゃんと敬意を持って接しろよ。幽津（ヨウチン）の英雄なんだからな、陣正（ジェンジャン）は。晴龍帝（せいりゅうてい）を守り抜いた男なんだぞ。いいか、自分の夫を守り抜いた男でもあるんだからな」

歩いていると、雲嵐（ウンラン）が念押ししてくる。

賢妃雨涵（ユーハン）に仕えることとなった、陣正（ジェンジャン）。もとは雨涵（ユーハン）を脅していたが、さらに大本を辿れば、柳若溪（リウルォシー）

に脅されていた。元々夜伽の記録係をしていた陣正は、さらにその前は、軍人として働いていたらしい。幽津で晴龍帝を守ったほど強かったようだが、一鈴からすれば、そこまで脅威はなく——軍人の中では秀でているだろうが、ずば抜けた強さは感じなかった。

「はい」

「適当に返事してるんじゃないだろうな」

「……はい」

念押しされ、一鈴は戸惑いながら頷く。雲嵐が「いいか、陣正は……」と渋い顔をして、また小言が始まるかと警戒した矢先——、

「グル、グゥウウウウウウウウウウ」

咆哮が響くとともに、一鈴のもとに天天が飛び出してきた。一鈴はすぐに受け止めるが、雲嵐は「あっぶねえな!」と声を荒げる。

「お前、人間轢き殺す気かよ」

雲嵐はすぐに天天に注意をする。しかし天天は、一鈴に擦り寄りはしゃぐばかりで意に返さない。

「天天、どうしたんだ?」

一鈴は天天の頭を撫でてやる。雲嵐が「虎が答えるわけねぇだろ」と一鈴を窘めながら、遠くに見える城を指した。

「晴龍帝は今、黎涅から出てるから、野放しになってるんだろ……万宗のやつ、職務放棄しやがって……おい、馬鹿虎、お前飼い主が居ない間に他人に尻尾振るなんてどうかしてるぞ」

雲嵐は天天を軽蔑するように見るが、天天は雲嵐を威嚇することもなく、取るにたらぬ存在だと言わんばかりに無視をした。

「しぅ」

一鈴の襟元から出てきて、肩に飛び乗った小白が身振り手振りで雲嵐を馬鹿にしている。

「お前、俺の寛大な心で駆除されてないの分かってんのか？」

雲嵐は小白を睨んだ。しかし小白はお腹を見せつけるように踊りだす。

「お前なあ！」

小白は絶えず雲嵐を挑発している。一鈴がたしなめようとした、その時――、

「グゥ」

天天が、ひょいと一鈴の身体を背に乗せた。

「え」

そしてそのまま、天天は左右にしっぽをはためかせたあと、一鈴をのせて走り出してしまう。

「あっ、おい待て！　皇貴妃を勝手に連れてくな！」

雲嵐の叫び声が、かなり遠くから響いてくる。なんとか追いつこうとするが、どんどん雲嵐の姿は小さくなっていく。

「天天、と、止まってくれ、私は蘭宮に用があるんだ」

「グゥ」

天天は承知したと言わんばかりに返事をしてきた。

そうしている間に雲嵐の叫び声は小さく、遠くなっていき、そしてとうとう、見えなくなってしまった。

天天は本当に、蘭宮に行ってくれるのだろうか。最初こそ不安に思う一鈴だったが、心配をよそに天天はきちんと一鈴を蘭宮に送り届けた。

「グゥ」

誇らしげに天天が甘えてくる。一鈴は微笑み、頭を撫でてやる。

「しぅ」

すると一鈴の襟元に隠れていた小白が飛び出し、一鈴の肩に飛び乗ると地団駄を始めた。

「あ、こら小白、出るな、お前は駆除されるかもしれないんだから」

「しぅ！」

小白は応戦するそぶりを見せた。前足も後ろ足も短く、滑空は出来ると言えど戦闘力はないに等しい。なのに小白は一鈴の仕事に同行していることで、「自分は強い」と謎の自信を持っている。

「あぁもう……」

「あれ、皇貴妃様……？」

一鈴が困っていると、蘭宮の門から陣正が出てきた。陣正はどこか焦った顔で、「えっと、今、雨涵様は……」と天天、そして一鈴を交互に見る。

「何かあったのですか」

「いや、なにかあったというわけではないのですが……あの……なんていいましょうか……えっと……」

「……言えないようなことを賢妃にしているのですか」

一鈴は陣正を見据えた。声音が冷たいものに変わったことで、陣正は「いやいやいやいや！　そういうわけでは！」と焦り始めた。何か隠し事をしているらしい陣正を怪しむ一鈴は、「失礼します」と、蘭宮に入ろうとするが、陣正が飛び出し、両手を広げて阻止してきた。

「おおおおおおお待ち下さい皇貴妃様！」

「なんです」

「雨涵様は現在、あの、どうしても皇貴妃様と会えない急事がございまして」

「急事？」

「陣正、悪いのだけれど針を追加で……あああ、い、一鈴！」

問答を続けていると、雨涵が蘭宮から出てきた。いつもなら一鈴を見るなり飛びかからんばかりの勢いで歓迎してくる雨涵は、一鈴の姿に気づくと、陣正と同じく目をまん丸にして焦り顔に変わる。

「い、一鈴……と、突然、ど、どうしたの」

「夕餉のことでご相談があったのですが……何かあったのですか？」

「な、なんでもないわ！　全然、なんでもない！　なんにもないの！　大丈夫！」

雨涵は額からだらだらと汗を流し始めた。一鈴が追求しようとすると、陣正が「ゆ、夕餉のご相談とは!?」と、問いかけてくる。

「粽子(ちまき)を……いただきたく」

「う、うん！　分かった！　いくらでもあげるわ！　……あ、一鈴(イーリン)はここで！　待ってて！　絶対！」

雨涵(ユーハン)は一鈴(イーリン)が粽子(ちまき)を求める理由を問うこともなく、蘭宮(らんきゅう)に引き返した。陣正(ジェンジャン)が「あっ、俺が！」と引き留めようとするが、一鈴(イーリン)を見てまた両手を広げ、蘭宮(らんきゅう)に入るのを阻止するように向かってくる。

「……何か問題が起きてるなら、話してください。もしかして……柳若渓(リウルオシー)がなにか……」

以前陣正(ジェンジャン)は若渓(ルオシー)に脅されていた。そのことでまた何か起きているのか。一鈴(イーリン)は周囲を警戒するが、陣正(ジェンジャン)は首を横にふる。

「全然！　何も起きてないです！　安全で、平和です！」

「安全で平和って……」

「一鈴(イーリン)！　粽子(ちまき)！　粽子(ちまき)持ってきたわ！」

陣正(ジェンジャン)を詰めようとすると、粽子(ちまき)を入れているらしい包みを持った雨涵(ユーハン)が戻ってきた。一鈴(イーリン)は礼を言いながら受け取る。

「あの、本当に……問題はないのですか」

一鈴(イーリン)は面倒事に関わりたくない。しかし、柳若渓(リウルオシー)は他人を使って人を殺させようとする女だ。何か起きているならはやめに対処したい。

「何も、大丈夫！」

「でも……」

言いかけて、一鈴(イーリン)は止まる。近づいてきた気配を察知し、辟易した。

「っだああああああああああああ！　馬鹿獣があああああああっ」

蘭宮沿いの大路で、雲嵐の声が響く。天天により置いてかれた雲嵐が、追いついてきたらしい。ずっと全速力で駆けてきたらしく、血走った目で滝汗を流している。肩で息をし、足取りもふらついているが、こんなに早く到着するのは、中々出来ることではない。一鈴が感心していると、雲嵐は天天にふらふらと近づいていく。

「お前なぁ、皇帝に飼われてるからっていい気になるんじゃねえぞ、お前はただの宠物なんだよ。人間様に歯向かうとどういうことになるか……」

「グゥ」

天天はまたも雲嵐を無視し、一鈴にじゃれつく。雲嵐は「おい！」と、怒りをあらわにするばかりだ。雲嵐の前で陣正、雨涵の事情を聞くのは無理そうだ。そして、蘭宮の前で揉め事を起こすのも忍びない。一鈴は日を改めることにして、蘭宮を後にした。


帰り道、あまりに雲嵐が満身創痍だったことを哀れに思った一鈴は、雲嵐用の馬車を呼び、自分は天天を深華門まで送ることを申し出たが、「お前自分が皇貴妃ってこと分かってんのか、護衛が馬車で悠々帰ってどうするんだよ、俺を馬鹿にするな」と一喝された。

そして雲嵐は「おいのせろよ馬鹿獣が」と天天に凄んだが、返り討ちに遭い、先程よりぼろぼろになりながら、蓮花宮までの道のりを歩いている。

「ああもうやってらんねえ、その馬鹿虎、お前の言うことも聞くならちゃんと躾しろよ、皇帝は忙しいんだから」

雲嵐が恨みがましい目で見てくるのを横目に、一鈴も蓮花宮までの道のりを歩いていく。隣には天天が、雲嵐を無視しながら一鈴に擦り寄り、前足後ろ足を交互に動かしていた。

「はい……」

「で、粽子は……手に入ったようだな。それも、笹の葉を使ってるちゃんとした粽子が」

雲嵐が鼻を動かす。まだ包みから出してもいないのに、はっきりと分かるらしい。明明といるときすぐに分からなかったのは、おそらく、明明の化粧の匂いに邪魔されたのだろう。

「蘭宮で……血の匂いはしませんでしたか」

こんなことを聞いても怪しまれるだけで、悪手にほかならない。しかし雨涵と陣正の様子が気がかりで、一鈴は問いかける。

「なにもねぇけど……お前なぁ、障りが来てるかどうか気になるなら、人の居ないところで本人に聞けよ……賢妃なら簡単に答えるだろ、あんな感じなんだから」

雲嵐は一鈴を下品なものを見るようにしている。

そんな誤解をされるとは思っていなかった一鈴だが、怪しまれずにほっとした。

「でも……あいつもあいつで大変だろうな」

「?」

「昔から、何か抱えてる人間は、緋天城には入れない。下働きすら出来ないから」

雲嵐は、蘭宮を振り返った。

「抱えてる？」

「目が悪いとかだよ。賢妃は眼鏡かけてるけどな、眼鏡なんてかけても意味ないほど見えないやつだって居るし……生まれつきでも、生きてるうちにでも、身体に欠損があるとか」

雲嵐(ウンラン)が呆れたように言う。普通の眼鏡なんてまるで意味をなさない。雨涵(ユーハン)も該当するが、おそらく光すら感じられない者について言っているのだろう。

「そういう奴らは、緋天城(ひてんじょう)に限らず、螺淵(らえん)のどこでも、働くことは厳しくなる。仮に雇われたとしても、ずっと安く働かせられたりする。同じ仕事が出来たとしても」

「安く」

一鈴(イーリン)は、後宮に入る前に思いを馳せる。

悪人が、目が見えない、耳が聞こえない人間をそばに置くことは、往々にしてある。働き口が少ないことを利用し、騙して、あたかも助けるかのように手を差し出し、どこまでも暗い闇の底へ連れて行く。

「ただでさえあいつの父親は総龍帝(そうりゅうてい)に追放されてるくらいだ。それだけで嫁になんて行けない、働くにしろ目が悪いんじゃ使えないだろ。家が没落して、眼鏡買う金なんか妃になる前はなかっただろうし、晴龍帝(せいりゅうてい)に気に入られて賢妃になれるなんて、運がいい」

「気に入られて？」

雨涵(ユーハン)が晴龍帝(せいりゅうてい)に気に入られている。初耳だった。

「ああ。罗雨涵(ルオユーハン)は晴龍帝(せいりゅうてい)直々の命令で後宮入りしてるんだよ」

思えば雨涵（ユーハン）が後宮入りした経緯について、一鈴（イーリン）は聞いていない。自らの素性について問われても答えられないゆえに、雨涵（ユーハン）の父親について気になりはしても、問うことまではしなかった。

私欲のために水路工事の金を着服し、総龍帝（そうりゅうてい）に追放された雨涵（ユーハン）の父親。

罗（ルオ）家は没落したが……本来ならば、一鈴（イーリン）が始末してもおかしくない悪行だ。

——総龍帝（そうりゅうてい）が追放したから……始末の必要がなく、领导（頭領）から命じられることもなかった？

一鈴（イーリン）は首を捻る。

そもそも廉龍（リーロン）は、どうして悪しき水工の娘、罗雨涵（ルオユーハン）を妃にしたのだろう。

寝かしつけて扱いが楽であることを理由にするには、悪しき水工の父はあまりに重い枷だ。

総龍帝（そうりゅうてい）が追放した悪しき水工と廉龍（リーロン）は繋がっている。そう考えるのが自然だ。

「罗雨涵（ルオユーハン）の父親が追放されたのは、いつ頃ですか」

「八年……いや、下手したら十年くらい前だ。とにかく昔だよ」

となると、廉龍（リーロン）が皇帝になるのが嫌で脱走した頃となる。

十三歳——少年ほどの年齢の人間が、水工と悪事に手を染めていたとは考えづらい。

「陛下とは親しかったのですか」

「いや、総龍帝（そうりゅうてい）の命令で追放、没落はしたが、賢妃の父親は役人といえど工事の責任者だ。現場側のやつだよ。父親は緋天城（ひてんじょう）をくぐったことがあるかどうかすら怪しいところだ」

「……後宮入り前の、罗雨涵（ルオユーハン）と陛下の面識は」

「ねえだろ。没落してるんだから。挙句の果てに悪さして没落させられてるんだぞ……っていうかお前、妃らしく皇帝の関心がどこにあるか気にするのは殊勝な心がけだが、そんな気になるなら本人に聞けよ」

……自分が雨涵に聞く。一鈴は気が引けた。「一鈴は？」と問われれば、元も子もないからだ。

でも今日、一鈴は雨涵、そして陣正に、状況を聞こうとした。二人は明らかに、何かを隠している。

それが気になる。一鈴は問われたところで何ひとつ答えられないのに。

矛盾している。

自分でも思う。

そもそも、後宮に入る前から。

一鈴は、矛盾を抱えている。

ずっと。

「粽子、香料が抜かれていたよ」

翌日、明明が臘涼を伴い、蓮花宮を訪ねてきた。

明明が証拠にと持ってきたらしい粽子は、「こっちにはやっぱり入れるべきものが全部入ってない」と確認し、乱雑に口の中へ放り込んでいる。

「そして、臘涼に聞いてみたんだけど、僕の粽子を作ったのは毕という名前らしい。歳は十四。元々は街の小料理屋で働いていたのを、その腕を嚥に見込まれ彩餐房に勤め始めて、だいたい二年ほど経つらしい」

「じゃあ十二の頃にもう料理人としての才能を見出されたってことか……なのに香料抜くなんてどうかしてんな、婆の差し金か？　自分を連れてきた婆に言われたら、断れねえだろうし」

雲嵐（ウンラン）が顔をしかめた。

「では、次は毕（ビー）が自分でしていることか、嚥（エン）がしていることか、調べる……ということで」

一鈴（イーリン）は明明（ミンミン）に問う。明明（ミンミン）は「正解」と笑った。

一鈴（イーリン）、雲嵐（ウンラン）、明明（ミンミン）、臘涼（ラーリャン）は、早速毕（ビー）を見張ることにした。

とはいえ、毕（ビー）は彩餐房（さんさいぼう）で働いており、つまるところ彩餐房（さんさいぼう）で粽子（ちまき）を誰が作っていたかを調べていたが、そうしていたときと何も変わらない。一鈴（イーリン）は彩餐房（さんさいぼう）を凝視し、雲嵐（ウンラン）は時折目を離し、臘涼（ラーリャン）は死んだような顔で、明明（ミンミン）はどこか見据えるように、物事が動く瞬間を待っている。

「……あ」

彩餐房（さんさいぼう）を眺めていると、荷台を引く宦官が食材を運んできて、彩餐房（さんさいぼう）の女たちに引き渡しているところだった。女たちの中には、毕（ビー）もいる。

「女に持たせたところでたいして運べねえだろ、男のが早い」

雲嵐（ウンラン）は様子をうかがいながら、ため息を吐いた。

自分なら、男より運べる。一鈴（イーリン）は思うが、それは言わない。やがて食材運びが終わったらしいが、宦官は毕（ビー）や女たちに話しかけていた。毕（ビー）の頭に触れたり、時には女たちの肩に手をのせ、おどけながら笑っている。

「馴れ馴れしいなあいつら、品がない。何の話してんだ？　後宮だっていうのに」

雲嵐はだんだんと眉を吊り上げ始める。面倒くさいと思いつつ、一鈴は宦官と毕の言葉を注視する。

『相変わらず嚥にこき使われてるみたいで大変だなぁ』

『いやいや、それほどでも……』

『俺たちが言っておいてやるから、ああ、今度の夜だけどせっかくだし、他の奴らも連れて行こうと思ってて……人数増やしてほしいって言わなきゃいけないし』

『あぁ……』

宦官と彩餐房の女たちは、親しいのだろうか？

一鈴は唇の動きで会話を判断していく。ただ、肝心の毕が淡々とした眼差しで宦官に触れられるばかりで、何も言葉を発しようとしない。一鈴が注意深く観察を続けていると——、

「おい何やってんだお前ら、話してる暇あんなら手動かせ！　万宗に突き出してやってもいいんだぞ！」

我慢ならなくなったらしい雲嵐が、物陰から飛び出し、彩餐房へ向かっていく。

宦官は雲嵐を見るなり、ぞっとしたような顔をして、蜘蛛の子を散らすように去っていく。よほど雲嵐が怖いのか……一鈴は悩む。

一方、彩餐房の女たちは、雲嵐に対しあっけにとられたような表情で立ち尽くしている。

「何突っ立ってんだ、お前たちの仕事はどうしたんだ。嚥にここで突っ立ってろって命令されてんのか？」

雲嵐が責める。女たちは彩餐房、そして雲嵐を交互に見るが……どこか複雑そうな表情をして、

彩餐房(さんさいぼう)に戻っていった。

――こちらの反応も変だ。

蓮花宮(れんげきゅう)の宮女と異なり、雲嵐(ウンラン)を嫌がる……というより何か雲嵐(ウンラン)を見て考え込んでいる様子だった。

宦官は雲嵐(ウンラン)を見て、悪しき現場を見られたような顔をしていた。実際仕事をほっぽりだして、女に声をかけることは褒められたことではないし、なにより凍王(ドンワン)の側近でもある万宗(ワンゾン)の名前を出されたら、ひとたまりもないはずだ。

やがて、周りに誰もいなくなった雲嵐(ウンラン)が、こちらへと戻ってくる。

しかし、雲嵐(ウンラン)もなにか違和感を覚えているのか、首をひねりながらこちらにやってきた。

「あいつ、変だ」

「あいつ?」

明明(ミンミン)が問う。

「毕(ビー)だよ。あいつ、十四でもう酒臭い。妓女臭い。年のわりに酒浸りの臭いがする」

「でも後宮で働いて酒浸りになるなんて難しいのでは?」

一鈴(イーリン)はすかさず問いかけた。

「料理で酒を使うだろ? そもそも食事に出す酒もあるし、くすねてるんだろ。後宮は広い、食材はなんでもある。ちょっとくらい無かったところで気付かないし、ここには娯楽もないからな、でも……あいつが飲んだ臭いでもない……宦官は確実だ。臭いが移ったのか……? それにしては濃いんだよなぁ……」

雲嵐(ウンラン)は鼻を動かしながら俯いている。すると臘涼(ラーリャン)が、「後宮で働く人間に娯楽なんてあるわけないじゃないですか」と吐き捨てるように言った。

「娯楽のある人間は、そもそも後宮で働かずとも食っていけます。縁も財も持ち得ている。普通に科挙を受けて普通の役人になれます。縁なし財なし知識なし、後宮の中でしか働けぬ人間とは大きく異なる。特に宦官は下品なことでしか盛り上がれない人間しかいない」

臘涼(ラーリャン)の発言はやや偏見が混ざったような気がするが、貧しければ楽器を買う金もなく、そもそも娯楽に手をのばす余裕が無くなる。成り上がりのために後宮に来ているならば、なおさらだ。

「お前は知らないが俺は違う」

雲嵐(ウンラン)はすぐに臘涼(ラーリャン)の言葉を否定した。

「わたしだって違いますよ」

臘涼(ラーリャン)は言う。

「でも宦官は下品なことでしか盛り上がれない人間しかいないって言っただろ。お前は宦官だ。お前は下品なことが好きなんだろ」

「好きなわけないじゃないですか」

雲嵐(ウンラン)と臘涼(ラーリャン)の問答が始まった。一鈴(イーリン)はげんなりしながらも、彩餐房(さんさいぼう)に目をやり呟く。

「そもそも、どうして粽子(ちまき)なんでしょうか」

「婆の差し金で、耄碌なら、もう理由なんかないも同然だ、目に入ったからとか、そこにあったとか、どうしようもない理由しかない」

それまで臘涼（ラーリャン）と問答を繰り広げていた雲嵐（ウンラン）が、すげなく返す。

「では、毕（ビー）が自らの意思で行っていた場合は」

一鈴（イーリン）は、彩餐房（さんさいぼう）にもどり、菜刀を握る毕（ビー）を見据える。

そもそも、毕（ビー）はどうして粽子（ちまき）に固執しているのだろう。

今日毕（ビー）が作っているのは、粽子（ちまき）ではない。何らかの炒めものだ。今まで一鈴（イーリン）が見ている限り、毕（ビー）は明明（ミンミン）に出ている菜単で、他の料理も作っている様子だった。

「……貴方は、他の料理に違和感を感じたことはないのですか？」

「ない。粽子（ちまき）だけなんだ。賢妃で共通の食事が出て、変だなと思ったのは粽子（ちまき）だけ。汁物も、炒めものも、同じものが出ているんだけど、粽子（ちまき）だけ、違和感があったんだ……だからかもしれない。賢妃と食事をしたとき、ああ、僕のところに出てる味付けと皆同じだと思ったんだけど、それだけ、あれ、違うな……って思ったから」

「ほかの料理は香料が用いられていないのですか」

一鈴（イーリン）は彩餐房（さんさいぼう）から目を離さず、続けて問う。一鈴（イーリン）は明明（ミンミン）に質問したつもりだが、「後宮に出るもので香料が使われてない食事探すほうが大変だぞ」と、雲嵐（ウンラン）が割って入った。

「たいていのものには入ってる。炒め物にも、煮物にも。妃は将来の皇帝を産まなきゃいけない。そのために贅を尽くす……っていうのに、食事に変な真似してるから、おかしいって話だよ」

つまり、他にも香料を抜こうと思えば抜けるのに、わざわざ粽子（ちまき）の香料だけ抜いているということだ。粽子（ちまき）と、他の料理の違い……。

「葉っぱ？」

一鈴(イーリン)は呟いた。炒めものや煮物、炒飯は皿に盛り付けられるが、粽子(ちまき)は葉に包まれている。たしか雲嵐(ウンラン)は、普通は笹の葉を巻くと言っていた。明明(ミンミン)で出された粽子(ちまき)は笹の葉ではなく別の葉で、雨涵(ユーハン)に出している粽子(ちまき)は、別の葉を使っている。

「……わざわざ笹の葉が用意されてるのに別の葉っぱを調達してる」

一鈴(イーリン)はじっと彩餐房(さんさいぼう)を観察する。

「雲嵐(ウンラン)……躑躅宮(つつじきゅう)で出された葉は、食事で使うべきではない……と言っていましたが、あの葉っぱが手に入る場所を知っていますか？」

「ああ。あれは虹彩湖(こうさいこ)の側に生えてる。だからわざわざ葉っぱをちぎってきて、嫌がらせしてるんだよ。食べ物にも、見てくれの賑やかしにも使わないものだからな」

それでは粽子(ちまき)ではなく、葉になにかあるのかもしれない……。

一鈴(イーリン)は立ち上がる。

「……その場所に案内して頂けますか」

一鈴(イーリン)、明明(ミンミン)、朧涼(ラーリャン)は、雲嵐(ウンラン)の案内のもと、虹彩湖(こうさいこ)に向かうこととなった。

当初雲嵐(ウンラン)は、「監視はいいのかよ」と不満げだったが、じっとしていることは苦手な性質らしい。足取りは比較的弾んでいた。そうして、特に問題が起きること無く、四人は虹彩湖(こうさいこ)にたどり着いたが——、

「……この葉っぱが、ひときわ美味しさが違うとか、そういう理由だろうか」

躑躅宮の粽子に使われているらしい葉を持つ大樹を囲み、明明が首をひねる。葉っぱに何かあると思ったが、その葉はただただ、普通の葉っぱだった。葉の周りは角張ったところが連続している。普通の葉っぱより、固めだ。

「実は、死に至らないまでも、蓄積させることで、毒があるとか……堕胎の効能が、あるとか」

毒を盛るまではいかない悪意。

嫌がらせをしたいが、死んでほしいとまではいかない。

しかし一鈴の言葉を、即座に雲嵐が否定した。

「彩餐房のまわりにだって毒のある葉っぱなんかねえよ。そんなもんが後宮の中で生えてたら、お前はこんなところのうのうと歩けてないからな。毒のある葉っぱなんかあったら、お前の部屋の窓に無限に注ぎ込まれるぞ」

雲嵐は脅してくる。明明は「やめなさい」と注意するが、一鈴はそれもそうかと納得した。

ここは後宮、不審な人間が何度も入り込んでいるとはいえ、皇帝が夜伽をする場所だ。

「……それを防ぐのが、貴方の役目では」

朧涼が雲嵐を横目で見る。

「お前万宗野郎みたいなこと言うなよ」

「万宗野郎……万宗様は陛下の秘書ですよ。敬意を払ったらどうです」

「はぁ？　お前宦官嫌いなんだろ？　あいつだって宦官じゃねえか」

「万宗(ワンゾン)様は異国の血を持ちます。科挙に受かるはずもないのに、科挙で満点を取り続けた天賦の才能を持つ方です。宦官にしかなれないのではなく、陛下のために宦官になった方でしょう　なので……宦官ではないです」

「なんだお前、じゃあ俺も宦官じゃないってことか？」

「貴方は軍人として伸びなくなったからこっちに降りてきた調子乗りではないのですか」

「あぁ？　お前俺のことそんなふうに思ってたのかよ」

「それ以外に理由なんてないでしょう。軍人として動ける身体もあるのにわざわざ去勢する理由なんて」

「いいか俺は、軍人として出世できなくなったからここに逃げ込んできたんじゃねぇ！　俺は……俺は……」

雲嵐(ウンラン)は唸るように言うが……その後の言葉が続かない。

「言えないではないですか」

「うるせぇ、お前に言う筋合いなんてないってことだよ」

臘涼(ラーリャン)と雲嵐(ウンラン)は絶えず言い争っている。

いったいどうしたものかと考えていれば、明明(ミンミン)は「困ったものだね」と苦笑していた。

「あの喧嘩は善なる皇貴妃様にも、助けようがない……いや、救いようがない、かな」

「善ではないです」

一鈴(イーリン)は怪訝な顔をする。明明(ミンミン)は一鈴(イーリン)を皇帝の密偵だと思っているが、実のところは刺客側。対局の立場だ。明明(ミンミン)の言葉を否定することは悪手だが、それでも耐え難かった。

一鈴（イーリン）の善は、善の象徴はたったひとつだから。

故に、自身を善と定義されることは、あってはならない。

「謙遜しないでいいんだよ。仕事とはいえ、君のしていることは善行じゃないか」

「いいえ。私に最も似合わない言葉です」

「では、その言葉が似合う人間が、君の中にいると？」

「はい」

一点の穢れもない、神様がいる。一鈴（イーリン）の中に。その神様は人間の少年の形をしていて、きっとこの螺淵（らえん）のどこかで、幸せに生きている。誰かを豊かにしながら、健やかに暮らしている。

そう願ってやまない。

「私を構成するすべてに、善なんてものは存在しない。ただ、その人が——その人だけが、私の絶対的な善そのものです」

「なるほどね」

明明（ミンミン）が目を細める。明明（ミンミン）は一鈴（イーリン）を廉龍（リーロン）の密偵だと誤解している。もしかしたら、廉龍（リーロン）を善としている……と思われたかもしれない。

残酷で心を凍てつかせている——だから、凍王（ドンワン）。

自分の心の中に存在している神様とは異なるが、すべて推察にすぎず、否定ができない。

一鈴（イーリン）は風にそよぎ、枝から旅立った葉を不意に掴む。

「しぅ」

一鈴（イーリン）が葉っぱをつまんでいると、その襟元から小白（シャオパイ）が出てきた。小白（シャオパイ）は葉っぱに触れ、いたずらしている。一鈴（イーリン）は、後宮に入る前、小白（シャオパイ）のおやつのために、葉っぱに粉をまぶし、油で揚げて砂糖をまぶしていた。それを所望しているのだろう。

「今度な」

一鈴（イーリン）がそう言うと、小白（シャオパイ）は「しぅ！」と葉っぱ越しに抗議してきた。

「旅立った葉は、元に戻せない。元に戻そうとすることは、本当に良いことなのか……」

小白（シャオパイ）と一鈴（イーリン）を見ていた明明（ミンミン）が、大樹を見上げる。

「？」

「舞をしていると、そんなふうに思うんだよ。花びらも葉もおちたあと、少しの間は人の目を楽しませてくれるけど、あとは踏みつけられるだけ。かといって枝には戻せない。一度離れたら、そのまま終わるだけ」

明明（ミンミン）は感傷的に言うが、一鈴（イーリン）は理解できなかった。でも臘涼（ラーリャン）の言っていた教養が関係あるのだろうな、とは思う。一鈴（イーリン）には教養がない。必要ともしない。

でも、伸びやかに教養を楽しむ人間が増えればとは思う。雨涵（ユーハン）のように。その雨涵（ユーハン）は、何かを抱えている様子だが……粽子（ちまき）のことを解決しなければいけない。

一鈴（イーリン）は、日暮れ時の中で、じっと大樹と葉を見据えていた。

日が暮れたことで、一鈴雲嵐（イーリンウンラン）は明明（ミンミン）と臘涼（ラーリャン）と別れ、蓮花宮（れんげきゅう）に戻ることとなった。

一鈴（イーリン）は私室に戻り、そっと藤の椅子に座る。

恐水病、明明（ミンミン）の粽子（ちまき）、そして――雨涵（ユーハン）のこと。正体の知れぬ猫。

领导（頭領）は任務にあたる期間について、指定はしなかったがのんびりしていいわけではない。

こうしている間にも螺淵（らえん）には邪悪がいて、自分は働かなくてはいけないのに。

「しぅ」

一鈴（イーリン）が俯いていると、小白（シャオパイ）が一鈴（イーリン）の服によじのぼってきた。一鈴（イーリン）の手のひらの上で、じたばた動き出している。元気づけてくれているのか――それとも菓子を求めているのか。菓子を求めているのだろうなと苦笑し、「夕餉まで待てないか？」と問う。

「しぅ」

小白（シャオパイ）は食いしん坊だが、食いしん坊扱いをすると、しっかり抗議してくる。

呆れていると、小白（シャオパイ）の地団駄が始まった。

「分かった分かった」

一鈴（イーリン）は懐から巾着を取り出し、小白（シャオパイ）に菓子を与えようとする。しかし、ひらりとなにかが床に滑り落ちた。虹彩湖（こうさいこ）で、小白（シャオパイ）が短い前足でぶっていた葉っぱだ。

何の気なしに拾おうとして、手を止める。

小白（シャオパイ）の、前足の爪により出来たであろう痕跡が、葉っぱに残っている。

黒黒と刻まれ、模様のようだった。

「こんなふうになるのか」

普通の葉っぱは、こんなふうにならない。珍しいなと思い――ハッとする。

「小白、ありがとう……」

勢いよく立ち上がった一鈴は小白を懐に隠すと、雲嵐を呼びつけることなく、小白とともに躑躅宮へ向かった。


突然宮殿にやってきた一鈴の様子を察し、明明はすぐに一鈴を私室に招き入れた。外では臘涼が人払いを行い、人の気配を確認した一鈴は、明明に言う。

「どうして貴方の粽子だけ、違和感があるものだったのか、わかりました」

「本当に?」

「はい、貴方しか、いなかったのです」

一鈴は呟く。

「牡丹宮に住む全結華には、そもそも食事を作れない。水仙宮柳若溪の食事は……おそらく粽子が出せないのではないですか?」

「ああ、たしか葉に駄目なものがあるとかで、粽子は食べないはずだよ」

「よって残るは……私、雨涵、貴方です。没落した来歴から、蘭宮の罗雨涵に助けを求める可能性は低い。悪しき人間だと、思われているので。そして私は……粽子を出さないよう、お願いしていました。つまり……彼女が助けを出すことが出来たのは、躑躅宮に住まい、皇帝の寵妃と呼ばれる項明明――貴方しかいなかった、ということです」

一鈴（イーリン）は、粽子（ちまき）を包んだ葉を明明（ミンミン）に見せた。

米粒がつき、水分と熱で滲んだ葉には、目をこらせばうっすらと何かで削った形跡が見える。

『たすけて　よる　こわい』

そして雲嵐（ウンラン）の言った、『あの女、妓女みてえな臭いがする』という言葉。

一鈴（イーリン）は最悪の想像に至り、目を伏せた。

「……表で働けぬ男は、たいてい危険な場所で働くことになります。危険な海だったり、鉱山だったり。危険を伴いながらです。その肉体を使う。でも、腕力が劣る女の使い方は……」

次に思い出すのは、臘涼（ラーリャン）の言葉だ。

『去勢したから煩悩とは無縁と思うでしょう？　逆なのです。失ったからこそ、畜生共は足りないものを欲するのです』

彩餐房（さんさいぼう）を取り仕切っていたのは女だった。だからといって、女の味方だと考えるのは愚かなことだ。悪人に男も女もない。性別なんて関係ないのだ。女の身体を売る女も当然いる。

「どうしてこんなに回りくどいことをしたのか。助けを叫べばいい――そう思って気づいたんです。こうして、葉を削ることでしか、助けを求められなかった――毕（ビー）は喋ることができない可能性があります。そして、貴方に助けを求めていた」

一鈴（イーリン）は続ける。

「毕（ビー）が口が聞けない。そう仮定すると、辻褄が合うんです。毕（ビー）が、彩餐房（さんさいぼう）では本来働けない。でも、毕（ビー）は彩餐房（さんさいぼう）で働けている。あまつさえ妃の食事を作っています。そんなこと許されない。弱みを握られているから——逃げられない。助けてもらうほかない。誰かに」

「それが、僕だったと、いうことだね」

「はい。口の聞けない毕（ビー）が彩餐房（さんさいぼう）に入れるよう手引した人間、もしくはその秘密を知った人間が絡んでいる。私はそう思います」

　悪意には底がない。根底には必ず金がつきまとう。

「雲嵐（ウンラン）は、妓女臭いと言っていました。毕（ビー）は酒を飲んでいない臭いなのに、でも、妓女臭いと」

　酒を飲んでない。なのに酒の臭いがまとわりついているということは、それほど酒浸りの人間と近しい時間を過ごしている……ということだ。彩餐房（さんさいぼう）で働く、妓女ですら無い人間が、妓女の真似事をさせられている。

「そして、ここには夜が怖いとあります。いつの夜かも書かれていない。つまり、毕（ビー）は毎夜、恐ろしい目にあっている……可能性が高い」

「わかった。すぐに衛兵に報告して……」

「いえ」

　一鈴（イーリン）は朧涼（ラーリャン）に報告しようとする明明（ミンミン）を止めた。衛兵に連絡して、どれほど時間がかかるか分からない。その間に、毕（ビー）は苦しんでいるかもしれない。今、こうしている間にも。

　後宮のために、皇帝のために何かをする。そんなことは刺客として皇帝抹殺の命を受けた自分には、全く関係のない話だった。

　でも。

「私がやります。それが私の……仕事なので」

一鈴（イーリン）の表情が、冷ややかなものに変わっていく。

感情がすべて抜け落ち——それでいて、瞳には静かな怒りが鬼火のようにくすぶる。

刺客として悪を憎悪し、すべて滅殺すべく、手を汚し続ける刺客の眼差しに、明明（ミンミン）は息をのむ。

邪悪をこの螺淵（らえん）から排除して、神様の存在すべき世界とする。

一鈴（イーリン）が、自身に対して架した使命であり、生きる理由だった。

❀

罰が下ったのだろうと思っていた。

口が聞けないのに、後宮で、普通の人のように働こうとした罰が。

生まれたときから、毕（ビー）の声は出なかった。意思を伝えるには身振り手振りしか無く、耳は聞こえるため情報を知ることだけは出来たが、要するに毕（ビー）は口の聞けぬ自分を煩わしがる声を、とめどなく受け取りながら生きてきた。

家は商いをしていて、客を呼び込むために声は必須だった。毕（ビー）が喋れぬと諦めれば、すぐに口減らしに出された。奉公の家々を転々とし、最後は孤児を集める商家のもとへ身を寄せることになり、そこで料理を学んだが、商家の当主が死に、統率者が変わった流れでまた毕（ビー）は居場所を失った。

——私はこの世界にいてはいけない。

暮らしも、何もかもが定まらない中で、毕（ビー）はそんなふうに思うようになった。幸いにも、毕（ビー）の料理の腕は確かで、その技術を認めた料理屋で働けることになったが、声が出ない困難は、当然地続きで毕（ビー）を苛む。作った料理が同僚の手柄にされ、失敗は押し付けられる。声がでないと言うだけで、ずっと安く買い叩かれる。それでも感謝しなければいけない。料理は人並みに作れる。でも、声が出ない自分はほんとうなら、雇われる権利すらないのだから。感謝しなければいけない。そう思って、生きてきた。そして、ある春のこと。

町の小さな料理屋で働く毕（ビー）は、緋天城（ひてんじょう）の中、後宮の料理を司る彩餐房（さんさいぼう）で働く嬿（エン）と出会った。嬿（エン）は客として訪れ、口の聞けぬ毕（ビー）に興味を抱くと、彩餐房（さんさいぼう）で働けるよう口利きすると言い、毕（ビー）は半信半疑であったが、後宮で働けるような嬿（エン）が偽りを騙るとも思えず、その話にのった。

昼は、彩餐房（さんさいぼう）で料理を作る。喋れないことは、嬿（エン）との秘密。

後宮に入る前はそれだけだったが、深華門（しんかもん）をくぐったあと、新たにひとつ、役目が増えた。

夜は、宦官たちの相手をすること。

相手は、色々だった。妓女の真似事として、酌の相手をさせられたり、酔った宦官に暴力を振るわれたり。嬿（エン）は宦官を客と見ていて、毕（ビー）を彩餐房（さんさいぼう）で働かせるために金を使ったから、そのぶん毕（ビー）は働くべきだと言う。彩餐房（さんさいぼう）には、他にも女たちがいた。みな、毕（ビー）のように何かを抱えた女たちだった。

毕（ビー）は最初、嬿（エン）に従順に従った。後宮で働かせてくれるようになったのは、嬿（エン）だからだ。でも、だんだん、だんだん、辛くて仕方なくなった。でも、逃げるそぶりをみせるたびに、嬿（エン）からの激しい叱咤と尊厳を踏みにじる罵倒にあい、自分の無力さを思い知らされた。

逃げる場所なんてどこにもないぞと、思い知らされた。

「恩知らず」

「口の聞けぬお前の居場所なんてどこにもない」

ずっとそう言われてきた。そうだと思っていた。

でも、毕は考える。立ち向かうなら今なんじゃないかと。

だって誰も助けてくれない。助けてと言えない。言えないなりに求めた助けも届かない。

ならば自分でなんとかするしかない。自分で。

毕は菜刀を見やった。ずっとこの菜刀で料理を作ってきた。誰かを傷つけていい道具じゃない。でも、こうするしかない。このままだと大切なものが守れないのだから。

意を決して毕は菜刀を手に取った。いつもよりずっと強く握りしめ、嚥に振り向く。しかし、菜刀を握る毕を、嚥は鼻で笑った。

「何をするかと思えば……馬鹿な子だね、お前みたいな小娘に何が出来るっていうんだい」

そう言って笑う嚥は、毕から簡単に菜刀を奪い取ってしまった。

「さ、ちゃんと働くんだよ。馬鹿な男たちを待たせてるんだから」

嚥が、ぽん、ぽんと宠物を飼い馴らすように毕の頭に触れる。

いつまでこんなことが続くのだろうと思う。

いつまでこんなことが続くのだろう。

私の人生、いったいなんなんだろう。

私はなんで生きているんだろう。

こんなことがずっと繰り返す人生なのか。

嫌だ。

心の底から思った。こんな人生は、辛い。苦しい。いらない。でも自分が死んだら、自分の分まで働かせられる人間が出てしまう。彩餐房（さんさいぼう）の女たちとは、交流なんてしない。嚥（エン）が嫌うからだ。でも、同じ痛みを持つ者同士、喋ることはせずとも、繋がるような感覚はあった。

毕（ビー）は必死の思いで嚥（エン）の首に手をかけた。しかしすぐに頬を打たれ、勢いのまま壁に身体を打ち付けた。

「お前まだ分かってないのかい。それとも？　誰かに誑し込まれたのかい？　いいか、あたしに歯向かってもいいことなんてなんにもないんだからね。口の聞けないお前を、あたしは雇ってやったんだよ。その恩を、お前は返さなきゃいけない。その身体で、馬鹿な下男の相手をして、金集めて、ちゃんと恩を返すんだよ。どうせここを出たって、お前はどこにも行けないんだから」

どこにも行けない。

口が聞けないから。

毕（ビー）はずっとそうだった。自分は声が無くても大丈夫。だって生まれつきそうだった。でも、でもやっぱり思う瞬間がある。声があったら。今、とても思う。

誰か助けて。

そう言えたのに。

毕（ビー）は嚥（エン）を見る。その背には月が浮かんでいた。丸い月だ。嚥（エン）は光に照らされている。悪いことをしたら、光に顔向けが出来ないと聞いたことがある。あれは太陽だったか、それとも月だったか、思い出せないが、どんな人間にも光が照らされるなら、どうして自分は照らしてもらえないんだろう、気付いてもらえないんだろうと、涙が出てきた。

「ふん、馬鹿が。泣いて赦しをこうたところで遅いんだよ。最初からちゃんとわきまえてればいいものを……」

「月光を背にするには、随分野蛮なことを言う。月の美しさに惹かれ、歌を詠む人間もいるというのに……」

冷たい声が響く。毕（ビー）にはその声に聞き覚えがなかった。

女の声だが、異型の、幽鬼や物の怪の類か、淀みなく、氷のように澄んだ声だった。

こんな話し方をする人間は、晴龍帝（せいりゅうてい）しかいない。しかしこんな場所に皇帝が来るはずもない。

暗闇の中で響く声に、毕（ビー）も、嚥（エン）も戸惑いを覚えた。

「誰だ」

嚥（エン）が振り返る。するとそこには、长袍（ローブ）を羽織った影が揺らめいていた。

線が細く、声からしても女だとうかがえるが、そもそも人と断定出来るか怪しい。

独特な雰囲気を纏いながら、影は嗤う。

「揃いも揃って、悪人は皆、同じことを聞く。どうせ聞いたところで、誰も生きて帰れはしないのに」

「……毕（ビー）、秘密を漏らしたのかい！」

嚥（エン）が毕（ビー）に手を伸ばした。毕（ビー）が呼んだ助けだと思ったらしい。でも、毕（ビー）が助けを求めたのは、项明明（シアンミンミン）だ。项明明（シアンミンミン）の遣いかと思うものの、影の異質な雰囲気に戸惑い、なおかつ嚥（エン）の手を反射的に避けよう

とした矢先――、

「その女に触るな」

影の声が響く。淡々としていたが、声音には並々ならぬ殺意が籠もっていた。息をするのも躊躇われるほど空気がひりつく。嚥も感じたのか、ぴたりと動きを止めた。

「死にたくないなら、そのまま止まれ。死にたいなら、好きにすればいい――」

影は警告する。

「……死にたくない、ということか」

影の笑い声が響く。かすれて、乾いた、嘲るような笑い方だった。嚥は不愉快に思ったらしい。影を警戒しながらも、気丈な様子で問う。

「お前、宦官じゃないね」

「ああ」

「この女の差金……宮女、でもなさそうだ。一体何者だい」

「私からの質問に答えるなら、答えてやってもいい」

「質問？」

嚥が顔をしかめた、その時だった。

強い風を毕は感じた。月が一瞬だけ雲に隠れる。そして、また嚥、毕、影を照らした時……嚥から離れていた影は、嚥の真横にあった。

「ぐぁっ」

毕（ビー）が影の存在を認識した瞬間、嚥（エン）が激痛に悶えるような声を上げる。

「なぁ、この腕、必要か？」

「なっ、なんだ、は、離せ、離せっ！」

嚥（エン）は暴れるが、影はびくともしない。ただただ、嚥（エン）の腕を片手で引きちぎろうとせんばかりに握りしめていた。

「よく喋るその口も、お前に必要なものか？」

「は、はぁ!?　うっ、」

影はもう片方の手で、嚥（エン）の首に手をかけた。毕（ビー）が両手でなんとか首を締めようとして出来なかったが、影はいともたやすく嚥（エン）を締め上げている。

「その耳——本当に、お前に必要なものか？」

とうとう影は嚥（エン）を押しつぶすように地面に伏せさせた。苦しむ嚥（エン）を見て平然と質問を続ける。

「お前はこの腕で誰かを守ったことがあるか？　誰かを庇ったことがあるか？　お前はこの口で、相手に優しいことを言ったことがあるか？　人を励ましたことがあるか？　この耳に聴こえる悲しみを理解したことがあるか？　誰かの言葉に耳を傾けたことがあるか？」

暗闇から、声が響く。嚥（エン）は息を呑んだ。

「ないなら、いらないな？」

質問は続く。

「いらないだろ？」

質問は続く。

「答えられないのに、お前はどうして、生きているんだ?」

嚥(エン)は答えられない。

影は続ける。

「私はな、お前みたいな奴を殺すために生きてるんだよ。お前みたいな悪人がいるかぎり、この螺淵(らえん)はどうやったって良くならない。綺麗な世界にならない。神様がいていい世界にならない。だからこの螺淵(らえん)から徹底的に、お前みたいに人を傷つけるだけの、生きていたところでどうしようもない屑を、一人残らず、苦しめて、苦しめて苦しめて苦しめて、もう二度と、何があっても、絶対に生まれてこないように、徹底的に、殺して殺して、殺して、全員殺すためだけに生きているんだよ。そうでなきゃ――私はこの世界に――」

そこから続けられた言葉は、ずっと畢(ビー)が思っていた言葉だった。

やがて、もがいていた嚥(エン)の手足が、だらりと伸びた。腹は動いている。どうやらまだ、息は残っているらしい。

一体、この者は何者なのか。

目の前の光景に、畢(ビー)がただただ呆然としていると、そっと畢(ビー)の肩に羽織がかけられた。

柔らかな、透けるような素材の優しい羽織だ。

振り返ると、月に照らされた項明明(シァンミンミン)が畢(ビー)の肩に触れ、優しく微笑む。畢(ビー)の手に、小さくネズミのような生き物がのって、「しぅ」と鳴く。

「助けにきましたよ。遅くなってごめんなさい」

声が届いた。


「助けにきました。遅くなってごめんなさい」

項明明（シァンミンミン）が毕（ビー）に声をかけたのを見計らうと、一鈴（イーリン）は嚥（エン）の襟元を掴み、荷物のように引きずりながら、毕（ビー）の客である男たちが待っている小屋の扉を、片足で蹴り開いた。小屋の中はさながら妓楼のように整えられ、中では彩餐房（さんさいぼう）で働いていた女たちが、宦官たちに酌をさせられていた。みな苦々しい面持ちで、宦官たちに肩を抱かれ、物のように扱われている。

「誰だ！」

毕（ビー）の客が、戸惑いながら一鈴（イーリン）を見る。一鈴（イーリン）は返事をすることなく、嚥（エン）を引きずったまま、側に居た宦官の胸ぐらを掴むと、そのまま無言で殴り飛ばした。宦官は華やかな屏風や衝立をなぎ倒しながら倒れ込む。賑やかな宴会場の空気が、一変した。

嚥（エン）をそのまま毕（ビー）や明明（ミンミン）の元へは置いていけないと引きずってきたが、もういいだろうと、一鈴（イーリン）はそのまま嚥（エン）を床に転がした。

やっと両手が使える。一鈴（イーリン）は鼻で笑った後、嚥（エン）を掴んでいた手を軽く振って、毕（ビー）の客の粛清を始めた。

一鈴（イーリン）はそのまま、嫌がる女を我が物顔で触れる宦官の手を掴むと、容易く花のように折る。

室内の中央を君主のように緩やかに歩きながら、粛清を続けていると、やがて宦官たちは立ち上がり、一斉に一鈴（イーリン）に襲いかかった。一鈴（イーリン）は視線をただ、道の先へと固定しながら、宦官たちの攻撃を躱し、そのままなぎ倒していく。宴会席の酒も器も屏風も何もかもがひっくり返り、あちこちで宦官がうめき苦しみ伏せる部屋の真ん中に到達すると、一鈴（イーリン）は呟いた。

「邪魔なんだよ、全部。さっさと消えてくれ」

全てがいらない。この部屋にあるもの全部が汚い。

一鈴（イーリン）は向かってくる男たちを次々と打ち倒す。突然の侵入者に、最初こそ客たちは応戦していたが、圧倒的な力の差に、じりじりと様子を伺うそぶりを見せ始めた。

「逃げてもいいぞ。お前たちを捕まえるなんて、造作もない。好きな方を選べばいい」

どこまで逃げても、最後には絶対に捕まえる。ただ、軽い逃走劇には付き合ってやっても良い。逃げたお前が悪いのだと、その分苦しめてやれるから。

「逃げて苦しんで死ぬか、その場に留まり、楽に死ぬか。私としては、苦しめがいがあるほうが楽しい――どうする？」

客はまた顔を見合わせた。覚悟を決めたらしく、今度は部屋にある燭台や調度品を手に取り、影への排除に覚悟を決めたようだった。

一鈴（イーリン）は武器を構える男たちを前に、安堵した様子で口角を上げる。

「悪人の考えることは全部同じだ。良かった。やっぱり……いないほうがいい。この螺淵（らえん）に、いらない。全部いらない」

一鈴（イーリン）が毕（ビー）の客を制圧するまでに、時間はかからなかった。

一番の難所である毕（ビー）への説明や周囲への説明は、明明（ミンミン）に任せることになっている。

やがて、毕（ビー）に説明を終え、その保護や無粋者の始末の手配を終えたらしい明明（ミンミン）が一鈴（イーリン）の元へやってきた。

「毕（ビー）や他の女の子たちの保護が出来たよ。ありがとう……そっちはどうだった？」

「見てのとおりです」

一鈴（イーリン）は小屋の中を見やる。中は一鈴（イーリン）が倒した男が山のように積み上がっていた。明明（ミンミン）は「なるほどねぇ」と、深刻そうな顔をしている。

「これはすべて、臘涼（ラーリャン）がやったことにしてください。私は、今回一切関与していなかったということで」

後宮で不用意に殺しを行うわけにもいかず、今回、命まで取らなかったといえど、意図的に手加減せず粛清した。生きるか死ぬかの間を瀬戸際まで追い詰めた。

故に、多数の邪悪な宦官を打ちのめしたと周囲に知られることは、危険以外のなにものでもない。

「大丈夫。僕を心配して、君は雲嵐（ウンラン）を残し単身で躑躅宮（つつじきゅう）に来た。そのことを雲嵐（ウンラン）に伝えようとして、蓮花宮（れんげきゅう）に向かおうとしていた臘涼（ラーリャン）が、毕（ビー）が虐げられているところを見かけて、助けに入った……ってでしょう？　ちゃんと覚えたよ。君、嚥（エン）を結構脅してたけど、私を責めたあの女は誰だ！　なんてわざわざ聞かないだろうしね……だから君の功績は、僕からきちんと、我らが皇帝陛下だけにお伝えする。安心してくれ」

「え」

明明（ミンミン）の言葉に一鈴（イーリン）は愕然とした。すぐに「やめてください」と声を荒げる。

「絶対に、陛下にだけは内密に……」

「どうして？　君の昇進に関わることじゃないのか？」

「いささか、やりすぎたと思うので、絶対に、絶対に言わないでください……」

一鈴（イーリン）は切実に頼む。明明（ミンミン）は「もしかして君……」と一鈴（イーリン）を見据えた。

まさか刺客と知られたのか。一鈴（イーリン）は冷や汗を握る。そして、刺客と知られてない場合の類似事例として雨涵（ユーハン）の「もしかして」があるが、もれなく最悪な目にしか遭っていないので、どちらにしても「もしかして」は、よくない前置きだった。

「上の命令を聞かないで、独断で動く気質だったりする？」

「え」

「前に陛下に勝手に動くなってやけに念押しされたことがあったけど、なるほどね……前例があったかぁ」

明明（ミンミン）は勝手に納得している。前に念押しされたというのはどういうことだろう。想像するまもなく、明明（ミンミン）は「もしかして僕のときもそうだったんでしょ」と訊ねてきた。

「僕の身体が調べられるって時、後から考えるとどうも君と廉龍（リーロン）の足並みが揃ってない気がしててさ、今回も前回も助けられたけど、身代わりを用意するとか、博打だもんね……でも、分析して考えて慎重に行動を起こす気質の彼には、ある程度破天荒な忠臣が必要なのかな」

晴龍帝(せいりゅうてい)が慎重……?

一鈴(イーリン)は疑問を抱いた。廉龍(リーロン)は淡々としているが、突然総龍帝(そうりゅうてい)——実の父親を殺してしまった。

それは間違いなく、激情にほかならない行為だ。考えていると、明明(ミンミン)は続ける。

「まぁ、君にはこれからも手伝ってもらうことがあるかもしれないから、持ちつ持たれつでいこうか」

明明(ミンミン)が一鈴(イーリン)を皇帝の密偵と考える限り、一鈴(イーリン)は対応しなければ、一鈴(イーリン)の存在理由に疑惑がわく。

どちらに行っても、袋小路だ。

行き場がない。唯一の道は晴龍帝廉龍(せいりゅうていリーロン)の抹殺だが、恐水病の件が片付かねば、どうにもならない。

「……あの、毕(ビー)は、これからどうなるんですか」

話を逸らす意図もあれど、純粋に気がかりだった。

毕(ビー)は口が聞けない。それを隠して彩餐房(さんさいぼう)で働いていた。料理を作る技術に関係ないが、雨涵(ユーハン)が視力のことを隠していたことからして、風当たりが強くなってしまうのではと思う。

「まぁ、僕のほうでも出来る限り説明するし……君が生かした燕(エン)は、おそらく処刑される。徒党を組んだことを理由にされるんじゃないかなぁ。だから、彩餐房(さんさいぼう)の料理人は減る。口が聞けないことを理由に、辞めさせることも、難しくなると思う。まぁあの子次第だけど、きっと大丈夫だよ」

「そうですか。良かったです」

一鈴(イーリン)は安堵する。虐げられてもそれでも居た職場だ。毕(ビー)が望むならば新しくきれいになった場所で、今度は自由で居て欲しいと思う。

「……良かったかな」

明明（ミンミン）はそっと目を伏せる。

その表情は、やや憂いを帯びていた。

「間に合ったかな、僕は」

明明（ミンミン）は、しばらくの間、食事への違和感に気付いていなかった。

そのことに後悔があるのだろうと思う。一鈴（イーリン）はしばし思案した後、明明（ミンミン）をまっすぐと見据えた。

「間に合ったと、思います」

「貴方も、彼女も間に合ったと思います」

一鈴（イーリン）は言う。宮女は間に合った。だって誰も殺してない。

最悪の瞬間は逸れたはずだ。明明（ミンミン）が違和感に気づき、動いたから。間に合った。

――自分と違って。

ふいに背後から、鈴の音が聴こえた。振り返ることはしない。幻聴だと分かっているから。

鈴の音とともに、血の匂いも蘇る。身体に生ぬるい煙がまとわりつくような気がして、一鈴（イーリン）はいつも隠しているお守りに触れた。

少年からのお守り。

神様のお守り。

「私は、間に合わなかった。間に合わせることが出来なかった。どちらもありました。貴方も彼女も、間に合ったと思います」

遊侠と出会ったのは、箱庭で全員殺した後だった。

そして神様と出会い、道標が出来た後、一鈴(イーリン)は間に合うことができなかった側に、何度も、何度も、何度もなった。

自分が殺してない死に顔を見ただけではない。

自分よりの人間が生まれゆく瞬間を見た。一番心にあるのは、幽津(ヨウチン)での地獄だ。貧しそうな青年が大人に庇われながら絶望していた。あの日一鈴(イーリン)は別の任務の途中で急遽幽津(ヨウチン)に向かった形だが、青年の命は助けられても、その心を救うには間に合わなかったと思う。

せめてもの慰みにと、一鈴(イーリン)は神様の根付を渡した。粽子(ちまき)を渡した。あるものはすべて渡したつもりだ。でも、未だにその青年の絶望に染まった眼差しが、忘れられない。

自分に神様のような力があったなら。

誰かの道標になれるような、「人間」だったら。

一鈴(イーリン)はずっと思っている。

「……本当は自分に対しての嫌がらせじゃないって、思った上で、私に粽子(ちまき)の話をしたんじゃないですか」

一鈴(イーリン)は、明明(ミンミン)に問いかけた。

「どうして？」

「私が倒れてから、貴方が蘭宮(らんきゅう)で食事をしたのはだいたい三日間の出来事です。貴方は素性についてのことがありますし、念には念を入れるということも大切ですが、ちょっと神経質すぎる気もします」

別の妃のもとで食事をしてすぐ、自分の食事に違和感を覚えた明明(ミンミン)。

普通はただ、気のせい……もしくは、自分の食事を担当する人間の腕が悪いことを想像する。そして、作っている人間が一緒なら、自分に対する嫌がらせだと感じるが……。

「貴女の素性を知って揺さぶりをかけてきているなら、やはり、もっとこう、素性をみなに知らせると貴方を脅迫したり……それこそ、後宮から出て行けと文を書いたりすべきで、食事に細工をするにしても、手段があまりにも遠回しです」

食事に細工が出来る、粽子(ちまき)に嫌がらせをするくらいなら、もっと酷い嫌がらせをしてもおかしくない。すぐにそう考えるはずだ。

そして明明(ミンミン)は「嫌がらせか揺さぶりか微妙なところだけど、皇帝は動きづらい」と言った。

若溪(ルォシー)に謀られ素性を暴かれかけた明明(ミンミン)だ。三日ほどで嫌がらせかもしれないという危機感を覚えているのに、きちんと廉龍(リーロン)に報告しようとはしない、不自然さがある。行動に一貫性がない。

「遠回しで、まどろっこしい手段を使わなくてはいけない……嫌がらせというより、料理人は何かを訴えようとしている……でも、自分の直感が正しいか、分からない。当事者の直感は疑わしいと、貴方は前に言っていた。故に今回、皇貴妃に動いてもらおう……貴方はそう思ったのではないですか。自分の考えが杞憂なら、それが一番いいからと」

念の為調べてもらう。でも嫌がらせが目的ではなさそうなので、皇帝は動きづらい。

そもそも気のせいかもしれない。

でも、万が一の可能性がある。そしてその万が一が、起きていた。

「助けてと言ったところで、助けてもらえるかわからない」

明明が静かに言う。

「少なくとも問題は、自分で解決しなきゃいけないものだと、僕は思っているよ。でも、一人で解決するにも限界がある。人は、いつかは人に頼らなきゃいけないときが出てくる。そのとき、頼ることが出来たら運がいい。でも、頼れなければ、もう、堕ちるところまで堕ちていくしかない。残酷だけどそれがこの世界だ」

おそらく、自分で解決しなきゃいけない——その結果が、姉の代わりに、後宮に単身で向かったことだろう。明明は項家の養子と聞く。そして項家はもともと、身代わりを欲して、実娘の代わりに姉を引き取ろうとして、今一鈴の目の前にいる男は、いわばその付属だったとも。

生き方の根底に、自分がなんとかしなければという感情が根付いているのかもしれない。

「そして君が僕を助けてくれたのは、僕の秘密が知られると皇帝の立場が危うくなるからだ。でも、皇帝の身に問題がなければ、何か起きる前でなければ、君は動かないんじゃないか、とも思った。君を信用していないわけではないけどね、人にはそれぞれの生活や心情がある。絶対はない。助けてくれない人間を責めるわけではないが、期待に軸足を置くことはとてもむずかしい」

明明の気持ちが、痛いほどに分かる。その生き方を知らないが、助けを求める行為自体が、一鈴にとってはただただ虚無を泳ぐことに変わりなく、その間に立って、手を動かす方がずっとはやいからだ。傷つかなくて済むからだ。何にも期待しないほうが、光知らぬほうが、暗闇では生きやすい。

「自分で助けられないのに、中途半端なことをすべきではない。それは分かってるけど、それでも、困っているなら助けたい。助けられる人につなぎたかった」

明明は珍しく感情的な声音で言う。助けられる人につなぎたい。その手段を、一鈴は一度失い、神様により獲得した。その選択を手放すことはしないまでも、見ることはしないようにしている。

「ありがとう」

明明は一鈴を見やり、微笑んだ。

「礼を言われることではないです」

「はは、主人とそっくりなことを言う。主従は似ると言うけれど、そのとおりだ」

「……？」

主――领导について言っているのかとも思ったが、明明は领导を知らないはずで、なおかつ、「礼を言われることではないです」なんて、聞いた覚えはない。明明は絶えずおかしそうに笑っている。

「何故笑っているのですか」

「いや？」

明明はずっと笑っている。理由が分からぬ一鈴は、ただただ戸惑っていた。

彩餐房の嬿が、毕など、後宮で働く資格が得られぬ者たちを彩餐房に招いた挙げ句、夜に擬似的な妓楼を作り、業務外の仕事をさせていたことについては、大規模な処分が行われた。

勝手に役目を与え、金を取り後宮で働く男たちと徒党を組むような動きをした者たちは処刑され、客として入った男たちは籠宮に入れられ、暗闇の中で自らの処分を待っている。そして、彩餐房で働きながらも虐げられていた者たちは、粛清により働き手が不足したため、本人たちの希望を聞いた上で、そのまま料理人としての職務をまっとうさせる運びとなった。

そうして、すべてのとりまとめが速やかに終了し、数日が過ぎた頃。一鈴(イーリン)は小白(シャオパイ)におやつを与えていた。

「美味しいか」

「しぅ」

小白(シャオパイ)は喜々として粽子(ちまき)を食べている。一鈴(イーリン)が作ったものだ。毕(ビー)の用いていた葉の秘密について気づいたのは、小白(シャオパイ)のおかげだった。その小白(シャオパイ)が甘い粽子(ちまき)を所望したため、雲嵐(ウンラン)に頼みに頼みに頼み込んで二百の小言を言われた末に作ったのだ。


明明(ミンミン)と毕(ビー)が蓮花宮(れんげきゅう)に顔を出した。

「おい、客人が増えるなら事前に言っておけよ」

とうとう自ら茶を淹れるようになった雲嵐(ウンラン)が、臘涼(ラーリャン)に「お前はそこで皇貴妃も自分の主人も見張っておけよ」と念押ししつつ、一鈴(イーリン)を指し「こいつは油断ならねえからな」と付け足してから、茶を淹れに部屋から出ていった。

雲嵐(ウンラン)は鼻が利く。一度明明(ミンミン)の宮殿で湯浴みまでさせてもらい戻ったが、雲嵐(ウンラン)の嗅覚は誤魔化せなかったらしい。

『お前酒くせえな、ろくでもない宦官と酒飲んでただろ』と、窘められる結果となった。

そのせいで、一旦緩まりつつあった雲嵐(ウンラン)の監視の目が、厳しいものとなっている。

そんな雲嵐（ウンラン）は、明明（ミンミン）の食事の顛末および彩餐房（さんさいぼう）について、彩餐房（さんさいぼう）の邪悪たちが、疑似妓楼運営に伴い、勝手に食材を盗んだり、総龍帝（そうりゅうてい）の代から塩や卵などを私的に流用していた形跡が見られたことから、「馬鹿のせいで味が落ちてたのか。馬鹿の考えることは分からねえな」と納得していた。

しかし、一鈴（イーリン）には納得できないことがある。

何故、明明（ミンミン）が毕（ビー）を伴ってきたかだ。

「あの、どうして私のところに来たのですか……彼女を連れて」

「お礼を言いたいと頼まれてね」

「何故彼女が私に礼を言いたくなるのですか！」

一鈴（イーリン）は明明（ミンミン）を睨む。すべては朧涼（ラーリャン）の手柄とさせたはずだ。姿も隠した。話し方もいつもと変え、声も変えたつもりだった。

「そのことなんだけど……そこの小さなお友達で、君だと分かったみたいなんだ」

「小さなお友達……？」

一鈴（イーリン）の小さな友達。

思い当たる獣が一匹——小白（シャオパイ）を見る。小白（シャオパイ）は「まぁ！」と白々しく驚く素振りを見せた。

嚥（エン）を退治していた時、小白（シャオパイ）はそばにいなかった。戦っている間小白（シャオパイ）が気配を消すのは、今に始まったことじゃない。だから一鈴（イーリン）は気にしていなかったが……。

「ひとつ安心してほしいんだけど、男たちはあの夜のことを話せる状態じゃないよ。女の子たちに酷いことをしたかしてないかすら答えられない状態になったから」

明明（ミンミン）は言うが、安心できない。

「それに彼女は恩人をひけらかすような真似はしないさ。今まで、自分の秘密が知られることを、恐れていたのだから」

明明（ミンミン）が言うと、毕（ビー）が頷く。

「はぁ……」

一鈴（イーリン）は毕（ビー）を見る。毕（ビー）に悪意がなくとも、雨涵（ユーハン）のような例がある。毕（ビー）は自信がありそうにこちらを見返してくるが、やはり雨涵（ユーハン）という前例があり、信用は出来ない。

「そうだ。毕（ビー）がね、粽子（ちまき）を作ってくれたんだ。笹の葉でね、今度は丹精込めて作ったものなんだけど……ちょっと、運の巡りが違ったかな？」

明明（ミンミン）が机の粽子（ちまき）をちらりと見た。

「これは小白（シャオパイ）用なので、いただきます」

一鈴（イーリン）が言うと、毕（ビー）は嬉しそうにして粽子（ちまき）が入ったらしい包みを差し出してきた。

食いしん坊仲間を見つけるような顔で小白（シャオパイ）が見てくるが、作ってもらったものを受け取らないのは忍びない。しかしながら、毕（ビー）は一鈴（イーリン）が粽子（ちまき）を受け取った後、小白（シャオパイ）用の粽子（ちまき）を見ている。

「料理に興味があるらしい」

どうやら、糖獣（とうじゅう）に忌避感はないらしい。一鈴（イーリン）はちらりと小白（シャオパイ）の様子をうかがう。毕（ビー）を同情してか、小白（シャオパイ）はさも余裕ぶった表情で、『どうぞ？』と言いたげに前足で皿を押した。

「元々、人間用でもあるので、よければ」

毕(ビー)はおずおずと一鈴(イーリン)の作った粽子(ちまき)を受け取る。ひとくち食べた後、目を見開いて、粽子(ちまき)をじっと見つめている。そして、懐から紙を取り出し、さらさらと何かをしたため始めた。

『今度、彩餐房(さんさいぼう)で、出したいです。良ければ、作り方を、教えて下さい』

「嚥(エン)によって奪われていたみたいなんだ。筆も紙も」

明明(ミンミン)が付け足す。

それで粽子(ちまき)の葉に全てを託したようだ。

「まぁ、それはまた今度」

「今度も来ていいって、良かったね」

明明(ミンミン)がまた付け足した。今度は、とんでもないことを。

「皇貴妃と関わりがあるということは、この子を守るためにもなるからね」

「そ、そういうわけでは……」

明明(ミンミン)が付け足す。もう、そう言われてしまえば一鈴(イーリン)はどうしようもない。

「連日は、困りますが、適宜、いい具合の頃合いに……」

一鈴(イーリン)がそう言った瞬間、「一鈴(イーリン)！」と大きな声が蓮花宮(れんげきゅう)に響いた。何かと思えば、蓮花宮(れんげきゅう)の橋のところを雨涵(ユーハン)が全速力で走っている。その後ろを陣正(ジェンジャン)が追いかけていた。賢妃としての衣を着ているのに、すごい速さだ。一鈴(イーリン)が呆然としていると、雨涵(ユーハン)はあっという間に一鈴(イーリン)と明明(ミンミン)のいる部屋に飛び込んできた。

「一鈴(イーリン)久しぶり！　私！　私やったわ！　出来たの！　もう一鈴(イーリン)に隠し事しなくて大丈夫になったの

よ！」

雨涵（ユーハン）は感激した様子で一鈴（イーリン）に飛び込んでくる。

「えっ――えっ、な、なにが――わっ」

突然雨涵（ユーハン）に抱きつかれ、一鈴（イーリン）は尻もちをついた。明明（ミンミン）や毕（ビー）が目を丸くしている。雨涵（ユーハン）は「あっごめんなさい一鈴（イーリン）！」と、慌てた顔で手を差し出してきた。「大丈夫です」と断り、一人で立ち上がりながら、刺客としての腕が鈍ったかと不安を覚える。夜闇の中男たちの攻撃はかわせた。今は昼間、視界は開けているはずなのに。

「ごめんね一鈴（イーリン）！　久しぶりに一鈴（イーリン）に会えたのが嬉しくて……」

雨涵（ユーハン）は申し訳無さそうに謝ってくるが、一鈴（イーリン）は雨涵（ユーハン）が恐ろしくなった。

雨涵（ユーハン）は弱い。簡単に殺せる。殺そうと思えば。

でも、本当に怖い。全ての行動が、全く予想できない。

「あの、隠し事ってなんですか……」

雨涵（ユーハン）の発言は、これまで幾度となく、一鈴（イーリン）を追い詰めてきた。つまるところ、ろくなことがない。

一鈴（イーリン）が顔色を悪くしていると、明明（ミンミン）が「それは僕らが聞いていていい話かな？」と助け舟を出してくれた。ちょうど陣正（ジェンジャン）が遅れて部屋に入ってきて、周囲の状況を見て混乱している。

「あっ明明（ミンミン）には聞かれて大丈夫――だけど、こちらの方は……？」

雨涵（ユーハン）が申し訳無さそうに毕（ビー）を見る。

「この子は毕（ビー）だよ。彩餐房（さんさいぼう）で働いているんだ。皇貴妃様が助けてくれたから、皇貴妃様の本当のお仕事も知ってる。いわゆる、同じ秘密を知る仲間――かな？　僕のことも、雰囲気で分かっちゃったみたいだから、僕の秘密も知られてるし」

明明（ミンミン）は言う。思えば先程から普通に話をしていたが、そういうことだったらしい。

一鈴（イーリン）は毕（ビー）を脅威と感じるとともに、やはり雨涵（ユーハン）も恐ろしく、いたたまれない気持ちになった。

「一鈴（イーリン）、教えてあげたのね！」

「別に教えてないです。知られただけなので……」

一鈴（イーリン）がすげなく返すと、雨涵（ユーハン）は一鈴（イーリン）を無言でじっと見つめてきた。

「……なんです」

悪意ない瞳に見つめられることは、居心地が悪い。殺意を向けられている方が、慣れている。一鈴（イーリン）が顔をしかめると、雨涵（ユーハン）は笑顔で「あのね、いいこと思いついたんだけど――」とそこまで言いかけ「あっでも！　出来たら言うわね！」と、自らの口を手で塞いだ。

「えぇ」

「それで、悪いけど……今日言いたいこと、延期してもいい？　ちょっと準備があるから」

雨涵（ユーハン）の隠し事……この様子だと、若溪（ルオシー）がらみではなさそうな気もする。それはそれで安心だが――それでいて、怖い。雨涵（ユーハン）の善意は、一鈴（イーリン）をことごとく苦しめるものだからだ。

この先自分は、後宮にいるかぎり、雨涵（ユーハン）の一挙一動に怯えながら生きていかねばならないのか。

「じゃあ、そろそろ僕らは帰ろうかな」

明明（ミンミン）が、朧涼（ラーリャン）、そして毕（ビー）を伴い、帰るそぶりを見せる。

「はい……ありがとうございました」

「ああ、そういえば今夜陛下が来るんだけど、ひとつこの粽子（ちまき）も持っていこうかな。珍しいものだし」

怯える一鈴（イーリン）に、明明（ミンミン）が何の気なしに言う。問題はない粽子（ちまき）だが、刺客と疑う廉龍（リーロン）の計略の何かに利用されるのではないか。一鈴（イーリン）は愕然とした。

「いや……良くないのでは」

「何言ってるんだ、良くないわけないだろう」

明明（ミンミン）は聞く耳を持たない。

ああ、自分は間違えていた。一鈴（イーリン）は思う。

自分は後宮に入る限り、雨涵（ユーハン）と明明（ミンミン）の挙動に怯えながら生きていかなければならないのだ。

一鈴（イーリン）は顔をひきつらせながら、天を仰いだ。

❀

その夜。人払いを済ませた淑妃明明（ミンミン）の寝室のもとに、晴龍帝廉龍（せいりゅうていリーロン）が現れた。

「ありがとう。女の子たちを守ってくれて」

寝台に寝そべり、周囲の気配に気をつけながら明明（ミンミン）は言う。廉龍（リーロン）は寝台の側に横に立ち、窓の外を眺めていた。

「口が利けたところで謀り、腕があったところで背き、耳があったところで掟が聞けぬのならいらないからな。働く意志があり、自分に与えられた仕事をするならば、排除する理由がない」

そっけない返事に、明明(ミンミン)はどこかで聞いたことがある言葉だと、目を細めた。

「君の一番の忠臣に随分助けられた」

「そうか」

廉龍(リーロン)は適当な返事だった。政務の疲れがあるのかもしれない。明明(ミンミン)は廉龍(リーロン)の政務状況を思案した後、ああ……とそばに置いていた、一鈴(イーリン)の作った粽子(ちまき)を差し出した。疲れたときは、甘いものが一番だ。

「ほらこれ、皇貴妃が作った粽子(ちまき)だ。食べるかい？」

「そんなものは食べられない」

廉龍(リーロン)が即答する。

明明(ミンミン)は、皇貴妃の粽子(ちまき)を食べて初めて、甘い粽子(ちまき)を食べる人間がいることを知った。明明(ミンミン)は受け入れられたが、廉龍(リーロン)は受け入れ難かったのだろう。それにしてもこの拒否の仕方を察するに、よほど甘い粽子(ちまき)が嫌だったらしい。思えば、懐にあるからと何気なく薦めてしまったが、廉龍(リーロン)は他人が関わったものをあまり口にしようとしない。忙しい政務の中自分で食事を作って勝手に食べているらしいが、それでもなお、皇貴妃の粽子(ちまき)の味を知っているというのは——、

「何故笑っている」

すぐに廉龍(リーロン)が険のある声を投げかけてきた。

「いや？」

明明(ミンミン)ははぐらかす。ああ、こんなところも似ているなと、皇貴妃とのやり取りを思い出した。

「なんだろう、君にも情緒豊かな面があるんだと思って」

「……どういう意味だ」

「気にしないで、じゃあ、粽子(ちまき)はなしね」

明明(ミンミン)は強くすすめること無く、粽子(ちまき)の笹を開いていく。

「……皇貴妃の扱い方に気をつけろ」

明明(ミンミン)をじっと見ていた廉龍(リーロン)が、嗜めるように言った。

一鈴(イーリン)は皇帝の密偵として働いているようだが、雨涵(ユーハン)に素性を知られている。「密偵」と知られたら、秘匿性を利用した運用が出来なくなってしまう。そのあたりを、自分が上手く手助けしてやれたらと思う反面、今回のように、その手を借りることは増えてしまうだろう。

「皇帝陛下の、御心のままに……なんてね」

だから明明(ミンミン)は、あえて晴龍帝廉龍(せいりゅうていリーロン)の忠臣になぞらえ返事をした。

その忠臣が、晴龍帝(せいりゅうてい)抹殺の命を受け後宮入りした刺客とは、ゆめゆめ思わず。

❀

黎涅(リンイエ)の中心部には、公人のみに許された宿——風叶館(フンイエ)がある。三階層からなる建物で、遠方からやってきた高官や、王族のみ宿泊が許される。一楼(一階)と三楼(三階)は広々とした個室が用意されていて、特に王族及び高官の中でも一部の者しか立ち入りの出来ない三楼(三階)の部屋は、天井は螺鈿細工が、絨毯は金糸を用い、緋天城(ひてんじょう)の内装に匹敵する美しさだ。

そして二楼(二階)には夜には酒と豪勢な食事を、公的に管理されている妓女の舞を見ながら楽しむことが出来る宴の間がいくつもある。

岩准（ガオシュン）は緋天城（ひてんじょう）を後にすると、風叶館（フンイエ）の宴の間で、自らの引き入れた商人を妓女にもてなしをさせながら、酒をあおっていた。

「総龍帝（そうりゅうてい）が死に、晴龍帝（せいりゅうてい）に変わられたときはどうなるかと思いましたが、まさかこの過酷な状況の中でも、商売を広げられるとは。岩准（ガオシュン）様の手腕には驚かされますなぁ」

岩准（ガオシュン）からやや離れた所に座る商人が声を上げる。すると、他の商人も関心した様子で賛同した。

「凍王（ドンワン）様は我々商人に重い税を課すだけではなく、在荷すら支配しようとお考えですからね。恐ろしい人です」

「本当です。歯向かえば父君のように殺されるのですから、下々の者は顔を上げることすら出来ぬと言うのに、岩准（ガオシュン）様は宴に招かれ、お話までされたのでしょう」

世辞の言葉に、岩准（ガオシュン）は「ああ」と頷く。商人が宴に参る理由は、一つだけだと言われている。酒好き、女好き、主賓を尊敬していることを語ろうと、商人が酒の席で目的とするのは、自分の売り込みのみ。酒の席でその味を愉しむのは二流であり、恥だ。本来の商人は、いついかなるときであっても値踏みを忘れてはいけない。

同業者に対してもだ。

岩准（ガオシュン）は自分を称賛する声の中から、使えそうなもの、価値の有りそうなものを聞き分けながら、商売に欠かせない地固めを始めることにした。

「なにしろ俺は、夜菊（よぎく）にも恐れられる存在だからな」

なんてことないように、岩准は夜菊の名を口にする。その瞬間、宴の席に緊張が走った。

螺淵の影――夜に潜み、悪人を次々粛清していく正体不明の刺客――夜菊。

難攻不落とされた西刺の黒商人猛貴を、夜菊はいとも簡単に殺してしまった。

猛貴は西刺を取りしきる黒幇の王の顔を持ちながらも、優れた経営手腕と商才により、絶対的な富者として螺淵の黒社会に君臨していた。

当然、螺淵の黒幇のみならず、他国の黒社会とも通じ、その身には常に危険が付き纏っていたが、持っている手駒の数や、どんな兵士でも打ち破れない、下手をすれば皇帝の率いる兵ですら破れぬ要塞によって、だれも猛貴の首を取ることが出来なかった。

しかし、猛貴は今年の春、西刺の本拠地にて、菊を一輪たむけられた上で死んでいたらしい。猛貴の部下や護衛の二百人は、全員死に、西刺の黒幇は壊滅したと言っていい。

要塞近くに住まざるをえなかった西刺の民は喜んだ一方、表立って行っている商売とは毛色の異なる内職をしている岩准の商売仲間たちは、夜菊の存在に震え上がっていた。

当然、数多の恨みや屍の上で財を成し今を生きているこの場の集まりで、夜菊におびえぬものなど居ない。

岩准を除いて。

「俺は、部下は殺されたが、俺は殺されなかったからな」

そう続けて、炸鸡に舌鼓を打つ岩准に、みな畏怖の視線を注ぐ。

岩准は今まで、何故夜菊が自分を殺しに来ないのか不思議でたまらなかった。

なぜなら夜菊の殺しは、規則性が在る。

女を売って、富を得る者。

弱者を貪り、権威を得る者。

立場を利用し、数多の民を殺した者。

その全てに該当するにもかかわらず、今なお岩准は生きている。

何年も何年も、綱渡りを続け、その先の財宝を手にして成功を続けている。

偽物しか売り買い出来ず食うに困った日々とは無縁の、恵まれた暮らしが出来ている。

それを利用して、自分を狙っても無駄だということを、同輩——裏で虎視眈々と、岩准を狙い出し抜けないか画策する、今日の集まりに警告してやらなければいけない。

「人生は、危険な道を選んでこそだ。人がだれも成し遂げなかった道を通ってこそ、人生は輝く」

岩准は、たまに思う。

ここ最近、夜菊の殺しの話をぴたりと聞かなくなった。

こうして夜菊が自分を狙わないと断言することに根拠はなく、周囲の牽制に利用しているだけだが、本当に夜菊は岩准を狙えない——それどころか、殺しをやめたのではないかと。

病気か、粛清中に誰かに殺されたのか。はたまた、螺淵を去ったのか。

姿すら見たことがない岩准には分からぬことだが、一度くらい、お目にかかりたかった。

自分の鍛え上げた審美眼で、価値をはかりたい。稀代の刺客はどんな価値がつくのか、自分の手で知りたい。本物に触れたい。

しかし、空想にふけっている暇は、岩准(ガオシュン)にはない。

「私は、ひと勝負出ようと思うのです。もっともっと、本物に触れるために」

――だからこれは、祝い酒だ。

岩准(ガオシュン)は心のなかで呟き、大きく酒をあおる。宴の席では、酔いの回った商人の笑い声が、延々と響いていく。

第六章　失くした器

躑躅宮（つつじきゅう）で夜を明かした廉龍（リーロン）は、翌朝、神鏡（じんきょう）の間（ま）で政務を行っていた。

「少し休まれてはいかがでしょうか」

万宗（ワンゾン）が声をかけてくるが、廉龍（リーロン）は視線を上げることも、手を止めることもしない。

「彩餐房（さんさいぼう）の一件もある。それに、恐水病の件は氷山の一角だ」

恐水病の調査をさせていたが、ただ報告を聞くだけでは意味がないと感じてのことだ。

人は意思がある限り、いくらでも偽ることが出来る。口も声も言葉も、すべて持っているのに、それらを人を傷つけ、騙し、自分本意な目的でしか使わない人間がいる。

だから意味がない。ただ報告を聞くだけでは。

そのため万宗（ワンゾン）を置き、緋天城（ひてんじょう）を留守にして、廉龍（リーロン）は直接調査に出ていた。

「まさか、後宮に男を招き入れるような宮女の言葉が、真実であったとはな」

廉龍（リーロン）は大きく息を吐く。恐水病の疑いのある獣の処分要項は、廉龍（リーロン）がまとめていたものだ。

速やかに主人と離し、その血が他の獣にふりかかり、病が広がらないよう必ず配慮すること。

つまり、疑わしき動物は主人と離し、移動させてから殺させる——そう定めていた。にもかかわらず実際は、他人の目の前だろうがそばに主人がいようが平然と殴り殺し、死体すら引き取らない杜撰な処分が行われていた。殺戮を楽しむように処分にあたった役人は、獣を殴り飛ばしていたときは生き生きとしていたのに、廉龍（リーロン）が現れるなり、口を開けば、申し訳ない、もうしないしか言わなくなる。

処分体制に問題があった役人の全員がそうだった。

謝罪なんて意味がない。無粋者の謝罪に、どんな価値があるというのだろうか。金を借りるには担保がいる。信用もだ。「もうしない」という言葉を信じるためのものを差し出せず、ただただ一方的に赦しを乞い、生きることを、役人として生きることを求めてくるのはあまりに図々しい。

愚か者を待っていて、何の得があるというのか。その枠を切り捨てて、能力ある人間に座らせるより、どんな得が差し出せるのか。

そもそも、ただ定められた要項に沿って、仕事をすればいいだけのことだった。それを放棄しておいて、螺淵（らえん）の為に尽くさなかった人間が、また尽くすようになるさまを、どうして自分が待たねばならないのか。

こうしている間にも、時は進むというのに。

「役人の処分は」

万宗（ワンゾン）が問う。廉龍（リーロン）は側に立てかけてあった環首刀に視線をうつす。

働かぬ役人は必要がない。無駄だ。無駄は排除しなくてはならない。

「下手をすれば螺淵（らえん）中を巡って、犬ではなく役人を殺して回る必要がある」

「……陛下」

「腐っている。この螺淵（らえん）は」

どこもかしこも、汚い。古くからの因果によって、醜く腐りきっている。地中深くに血脈が張り巡らされ、腐敗を運んでいるような気さえしてくる。

「腐っている。全て、いらない」

呪詛を唱えるように繰り返す。不要な役人、不要な因果、そして不要な――皇貴妃。

「……そのうち、蓮花宮(れんげきゅう)へ向かう。恐水病について話し、様子を見る」

刺客としか思えぬ様相の女が、視界にいつまでもちらついていたら、この螺淵(らえん)を統べる上で邪魔だ。母妃が目をかけていることからも、必ずなにかある。

自分の目的の邪魔と成るであろう、何かが。

廉龍(リーロン)は冷えた瞳で、神鏡(じんきょう)の間(ま)から蓮花宮(れんげきゅう)を見下ろす。しかし、不愉快な扉の音が響き、神鏡(じんきょう)の間(ま)に瑞(ルイ)が入ってきた。

「万宗(ワンゾン)、今日は人を近づけるなと言ったはずだが」

「申し訳ございません……！」

万宗(ワンゾン)が謝罪をする。しかし、叱責の原因となっている瑞(ルイ)は、「いやだなぁ、天龍宮(てんりゅうきゅう)は後宮と違って、男児禁制の場ではないでしょう？」と、どこ吹く風だ。

「お前は後宮にも入ってくるだろ」

「でも、もう廉龍(リーロン)は後宮に出入りして随分経つでしょう？　なのに、妃は一向に懐妊の兆しがないわけだし、俺の出番が必要になることもあるのかなって」

瑞(ルイ)の含みを持った発言に、廉龍(リーロン)は構うことをしなかった。「くだらない」と吐き捨て、書状に目をやる。瑞(ルイ)はしばし廉龍(リーロン)を眺めた後、執務机の前に立った。

「ねぇ、廉龍(リーロン)はさ、一鈴(イーリン)ちゃんと明明(ミンミン)ちゃん、どっちが好きなの？」

「……は？」

「廉龍(リーロン)って全結華(チァンチュンファ)と明明(ミンミン)ちゃんのところによく通っていたのでしょう？　全結華(チァンチュンファ)のところに通うの

は、義務だと思うんだよね。彼女は美しいけれど、全家(チアン)は恐ろしい。皇后にすべきではない。あれ以上全家(チアン)に権力をもたせたら、王朝なんてすぐ乗っ取られてしまう。わざわざ皇貴妃にしたくらいなのだから、一鈴(イーリン)ちゃんの顔は好み――でも皇后にはしなかった。二人のうち、迷っているんだろう」

「何を言うかと思えば……」

「教えてよ、廉龍(リーロン)」

――ねぇ。

淀みない声音とは対象的に、その瞳は濁っている。この瞳には見覚えがある。

かつての皇帝と同じ、腐った眼差し。

「選ぶ気はない。次期皇帝を産むものが皇后になる。その言葉を変えるつもりはない」

廉龍(リーロン)は万宗(ワンゾン)に目配せをしてから、「出ていけ」とすげなく命じる。

瑞(ルイ)は「仕方ないなぁ」と、肩をすくめ、すんなりと部屋を出ていった。

❀

執務室に、初めて入ったな。

廉龍(リーロン)から追い出されるように執務室を後にした瑞(ルイ)は、回廊を降りる途中で立ち止まり、窓の外から見える黎涅(リンイエ)――ひいては螺淵(らえん)の景色を見つめる。万宗(ワンゾン)から交代するように瑞(ルイ)の前を歩いていた女官が瑞(ルイ)を見て不思議そうに足を止めるので、甘く微笑みかけた。

「ちょっと景色を見せて。中々見れないから、ここからの風景は」と甘く微笑んだ。

瑞(ルイ)の色香は、女官に効いていないようだが、猶予は与えてくれたらしい。すっと壁に寄って瑞(ルイ)を待つ。

天龍宮(てんりゅうきゅう)に入るにあたっては、いくつか問題があった。当然約束なしの謁見ははじかれる。天龍宮(てんりゅうきゅう)の門でもいちいち止められたし、特に廉龍(リーロン)の執務室がある三楼(三階)には、かなりの数の監視がつけられている。当然止められたが、王族の血を引く、それも男の自分が食い下がり続ければ、入ることが出来た。

皆、恐れているのだ。王家の血を引く瑞(ルイ)が、王と同じように自分たちを斬り伏せるのではないかと。

――でも、俺にはこの顔がある。

皆、瑞(ルイ)の顔に惹かれる。同じ血を持つ廉龍(リーロン)も、美しく生まれた。ただ、言動と行動から、恐怖という邪魔な感情を他者に浮かばせ、利口に生きることはできない。

――お前はそういうやつだよな。

瑞(ルイ)は心のなかでせせら嗤う。昔と何も変わってはいない。涼しい顔をしながら、いつも自分だけなにかを抱え込んでますと言いたげな目。とそっくりの目。えぐり出してやりたい。

ひとまず、皇貴妃の関心をこちらに向けて、項明明(シァンミンミン)あたりを弾こう。

あれは丁度、懐妊していないと証明されたばかりだ。それ故に、売れる。

廉龍(リーロン)の大切なものを一つ一つ奪って、最後には王位すら奪ってやる。

「もう、大丈夫。待っていてくれてありがとう」

瑞(ルイ)はそう言って、女官の頬を撫でた。女官はすぐに身を翻し、驚いた顔をする。

女は容易い。今では皆瑞(ルイ)を見る。幼い頃は、関心もなかったのに。

瑞（ルイ）は回廊を下りていく。

今までずっと、水面下で泳ぐ鯉のように生きていた。

ぐるぐる、ぐるぐると、下りながらも、螺旋の頂上を見つめ、いつか昇ることを夢見る、鯉のように。

❀

粽子（ちまき）の騒動が落ち着き、数日。

一鈴（イーリン）は宮女と雲嵐（ウンラン）の問答が始まったのを利用して、蓮花宮（れんげきゅう）を出ていた。

目的地は彩餐房（さんさいぼう）だ。粽子（ちまき）の件が落ち着いたとはいえ、無法者が悪さしていたらと思い、陰から様子を見ることにしたのだ。

二つ道が在るのなら、必ず人の目が少ない、暗い道を選ぶ。

それが一鈴（イーリン）の刺客としての習性だ。蓮花宮（れんげきゅう）から虹彩湖（こうさいこ）に向かう道は、馬車や轎（きょう）で通る大路を使っても良いし、それほど広くなくとも、位のない妃がよく使うような道など、いくらでもある。

しかし今一鈴（イーリン）が歩いているのは、宦官や宮女が使い、洗濯を済ませたり、何か手工芸を行ったりするような裏道だった。

辺りには、建物がいくつもあり、中で宮女たちが機織りや刺繍を行っているのが見える。

宮女の手芸を眺めていると、小白（シャオパイ）が一鈴（イーリン）の服の中で鳴いた。そっと確認すれば、甘いものの香りを感じとったようで、目を輝かせている。周囲を確認すれば、糕（こなもち）の塊のようでいて、半透明で少し黄色がかったものを、窯の火にあて、色々形を組み替えている宦官がいた。

「あれは……」

一鈴が眺めていると、ふいに聞き覚えのある足音が聞こえ、振り向いた。

「あ」

毕が明明や朧涼と一緒に、のんびりした調子で、籠を抱えこちらに歩いてきていた。

「皇貴妃様……ごきげんよう」

明明は周囲を確認しつつ、ゆったりと声をかけてくる。

「何かあったのですか？　こんなところで……」

「いいえ、何も？　……躑躅宮で過ごしていても、同じ人に長く見られていることで、怪しまれるのが怖いからね。秘密を共有する者同士で、ゆっくり散歩というわけだよ」

明明が一鈴に近づきながら、声を潜める。

「……」

毕は一鈴を見ると、嬉しそうに挨拶してきた。そして紙と筆を取り出し、

『今日はどうしましたか？　何かの調査ですか？』

と問いかけてきた。

毕に悪さする人間がいないか見に来た――とは言えず、「まぁ、彩餐房でも、改めて見て回ろうと思って」と一鈴は答える。

『お任せください』

「え」

何を任せろというのか。一鈴(イーリン)が戸惑っていると、明明(ミンミン)が「君に何かしてあげたいということだよ」と補足する。

「何故」

「恩人にはなにか返したいものだろう？　たとえ相手が望まずとも」

明明(ミンミン)は意味ありげに笑う。その間にも毕(ビー)はさらさらと流麗な文字で、雄弁に語りだした。

『あれは、糖人と呼ばれる、砂糖の人形です。すべて飴で作られていて、食べられます』

「糖人職人……」

一鈴(イーリン)は、竈の前で熱心に飴を練る職人を見つめる。そばには龍や花――花びらが四枚と、珍しい形の花など、飴で精巧に作られたらしい作品が並んでいた。人型もある。男が二人に、女が二人だ。

『色がついているものは、果物や花をすり潰して混ぜています。緑は、艾蒿(よもぎ)ですね。私は、小豆の糕(ケーキ)に絡ませると、良いと思います』

毕(ビー)はぎゅっと口角を上げた。よく喋る気質らしい。

「それは美味しそうだ」

明明(ミンミン)も糕(ケーキ)に興味を惹かれたのか、唇に弧を描く。

『そして、色は混ぜるほど濁ります。そして糖人職人の使う糖は、雪紗羅と言って貴重です。彩餐房(さんさいぼう)で、料理に使うことは許されない貴重なものです。なので、選ばれた人しか、職人になれないです』

「そうなんですね……」

一鈴(イーリン)は糖人職人の作り出す飴に視線を向ける。何やら飴で滝のような水流を作っていて、絵筆で朱をちらしていた。

『あれはきっと、川ですね。透明なお砂糖が、雪紗羅の中でも最も貴重です。ただそれも、時間が経てば黄ばんでしまいますが……』

「後宮には、いろんな職業の方がいらっしゃるんですね」

世の中には砂糖を練って、美しい花を作り、人を愉しませる人間もいる。飴を作り上げる過程で、誰も傷つけることがない。素晴らしい職業だと一鈴は感心した。

「そういえば、彩餐房でのお仕事は？」

毕はまた口角をぎゅっと上げる笑みを浮かべ、声を文字にする。

『一段落ついたので散歩をしているところでした。良ければ彩餐房の中を案内しますよ』

「そうですね。見たいです」

毕は善意で案内を申し出てくれたのだろうが、一鈴は彩餐房の中が——主に変な宦官が入り込んだりしていないか、見ておきたかった。そのまま明明とともに毕を先頭に彩餐房に向かうと、皆、思い思いに休憩を取ったり、働いていたりと過ごしていた。

『余分な食事を用意しなくてよくなったぶん、仕事が減って余裕が出来ました。交代で休憩も採れます。これからはもっと手の混んだ料理が作れますよ』

どうやら夜に宦官に出す料理も、ここで作らされていたようだ。確かに一鈴が襲撃した宴の場では、酒やら料理やらが出ていた。

複雑な思いを抱いていると、毕が竈の方を指す。

『あそこで、物を焼いたりします。焼却炉が遠いので、たまに火を借りに来る人もいますよ。お坊さんとか』

「へぇ……」

一鈴（イーリン）はぼんやりと竈を見つめる。

「前は、塩ですら満足に使えなかったらしいよ」

明明（ミンミン）が耳打ちしてくる。

「塩が？」

「ああ。四花妃（しかひ）の食事は豪華と言えど、予算には限りがある。好きなだけ豪華には出来ない。なのにその中からさらに、余分な材料費が抜かれていたから。夜に、使う。まぁ……ようするに管理がめちゃくちゃになっていたらしいから、どさくさに紛れて勝手に使ったり、盗まれたりもあったかもしれないってことらしいけど」

嚥（エン）により、毕（ビー）たちは夜、宦官たちのもてなしをさせられていた。一鈴（イーリン）があの夜打ち倒したのは結構な人数だった。ああいった宦官が代わる代わるやってきて、もてなしをしなければならない……彩餐房（さんさいぼう）に仕える人間の心も身体も、彩餐房（さんさいぼう）で扱われる材料まで、いたずらに消費されていたということだ。

「かなりの金が動いていたみたいだね。嚥（エン）を捕らえたことで回収は行われているみたいだけど……実のところ、嚥（エン）に協力していた人間が裏にいるんじゃないかって」

「そうだったんですね」

「もしかして、もう陛下から聞いてる？」

明明(ミンミン)は問いかけてくる。そんな情報は知らないが、明明(ミンミン)は一鈴(イーリン)を皇帝の密偵だと思っている。

「いや……私は嚥(エン)とは無関係なので、知らないです」

「そっか、じゃあ話を続けるけど……嚥(エン)はかなり巧妙に、それこそ総龍帝(そうりゅうてい)の代から悪いことをしてきたらしい。でも、それこそ粽子(ちまき)の葉に助けてと書くくらいしか、彩餐房(さんさいぼう)の人々は助けを求める手段がなかった。嚥(エン)だけではなく、共犯者が後宮の中、もしくは外にいたんじゃないかって話があるんだ」

「共犯者」

「あくまで可能性の話だけどね。動いていたお金の額とか、そういうので、嚥(エン)だけで……後宮内だけで行われていたことなのか、疑う余地があったらしい」

嚥(エン)に協力していた人間がいるかもしれない。

一鈴(イーリン)はそれまで明明(ミンミン)の話を聞いていた毕(ビー)に声をかけた。

「変な男は来ていませんか」

『大丈夫です。　　様のおかげ、だから』

毕(ビー)はそう書いた後、一鈴(イーリン)を見る。どうやら空欄は、皇貴妃、らしい。

「紙に書かない配慮を、ありがとうございます」

一鈴(イーリン)が言うと、毕(ビー)は笑みを浮かべた。その後、また何か書き始める。

『これからも応援してます。いっぱい美味しいもの作るので、いっぱい食べて』

「……はい。貴女も、なにかあったら、また教えて下さいね」

一鈴(イーリン)は、流麗な文字から視線をそらす。

美味しいものを食べる権利なんて、自分にあるとは思えない。

それに自分は応援されるべきでは、ない。


意図せず毕(ビー)本人の様子を伺えた一鈴(イーリン)は、毕(ビー)や明明(ミンミン)と別れ、虹彩湖(こうさいこ)に向かった。

どうせ勝手に宮殿から抜け出したことを、雲嵐(ウンラン)に怒られる。

二百の小言を言われるのだから、彩餐房(さんさいぼう)から直帰しても、虹彩湖(こうさいこ)に寄り道しても変わらない。

そうして虹彩湖(こうさいこ)に向かうと、点賛商会(てんさんしょうかい)の郭(クオ)が店じまいをしていた。そばでは、位なき妃たちが、複数組集まっている。どうやら郭(クオ)が目当てらしい。

「郭(クオ)様……もしよろしければ、この後、縁延宮(えんえんきゅう)に来て頂けませんか……？」

「ああ……内密に買い求めたいものがあるご様子……それでは夜にでも」

「いえ、よろしければ私達と、お茶でも……」

涼やかで、まさに麗しいといった面立ちの郭(クオ)——その本当の名前は、項明明(シァンミンミン)——躑躅宮(つつじきゅう)に入る初だった淑妃と同名、つまり本当の項明明(シァンミンミン)だ。しかしその弟が、項明明(シァンミンミン)をかばい、項明明(シァンミンミン)として後宮入りしてしまった。男である弟が素性を周囲に知られれば、その身が危ない。本物の項明明(シァンミンミン)は、点賛商会(てんさんしょうかい)に潜り込み、商人の郭(クオ)として、後宮入りした。男と偽り、弟にすらその正体を隠しながら。

しかしながら、弟が徳妃柳若溪(リウルオシー)の謀りに遭い、二人は後宮で数奇な再会を果たすこととなった。

姉のために、後宮入りした弟。

弟のために、後宮入りした姉。

自分の正体がばれると、弟は自分を助けようとしてしまうという理由で、商人である姉の方は、弟に存在を隠し、商売をしながらも弟のそばにいたのだ。

少々一人になりたい。一鈴（イーリン）は気配を消しながら、そっとその場を離れようとする。

「しぅ」

郭（クオ）のそばにあった荷台にある食べ物につられたらしい小白（シャオパイ）が、一鈴（イーリン）の襟元からそっと顔を出した。

「あっ、やめろ小白（シャオパイ）っ」

毕（ビー）は平然としていたし、雨涵（ユーハン）、明明（ミンミン）も受け入れてくれていたが、本来は雲嵐（ウンラン）のような反応が自然なのだ。妃たちに見られたらきっと騒ぎになる。一鈴（イーリン）は慌てて小白（シャオパイ）を隠し、間一髪妃たちの目に小白（シャオパイ）が触れることは免れたが――、

「皇貴妃様……？」

一鈴（イーリン）は郭（クオ）たちの目の前に飛び出す結果となってしまった。

長い思案の果てに、一鈴（イーリン）は無言で立ち去ることを選ぶ。しかし、郭（クオ）はこれは好機だと言わんばかりに「申し訳ございません皇貴妃様！」とわざとらしく謝ってきた。

「え」

「皇貴妃様のもとへお伺いするお約束でしたのに、大変申し訳ございません！　なんとなんとお詫びしたらよいか……」

嫌な予感がする。一鈴（イーリン）は思う。案の定妃たちは、「まぁ……」「私達のことはお気遣いなく、行って

ください、郭（クオ）様」と、郭（クオ）に一鈴（イーリン）と共に向かうよう、見送るそぶりを見せた。

　つまり、いいようにしてやられた、ということだ。

「皆々様、素敵な誘いは次巡の楽しみとして、私、心に留めておきますので」

　郭（クオ）はそう言って妃たちに目配せした。妃たちはみな頬を朱に染めて、郭（クオ）に見とれている。

　そのまま郭（クオ）は鮮やかな手口で一鈴（イーリン）に付き従う素振りを見せながら、荷台を引き、妃たちから離れていく。

「普通に断ればよいのでは。茶は嫌だと」

　しばらく歩き人の気配が薄れたところで、隣歩く郭（クオ）に進言した。

「そんな恐ろしいこと出来ませんよ」

「何故……？」

「好意は末恐ろしいものですから。人の目を隠し、耳すら塞ぐ恐ろしいものです」

　道化じみた調子で郭（クオ）は返す。

　好意が恐ろしい。一鈴（イーリン）には理解できぬ感情だった。

　好かれていればそのほうがいいはずだ。嫌われ憎まれ、村八分にされるより。

　それに商人は好かれれば好かれるほど、得のある商売に思う。

「商人でも？　客が増えるのは良いことでしょう？」

「客が増えるのは良いことです。なれど、彼女たちは私の理解者ではありません。卑しい商人の衣を解いた果てに、同じ身体が現れたら、彼女たちはどうなるか」

「どうなるのですか」

「……皇貴妃様は思うままに聞いてきますね。無邪気な子供のようだ」

指摘され、一鈴は言葉を止める。すると郭はくすくす笑って、話を続けた。

「申し上げたとおり、好きと理解しているかは別なるものです。好きだから相手のことが分かる。受け入れられるなんて考えは夢現と変わらない。妃様方が見ている郭と同じ――」

郭はそう言って手を伸ばした。緑葉を一枚取って、自分の顔を隠すようにしてから、一鈴の顔をのぞき込んだ。

「好意も悪意も紙一重です。得も損も綱渡りの商売と同じです。秘密を持てばなおさら。その行為によって知りたい、その悪意を持って知りたい、人の欲望は尽きません……連れて行ってとなんて思う時点で、もはや恋そのものに焦がれているも同然でしょうけどね」

嘲るような声音だと思った。

妃たちからの好意を受けることは、郭の本意ではないどころか――むしろ否定的なように思う。しかし郭はぱっと雰囲気を変えると、密やかな声で囁いてきた。

「故に、本日皇貴妃様とお会いできて――とても私は運がいい。好まれたままに、彼女たちの好意を受け流すことが出来るのですから」

妃と、商人。一人でも多くの客を得るために、商品ではなく売り手の顔も重要視される後宮内の商人の中でも、郭は人気だ。一鈴が雲嵐を伴い商売を見に行った時、その人気は伺い知れたし、今もなお、途切れることも衰えることもない。

「はぁ」

好かれなければ仕事にならず、かといって売り買いをほっぽりだすわけにもいかない。人と関わることが必須の商売だ。商いは難儀だと感じながらも、それ以上何かを思うことはなく、一鈴（イーリン）は適当な返事をした。にもかかわらず、郭（クオ）は調子を崩さない。

「なので、せっかく巡り合った仲お互い秘密はあれど、話せる範囲で交流を深めることは大切――そうは思いませんか？」

「交流……」

家族の死の真相を知りたがる明明（ミンミン）からすれば、皇帝の護衛として後宮入りした――と思っている一鈴（イーリン）の存在は、貴重な情報源だろう。しかし、人殺しでしかない一鈴（イーリン）は、彼の真相究明の手がかりにはなれない。足枷だ。

「不要だと思います」

「待ってください。商売人の戯言とはいえ、損はさせませんよ」

一鈴（イーリン）は再度明明（ミンミン）から離れようとするが、今度は肩を掴まれた。

「私は、点賛商会（てんさんしょうかい）の郭（クオ）――つまり後宮を行き来する商人です。陛下からの情報は所詮役人伝いの、いわば鮮やかさの落ちた情報です。しかし、こちらは不確かさこそあれど、新しい。後宮の内外、妃の位を問わず情報が入ってくるのは、密やかなる任務に必要ではないですか」

おそらく郭（クオ）は、密偵の仕事をするのであれば、自分と付き合うことは得であると伝えたいらしい。自分との交流の利点を提示してくるが、一鈴（イーリン）は皇帝の密偵ではない。ある種脅迫に等しいものだった。

「考えておきます」

「ありがとうございます」

満足の行く回答が得られたらしい明明(ミンミン)は、歩き出した。しかし足を留め「ああ」と荷台から何かを取り出す。

「中々珍しい紅の櫛が手に入ったので、お近づきの印にどうぞ」

郭(クオ)は紅色の櫛を差し出してくる。

「これは……？」

「木彫りをしたあとに、剔紅(てきこう)と呼ばれる技法で仕上げたものです。皇貴妃様はご存知ですか？」

一鈴(イーリン)は黙って首を横に振った。

「剔紅は、漆を何回も何回も塗り、重ねて柄を出すものです。最初はあまり艶がありませんが、段々艶が出てくるのです」

郭(クオ)の説明を聴きながら、一鈴(イーリン)は櫛を観察した。櫛の手元の部分には、蛇と兎の彫刻があしらわれている。蛇の瞳には金剛石が、兎の瞳には緋色の宝石が輝いている。

「こちらはかなり年代物……五百年は前のものですが、手入れと洗浄はしっかり済ませているので、調度品にしても、お使いになってもよろしいものです」

郭(クオ)はそう言うが、一鈴(イーリン)は受け取る気になれなかった。

自分は刺客であり、こういったものを受け取るべきではない。そもそも、後宮を出れば使わなくなる。

「後宮内で売れないのなら、よそで売ったらいかがですか。後宮の外でも商売をしているのでしょう？」

一鈴は、郭の荷台に目をやった。荷台の上には、おびただしい量の綿布が詰まれている。今の所、白を纏う妃は知らない。四花妃の中にいないということは、誰でも使える色なのだろうが、それにしても量が多い。

「いえ、あちらの品物は全て、牡丹宮にお売りするものでございます」

郭がゆっくりと首を横に振った。

「え……？」

綿布は赤子の尿布から老人の死に装束まで、老若男女問わず、多様に姿を変える代物だ。しかし、荷台に詰まれた綿布は使い切れないほどあるように思う。あれほどまでの量を、一体何に使うのだろうか。

「こんなに大量に？」

「牡丹宮は中々厳しいところでしてね、牡丹宮は決められた時間以外、絶対に門を開いてはくれないのですよ。異なる時間には、たとえ結華様が宮殿で暇を持て余していようと、僅かな誤差も許してはくれないのです。蓮花宮も蘭宮も、四花妃様がいらっしゃれば入れてもらえるんですが……なので、牡丹宮との商いがあるときは、このような状態になってしまうのです……なんて」

郭は少しだけ不満そうに眉を動かす。

なにか、全結華も明明と同じように、秘密を抱えているのだろうか。

廉龍は夜伽を避けているふしがある。雨涵はおそらく寝かされているし、明明を見逃している。全結華（チュンファ）だけを望むのであれば、そもそも全結華（チァンチュンファ）を皇后にすればいいだけのこと。

そして、丞相の娘とはいえ徹底的に若溪（ルォシー）と夜伽をしないところからも、何か全結華（チァンチュンファ）と取引か、全（チァン）結華（チュンファ）の秘密を握るかして、夜伽を行わぬまま牡丹宮（ぼたんきゅう）に向かいやり過ごしている……のかもしれない。晴龍帝廉龍（せいりゅうていリーロン）は黎涅（リンイエ）——緋天城（ひてんじょう）に戻ったと聞くし、現に明明（ミンミン）と夜伽を行っている様子だ。恐水病の件に進展があったか知りたいところだが、その動向がよくわからない。

下手に動いて刺客だと知られても困る。

「いったい何を考えているんだ！　器を無くしたなんて、陛下に知られたら、ただでは済まないぞ！」

一鈴（イーリン）が思案していると、怒鳴り声が聞こえてきた。すぐに声のするほうへ振り向くと、虹彩湖（こうさいこ）の竹林のそばで、青々と茂る狭間に隠れるようにして立つ、暗灰色の背中の二人を見つけた。

宦官や宮女たちで、どこの宮殿にも属さない、雑用を任せられる者たちを、色を持たないことから「灰官」「色無し」と呼ばれている。その一方で、高位の——皇帝の秘書であったり、祭祀の記録係であったりなど、宦官の中でも上位の層は、同じ灰色でも、暗く他の色が混ざったような、複雑な暗灰色の服を来て職務に当たる。

今、怒鳴られているのは、皇帝の夜伽の記録という重要な役割を与えられていながら、盗癖により若溪（ルォシー）に脅され、また雨涵（ユーハン）を脅した末に、蘭宮（らんきゅう）手伝いとなっている宦官、陣正（ジェンジャン）だった。

陣正（ジェンジャン）を叱りつけているのは、宦官だ。

年は五十代後半くらいだろうか。髪はなくつるりとした坊主頭で、細身でやや童顔の陣正（ジェンジャン）と異なり、がっしりとした体つきで背も高い。胸ぐらを掴まれている陣正（ジェンジャン）は、つま先立ちで地面すれすれに立っているような状態だ。

「待ってください。何があったのですか」

一鈴は坊主と陣正の間に割って入った。

「ああっ、こ、皇貴妃様！」

ふだん一鈴を見て、怯えては、「うわぁ！」もしくは、「ぎゃあっ！」と化け物に遭ったかのように驚く陣正が、ここぞとばかりに助けを求めてくる。

「こ、皇貴妃様、郭様……」

陣正の胸ぐらを掴んでいた坊主が一鈴たちに気づき、陣正を締め上げる手を緩める。

明明が屈強な坊主に「どうしてこんな暴力を？」と、咳き込む陣正を労りながら聞いた。

「この者が、代々伝わる貴重な青磁器を――紛失したのです！」

陣正は、雨涵に許され、更生する未来を信じてもらい、蘭宮で働いていたはずだ。

なのに青磁器を紛失したのか。面食らっていると、郭が「まぁまぁ」と、坊主頭の宦官と陣正の間に割って入った。

「まぁまぁ、落ち着いて。そんなに怪訝な顔をしてしまったら、正直にものが話せなくなってしまうでしょう？」

郭が宦官をなだめている間に、一鈴は陣正に顔を向ける。

「一体、何があったのですか？」

「そ、その、私、永命殿の管理も任されていたのですが、そこで保管している青磁器が、ご、ごっそり偽物にすりかえられ……無くなってしまったのです……」

陣正は、もともと夜伽の記録係だ。

総龍帝は螺淵繁栄のため、熱心に血をつなげようとしていたらしいが、晴龍帝は夜伽に通う頻度が少ないようで、時間が有り、その隙間の時間に蘭宮の手伝いをしていたが、永命殿の管理まで行っているとは知らなかった。

「蘭宮だけではなく、ほかの殿舎の管理までするようになったのですか？」

もしかして、蘭宮と永命殿の往復をするようになった結果、管理がおろそかになり、青磁器を無くしたという話なのか。

それならば悪いことをした。陣正はすぐ「違います！　もとからなんです！」と否定した。

「実は、もともと……任されていたのです……晴龍帝が即位されてから。でも、春が来る前の俺は、やる気がないというか……適当というか……ううん……」

「横着していたと」

「……はい。永命殿は、人が死んだ時しか使わない場所でしょう？　それに、年々消耗するような、悪くなるようなものもないので、毎日の検品を——していなかったんです。それは僕が証明できます。それで、先帝様がお亡くなりになったあと、ずっと行ってなくて、最近、ああ、そういえば僕には検品の仕事があると思って、行ったら、青磁器が全て偽物にすりかわっていて……だから——だから——」

陣正はそう言って、がたがた震えだした。

「僕……疑われるに決まってると思って！　黙っていたら……今日、奏文様がいらして……！」

さきほど陣正（ジエンジャン）を詰めていたのは、奏文というらしい。

一鈴（イーリン）が視線を向けると、奏文は、「仏磨師の奏文と申します」と、恭しく拱手した。

「仏磨師」

聞いたことのない役職だ。見たところ宦官のようだが、どこかふつうの宦官と違って見える。不思議に思っていれば、郭（クオ）が耳打ちしてきた。

「後宮で、神仏に関する像を磨く専門の僧だよ。ただ、去勢されてる」

神仏を磨く僧侶。確かに後宮には仏具をしまう場所もあるし、弔いのための寺社もある。寺社もあるならば、僧だっているはずだろう。

「私は半年に一度、神仏を磨きに後宮に入るのです。しかし、何故か永命殿（えいめいでん）に入ろうとすると、陣正（ジエンジャン）が止めてきて、もしやと思い押し入ったところ、青磁器が全て偽物にすり替わっていた次第にございます」

奏文がとうとうと語る。

つまり、半年前にあった青磁器が、今現在無くなっている、ということだ。盗んだのが誰かは分からず、管理を任されているのは陣正（ジエンジャン）だ。

「僕、僕盗んでないです！」

一鈴（イーリン）が陣正（ジエンジャン）を見ると、陣正（ジエンジャン）は泣きそうな顔で訴えてきた。

陣正（ジエンジャン）は、盗んでいないと言っている。

しかしながら、陣正（ジエンジャン）には消せない過去がある。

「永命殿(えいめいでん)の鍵は、陣正(ジェンジャン)だけが持っているのですか？　仏磨師の方は持たないのですか」

一鈴(イーリン)が問うと、泰文は頷いた。

「はい。鍵は陣正(ジェンジャン)様だけが持っております。それに、仏磨師はこの後宮で私ただひとり――そして、彼なくして、私は仕事をすることは出来ぬのです」

要約すると、犯人は陣正(ジェンジャン)しかいないということだ。

雨涵(ユーハン)がこの場にいないことが、幸いだ。

陣正(ジェンジャン)が犯人にしろ、犯人じゃないにしろ、雨涵(ユーハン)がこの場にいたら、余計事態がややこしくなりそうだ。ひとまず衛尉あたりを呼んで、万宗(ワンゾン)主導のもと調べれば、事実は明らかになるだろう。下手に関わって、後宮内での知名度を悪戯にあげるのはよくない。ただでさえ、園遊会で倒れるという失態を犯したのだ。

「つまり、陣正(ジェンジャン)様が紛失したか、壊したか、盗んだということです。お目汚し、大変失礼いたしました。私は衛尉に陣正(ジェンジャン)を引き渡し、速やかに後宮から追い出してまいりますので」

そう言って泰文は陣正(ジェンジャン)を連れて行こうとする。陣正(ジェンジャン)は一生懸命逃れながら一鈴(イーリン)に振り向いた。

「違うんです！　過去を変えられると思ってませんし、償っていきたいです。でも僕じゃないんです！　あの方に、雨涵(ユーハン)様に顔向けできないこと、もうしないって……」

陣正(ジェンジャン)は大粒の涙を浮かべた。その雫がぼたぼたと地面に落ちて、乾いた砂に沈んでいく。

――あぁ。

一鈴(イーリン)は顔を引きつらせた。

耳鳴りと頭痛がする。

じくじくと心が痛み、悪夢を見たばかりなためか、傷だらけの猫を拾ったときの光景が蘇る。そんな様子を敏感に感じ取ったらしい小白（シャオパイ）が服の中で、『あ～あ』と言わんばかりにくつろぎ始めた。顎まで掻いている。

関わりたくない。自分は雨涵（ユーハン）と関わりおせっかいをしたことで、商人である郭（クオ）に眼鏡売りについて問われたり、明明（ミンミン）に刺客と暴かれかけたりしたのだから。

なのに。

「その手を離してください」

一鈴（イーリン）は、陣正（ジェンジャン）を掴む泰文の腕を押さえた。喉の奥が詰まった錯覚に陥りながら、泰文を見やる。

「犯人が陣正（ジェンジャン）だと決めつけるのはあまりに早計です。陣正（ジェンジャン）は、陛下の恩人でもあるのです。その処分は、貴方が決めることではない。陛下の一存で持って定められるべきです」

いずれ殺すであろう皇帝について口にしながら、一鈴（イーリン）は今まで自分は動物がらみのことになると、非情になれないと思っていた。でもそれは違う。人殺し以外のことは、おそらく全てが駄目だった。

一鈴（イーリン）は刺客の身でありながら、あたかも皇帝の妃として当然であるかのように、泰文を見やる。

「しかし陛下は今、お忙しい。皇貴妃である私が調べ、この者が正しき者か悪しき者か検め、陛下にお伝えしましょう。なので今日のところは、不問としてください」

一鈴（イーリン）が言うと、泰文はどこか納得のいかない顔をした。しかし二の句を紡ぐ前に、郭（クオ）が不敵に笑う。

「私もお手伝いいたしましょう。皇貴妃様に、点賛商会（てんさんしょうかい）について知っていただく好機ですので」

奏文は立場上、反対はできないらしい。一方、陣正(ジェンジャン)は泣きながら感激していた。

「ありがとうございます……！　ありがとうございます！」

「貴方のためではないです。絶対に」

一鈴(イーリン)が強く否定する。

これは、陣正(ジェンジャン)のためではない。

ただただ、自分が至らなかっただけ。

自分が行動を起こす以外の選択肢が思い浮かばない、浅慮の結果だ。

さらに言えば、自分を偽り、信頼を勝ち取ってから、自分に有利な状況を作り殺しを行うなんてことは、一鈴(イーリン)の道理に反することだった。

故に一鈴(イーリン)は感謝してくる陣正(ジェンジャン)を拒絶しながら、自らの精神の脆弱さに絶望した。


永命殿(えいめいでん)では葬式で使用する葬具のほか、人の弔いに関する書物が保管されている。

二階層からなる建物は、一階から二階まで風が吹き抜けていく構造となっており、檜造りの正四角の棚や箪笥が並ぶからか、永命殿(えいめいでん)の重い扉が開かれると、白檀や木の乾いた匂いが香った。

「中はずいぶんと涼しいものだね。まるで、世界から切り離されているみたいだ」

郭(クオ)が辺りを見渡す。陣正(ジェンジャン)と奏文を筆頭に、一鈴(イーリン)は郭(クオ)と共に永命殿(えいめいでん)の中へやってきた。

「永命殿(えいめいでん)の見張りは？」

一鈴(イーリン)が質問すると、陣正(ジェンジャン)はうつむく。

「実は、いないんです」

「いない？　どうしてですか？」

「あの……後宮で先帝様がお亡くなりになって、門番や深華門(しんかもん)の塀の周りを見張っていた内側の宦官たちは、降格というか、離職となったのです。晴龍帝(せいりゅうてい)様の体制に変わったことで……率直に申し上げますと、後宮内は未だその影響が色濃いのです。永命殿(えいめいでん)などの保管庫は、とりあえず検品を任されたものがすればいいというか……そんな、流れがあって、」

言葉を選びながら話をしているが、ようは晴龍帝(せいりゅうてい)が父親を殺したことで緋天城(ひてんじょう)内は混乱に陥っていたらしい。

「永命殿(えいめいでん)は、後宮の葬式に関する道具や仏具を保管する場所で、要人が暮らしているわけでもない……宮廷で大切な宝具の類は後宮の外の天龍宮(てんりゅうきゅう)にあることを考えると、たしかに優先順位は低くなる……」

郭(クオ)は首をひねりながら、当たりを見渡した。中は薄暗く、灯りも最小限だ。歩くたびに床板はぎしぎしと鳴り、天井や壁には年季を思わせる染みが点在している。警備どころか、建物全体の優先順位が低いのではと思うほど寂れていた。

「これが、陣正(ジェンジャン)がすり替えた偽物ですよ」

泰文が吐き捨てるように言いながら、奥の棚を指した。

そこには、とても陶器とは呼べない、子供の粘土細工にしか見えない置物や器が並んでいた。

どれもこれも、ただ泥の上から紅をべったりと塗りつけたような風合いで、贋作と呼ぶことすらおこがましい品々だ。

「元は、美しく繊細な青磁器がここに並んでいました。数多の職人に作らせた歴史ある美術品が並ぶ姿は壮観でしたよ。いつ使われるかも分からず、保管の為に置かれているというのに、息を呑むほどです。しかし美しさは人を惑わせる。魔が差したのでしょう」

魔が差す、というのは陣正（ジェンジャン）についてのようだ。偽物ならいいかと一鈴（イーリン）はそっと手に取る。小白（シャオパイ）がするすると一鈴（イーリン）の袂から出てきて、器に近づくと露骨に嫌な顔をした。小白（シャオパイ）も、偽物の出来に呆れがあるらしい。

「泰文に見えないようにしながら、この中に抜け穴がないか探してきてくれ」

一鈴（イーリン）は周囲に聞こえないよう、そっと頼む。小白（シャオパイ）は青磁器の偽物を心底馬鹿にし、小突くような素振りをしてから、室内の暗闇に消えていく。

「あの、ここは葬式に使用する物が置かれている……場所なのに、どうして青磁器が置かれているのですか？　青磁器は観賞に用いられるもの……ですよね？」

小白（シャオパイ）を見送ってから一鈴（イーリン）は郭（クオ）たちに尋ねた。悪人が保管していた青磁器は、たいてい美術品として保管されていた。青磁器の仏具は、たとえ世俗から離れていようと、あまりないように思う。

食器で使うならば、彩餐房（さんさいぼう）の蔵でもいい。それに後宮にはたくさんの建物がある。なのに何故、わざわざ仏具を保管する場所に美術品を置くのか、分からなかった。

「確かに青磁器は美術品として保管すべきもの。仏具と一緒にすべきじゃない……それに後宮には美術品を保管する場所が別にあるはずですよね？　泰文様」

郭(クオ)が泰文に問う。泰文は質問されていると思っていなかったのか、ぎょっとした後、「そんなこと……わかりません。私は僧ですから」と、陣正(ジェンジャン)を見た。

「そちらの方のほうが、後宮にお勤めになって長いはずです。お詳しいのでは」

「え……あ、ああ、えっと……」

陣正(ジェンジャン)は戸惑いながらも、一鈴(イーリン)たちに顔を向けた。

「あの、総龍帝(そうりゅうてい)様の意向です。理由は分からないのですが、出し入れがしやすいから置いている……と、聞いたような……」

「出し入れがしやすい？　ここは深華門(しんかもん)から距離があるのに？」

郭(クオ)が首をひねった。確かに郭(クオ)の言う通り、ここは深華門(しんかもん)から離れている。後宮の外から品物を持ってきて運ぶには、苦労するはずだ。

「はい……」

「そやつの言うことなど、信じがたいですが」

泰文が付け足す。先程陣正(ジェンジャン)に話をふったのは泰文本人だが、悪意故か、答えが信じがたいものであったからか、そのどちらもか……。

考えながら現場を調べていると、小白(シャオバイ)が戻ってきた。

「どうだった」

「しぅ」

どうやら抜け穴は見つからなかったらしい。

戻ってきてなお、小白は器を見て、前足で殴っている。

「やめろ、変な痕跡でもつけたらお前が犯人だと思われるぞ」

事態が大きくなれば、偽物は後宮で調べられたのちに処分されるだろう。大した威力ではないが、念の為、注意して小白を懐に戻した。

「ひとまず、結論が出るまで、奏文様と陣正様はこれまでどおり、自分の役目を全うしていただく
……ということでいいでしょうか？　皇貴妃様」

郭が問いかけてくる。

「はい」

一鈴が頷くと、奏文が、忌々しそうに呟いた。

「盗人をかばうということは、ご自身の格を下げることにつながるのですよ」

その言葉に、陣正はうつむく。

結局目立った成果は得られぬまま、一鈴は永命殿を後にした。

永命殿を離れ、陣正、奏文と別れた一鈴は、郭とともに後宮の脇道を歩いていた。

「犯人は、まだ後宮内にいるのでしょうか……」

器を盗む。

悪人が者を盗むのは、金にするため。

金にするには、売らなければならない。しかし、緋天城の外ならまだしも、ここは後宮だ。侵入者

が後を絶たないが、器を膨大な数盗み出すのも、簡単に出来ることじゃない。

ならず者が外からやってきて、稚拙な器と入れ替えた。そもそも何故贋作以下の、泥あそびのような器とすり替えたのだろう。

「青磁器は、ふつうの陶器よりも高価な品物です。売るとなると、金貨五十枚は堅いでしょうが、後宮のなかで金貨五十枚をさっと出せるなんて、皇帝か母后様……あと貴妃の全結華（チアンチュンファ）様くらいでしょう。商人と内々に取引をするにしても、商人が役人に密告すれば、首を刎ねられて終わりだ。商人は信用が命。真っ先に盗人を売ります」

郭（クオ）が自分の首をなぞり、後方を見やる。

「泰文という宦官は、どんな方なのですか」

「ふふ、早速点賛商会（てんさんしょうかい）の情報をお求めですね、皇貴妃様」

郭（クオ）は目を細める。

「……知らないことには、どうにもならないので」

「普段、泰文は寺で僧侶をしております。後宮には定期的に滞在して、仏具を磨き終えるとまた出ていく……といった形ですね。常駐はしておりません。そして寺では孤児に書き物を教えたりと、評判は良い方ですよ。ああいったご様子……ではありましたが」

「孤児に……」

実は裏で、悪しき事を行っているのでは。

一鈴（イーリン）は反射的に疑ってしまう。評判のいい人間が裏で悪しき事をしているなんて、世の定石だ。若（ルオ）

渓(シー)は善意のふりで近づいてきたわけだし、後宮も例にもれない。

「点賛商会(てんさんしょうかい)として、少々調べてみましょう。青磁器が売られたならば、よほどのことがない限り、痕跡は残っているはずですしね」

郭(クオ)は言う。

青磁器が、売られた場合。

陣正(ジェンジャン)が犯人でなければ、売られた痕跡があるはずだ。なぜなら陣正(ジェンジャン)は、盗んだものを売りはしない。金目当てで盗みを行っていたのではなく、ただただ、衝動のままに行っていたことだから。

故に一鈴(イーリン)は、もうひとつの可能性を思案しながら、去りゆく郭(クオ)を見送った。


翌日、一鈴(イーリン)は早朝に蓮花宮(れんげきゅう)を出た。郭(クオ)には奏文や器の動向を調べてもらっている間、周辺の状況を自分なりに探ろうと思った。

ただ――不本意ながら、雲嵐(ウンラン)を伴って。

「お前いい加減にしろよその突発放浪癖」

虹彩湖(こうさいこ)の裏道で、一鈴(イーリン)の隣を歩く雲嵐(ウンラン)が嫌そうな顔をする。

今朝、それとなく一鈴(イーリン)が散歩に出ようとすると、小白(シャオパイ)の匂いで勘づかれた。

ただ、後宮に血を撒かれたときと違い、閉じ込めようとはしてこない。

廉龍(リーロン)の口添えによるもの……かもしれない。

一鈴(イーリン)は周囲を探りながら、歩みを進めていく。

今日は永命殿（えいめいでん）の周りを調べる予定だ。永命殿（えいめいでん）の中は何もなかったがその周囲に何か仕掛けがあり……要するに、後宮の外からの人間の犯行の可能性がないか、確認する。

「亜梦（ヤーモン）は、どうやって男を後宮に招き入れていたのでしょうか」

「そんなの知っててもお前に言うわけ無いだろ。脱走されたら俺の首が飛ぶ」

雲嵐（ウンラン）が喚くように言う。

「……では知らないと」

「ああ。知ってても言わないが、現段階で、皇貴妃に仕えている俺にも情報が入ってきてない。つまり、誰かと結託したか……後宮に抜け道があるのかは、まだ分かってないってことだ」

「抜け道」

存在するのなら、青磁器すり替えの犯人が使ったのかもしれない。

「探してみませんか、抜け道」

「お前堂々と脱走宣言したな今」

「違います……抜け道があるのは、後宮で問題でしょう」

いずれ後宮を出る一鈴（イーリン）だが、抜け道には興味がなかった。そんなものなくても、出ようと思えばいつでも出れる身体能力を持っているからだ。

一鈴（イーリン）を後宮に引き止めているのは、任務と、亜梦（ヤーモン）との因果だけ。最近、青磁器の盗難も加わった形だ。

しかしながら、自分が後宮にいる間、抜け道を利用した刺客が入ってくることも困るし、なにより盗難事件が連発したら困る。

雲嵐は、しばし一鈴に疑いの目を向けた後、頷いた。

「まぁ、たしかに問題だな。なんだお前、てっきり脱走したくて言ってるのかと思ったが、皇帝の役に立とうとしてたのか」

「……まぁ」

断じて違うが、脱走を疑われ監視されても困る。話を合わせると、雲嵐は「実は俺も気になってたんだよな」と、辺りを見渡した。

「ちゃんとした奴を逃してやらなきゃいけない時に、使うし」

「柳若渓ですか」

「……お前少しは配慮しろよ。思ったことそのまま聞くんじゃなく」

「すみません」

いつも雲嵐は思うままに発言し、なんとなく釈然としない一鈴だが素直に謝罪した。

雲嵐は、「分かればいいんだよ」と一鈴に振り向いた後、また周囲を確認し、歩み始める。

「……あいつはそもそも妃なんて向いてないし」

「妃に向いてない？」

「ああ、元々あいつは皇帝を立てる……男を立てるような人間じゃない。誰かの手を引くやつだ。そもそも家の跡継ぎなのに」と、苦々しく言う。

螺淵では、血は男が繋ぐものとされている。家に男女が生まれれば、どんな理由があれど継ぐのは男だ。兄妹でも姉弟でも、妹や姉が優秀でも、継ぐのは兄か弟。女児しか生まれなければ、継ぐのは婿だけ。故に、男兄弟がいない家の嫡男や婿入りした者は、能力がなくとも家が継げたのだと、蔑みの対象となる。

「柳（リウ）家は柳若溪（リウルオシー）が跡継ぎなのですか？」

「若溪（ルオシー）は、柳（リウ）を名乗っているが、父方の家の名だ。元々は北摘（ベイチャイ）で最も由緒正しい祈家の女だよ。巫（かんなぎ）って分かるか？　それも海の神様に祈りを捧げて、北摘（ベイチャイ）の海の恵も海の災いも全部祈る、神の遣いだ」

「宗教ということですか」

「お前身も蓋もない言い方をするなよ。それにな、そこらの仏像に拝んでる坊主とは違うからな。あいつは海の神様に祈る巫の総大将で、特殊なんだよ。祈家は女しかその跡を継げない。なのに妹がいるからって、よそ婿の父親が妹を跡継ぎにして、皇帝と年の近い若溪（ルオシー）を皇帝の妃にって、やっちまった」

「よそ婿とは……丞相のことですか」

「それ以外誰がいんだよ」

雲嵐（ウンラン）は不機嫌を隠さない。

「あいつは責任感が強い。あいつの父親はそれを利用してる。他人の責任感の強さを利用するなんて、ろくでもないやり方だよ。いい死に方しない。絶対にだ」

そして、乱暴な手付きで周囲の外壁に触れ、抜け穴を探している。

「……祈家では、女性が強いのですよね」

「ああ」

「では、反対しなかったのですか。柳若溪（リウルオシー）の母親は」

「嵐がおさまらなくて、北摘にかなりの被害が出た時、責任取るとか言って、海に飛び込んだ。死ぬことはなかったが、もうずっと、目を覚まさない」

「そんな……」

一鈴が愕然としていると、雲嵐は「だから俺は若溪を北摘から連れ出すつもりだったのに、なんで後宮から連れ出すことになってるんだよ」と、乱雑に周囲の草をむしった。

雲嵐は、若溪を後宮から連れ出したい。しかしその前に、若溪を北摘から連れ出そうとしていたらしい。

雲嵐の話を聞きながらも、一鈴は抜け穴を探す。

そうして、しばらく経った頃……、

「……？」

一鈴は何者かが近づいてくる気配を感じた。廉龍でも、宦官でもない。女だが、なにか感じたことのない異様な気持ちがして、一鈴は雲嵐の襟を掴むと、木陰に身を隠す。

「なんだよお前」

「しっ」

おかしい。間違いなく足音は一つなのに、気配は二人分ある。

しばらく気配を殺していると、一鈴が歩いてきた道とは丁度反対の方角から、ゆっくりと全結華が歩いてきた。

濃紺の衣を纏い、風にゆれる裾は、銀糸の刺繍で輝き、布の上で咲く牡丹の彩りになっている。

だが綺羅びやかな妃の装いとは裏腹に、結華は真四角の籠を背負っている。

なにかおかしい。

正体が分かった以上、隠れている理由もないため、一鈴は雲嵐とともにそっと道に出て、結華に声をかけた。

「全結華様」

「あ……一鈴様……」

声をかけると、結華は愕然としたように、一鈴を見た。しかしすぐに表情を変え、花陽の宴で会ったときと同じ、冷静で、憂いと色香を纏った面立ちに戻る。

「その籠は……一体」

綿布を、大量に買っているらしい妃が、まるで平民のように、籠を背負い歩いてきた。

全家は代々高官を輩出している家で、貧しさとは無縁のはず。

立場上似合わぬ恰好をしている結華を前に一鈴が問うと、結華は籠を背負い直しながら、

「山菜をとりに……」と呟いた。

「山菜？」

「え……ええ。このあたりは、地下の湧き水を引いていて、日当たりも良いですから、野草はよく育つのです」

結華は路道に茂る草花の束を一つ毟るが、それを背負っている籠には入れようとしない。

別の野草が入っているのか。一鈴は籠を一瞥するが、結華が摘んでいたのが、自分が後宮に入る前

に馴染みのあったものであることに気づいた。

「蕨菜（わらび）……こういったところにも生えているのですね。土が良いんだ……」

時には刻んで粥に入れ、粉をまぶして揚げるなど、食べ方は色々ある。一鈴（イーリン）の住んでいた小屋の近くに群生しており、米や芋、小麦の粉よりもよく食べていたが、小白（シャオパイ）は甘い食べ方が出来ないため、蕨菜（わらび）を嫌っていた。

「お詳しいのですか」

結華（チュンファ）は驚いた様子で問う。

文官の娘で野草に詳しいことは、おかしいことなのか。

おかしくないのか。今、社交辞令で結華（チュンファ）は驚いているのか。

一鈴（イーリン）は判断ができず、混乱しながらも苦笑いを浮かべ、「興味が、あるだけで……」話題を受け流すことを試みる。

「粥に入れたりして、食べていました」

「そうなのですか。わたしは煮炊きして食べるのが、好きなのです。いっとう好きなのは、糕（こなもち）にすることですけれど」

蕨菜（わらび）を甘く食べる。粽子（ちまき）のような、自分の知らぬ文化の違いかと、一鈴（イーリン）は目を見開いた。

「糕（こなもち）？　甘く食べられることが出来るのですか？」

「はい。とても手間はかかりますが、蕨菜（わらび）の根を抜いて、灰汁をとって、潰して……色々と処理をして、粉にするのです。それを綺麗な水と共に鍋で煮ると、糕（こなもち）になるのです。米や小麦をすり潰したも

のとまた違って、素朴で軟らかな味わいですよ」

「今度ぜひ作ろうと思います」

蕨菜の根に、そんな食べ方があったのか。一鈴は小白に作ってあげたくなった。しかし、結華は暗い顔をする。

「けれど、粉にするのはとても大変です……初めてなら、おすすめはできません。ああ、こういった艾蒿は、すり潰したりして米と一緒につくと、青団になりますよ」

「青団」

青団は、螺淵で墓を掃除したり、故人を尊ぶ時期によく食べられるものだ。ただ、小白は常に求めてくる。山の中にしか艾蒿は生えないと考えていたが、青団なら後宮にいても、小白に作ってやれそうだ。

「ありがとうございます、結華様」

全家は、厳格たる家と聞くが、野草の知識もあるようだ。

知見を得たことのほかにも、草に馴染みのなさそうな結華に、意外な一面があったことで、一鈴は親近感を感じた。

「いえ……では、私はこれで」

結華はそそくさと去っていく。いい人そうだな、と一鈴が見送っていると、雲嵐が呆れ顔をした。

「お前馬鹿かよ」

「なぜ」

「それに、格下の罗雨涵(ルオユーハン)ならまだしも、全結華(チアンチュンファ)にはちゃんと気をつけておけ。ただでさえ、布なんて買い集めてるんだから。油でも染み込ませて、火でもつけられたらどうするんだ。全結華(チアンチュンファ)にとって、一番邪魔なやつは、お前なんだからな」

雲嵐(ウンラン)は一鈴(イーリン)を咎める。

次期皇后の座に最も近いはずの結華(チュンファ)を抜くようにして、一鈴(イーリン)は皇貴妃の座に立った。しかし、花陽(かよう)の宴(うたげ)で、結華(チュンファ)は一鈴(イーリン)に敵意はなかったはずだ。それこそ、殺意を抱かれていたなら、絶対に分かる。

綿布の類は、布の中でも燃えにくい素材だ。羽毛やすすきなど、そこまで糸や布になっていない、素材のほうがよほど燃える。宮殿にある枕や褥子(しきぶとん)の中身は、綿か動物の羽のような素材だし、綿布に火をつける理由がない。

ただ、なぜ大量に綿布を買っているのかは、気になっている。

「野草の採集で使う……なんてことはないですか」

「知らねえよ。それに、全結華(チアンチュンファ)は怪しい。変な匂いがする」

「匂い？」

以前雲嵐(ウンラン)は、一鈴(イーリン)が小白(シャオパイ)を連れているのを獣臭いと見破ったり、明明(ミンミン)に月の障りが来ていないこと――男だと見破っていたりした。その鋭い嗅覚で、今度はいったい何を捕らえたのか。

「乳臭いんだよ。なんつうか、甘い？　感じの……」

思案を巡らせ唸る雲嵐(ウンラン)を見て、一鈴(イーリン)は怪訝な顔をしながら、結華(チュンファ)が去っていった道に振り返る。

うんうん悩んでいる雲嵐(ウンラン)の肩には小白(シャオパイ)がこっそりと乗り始め、「乳餅(チーズ)！　乳餅(チーズ)作って隠し持ってるんですよ！」と主張しながらよだれをたらしはじめた。

確かに、蕨菜(わらび)で糕(こなもち)を作れるようなら、乳餅(チーズ)も手で作ってしまうのかもしれない。

夜伽のために眠くなる雨涵(ユーハン)、男の明明(ミンミン)、丞相の娘だからなのか一度もまだ夜伽をともにしていない若渓(ルォシー)――全結華(チァンチュンファ)とも何か取引を行い、夜伽をせず、宮殿で過ごしている……。

一鈴(イーリン)は全結華(チァンチュンファ)の去った後をじっと見つめていた。

❁

「明日の夜、蓮花宮(れんげきゅう)に向かう」

皇貴妃が意図せず貴妃と相対していた同刻、後宮を背にして建つ天龍宮(てんりゅうきゅう)の回廊を歩きながら、晴(せい)龍帝廉龍(りゅうていリーロン)は、自らの側近である万宗(ワンゾン)へ、冷ややかに伝えた。

「承知いたしました。それでは皇貴妃様に伝えてまいります」

万宗(ワンゾン)は笑みを浮かべるが、廉龍(リーロン)は静かに首を横に振った。

「皇貴妃にも、護衛にも伝えるな」

「何も支度をさせない、ということですか？」

「ああ。明日、恐水病について進展があったことを伝える。宮女の言うとおり、ろくな始末がされてなかったこともだ。もし恐水病を気にして動きを止めているのなら、何かしら見えるものがあるだろう」

廉龍(リーロン)は窓の外から蓮花宮(れんげきゅう)を見下ろす。池に浮かぶ蓮花のように、水堀に囲まれたその宮殿は、元々、皇貴妃ではなく皇后に与えられるべき宮殿だった。

しかし、廉龍の母であり母后香栄が、その宮殿で暮らすことを望まず、長い間その主は現れなかった。

誰も住んでいない、忘れ去られた場所——蓮花宮。

かつての皇帝は、皇后のみを愛し、誰の手にも触れられぬよう水を持って隔たりを作り、一人だけの花嫁を慈しんでいたという。

誰かを慈しむ。

自分の心には存在しない感情だと、廉龍は思う。

「……あの、陛下」

しばし蓮花宮を見つめていると、万宗が重々しく口を開いた。

「なんだ」

「陣正のことですが……その、一つ気がかりな報告が入りました。仏磨師の奏文から、陣正が永命殿の青磁器を盗んだのではないかと……」

永命殿の、青磁器。その言葉を聞いた瞬間、廉龍の手に力が籠もった。

「あんなもの、まだ残していたのか」

「はい。一応……国の税で集められているものですから」

万宗は言いづらそうに頷く。永命殿に置かれた青磁器は、総龍帝の代で集められたものだ。廉龍の母后香栄の気を惹くために、総龍帝がほうぼうから、節操なく買い集めた。置き場がなく、総龍帝の考えもあり、仏具を置く永命殿はあまり使わないからと、保管されていた形だ。

「……その青磁器が偽物とすり替わっていたらしいのです。奏文は陣正（ジェンジャン）がすり替えたと言っていて……」

「それで」

「どうやら、奏文は皇貴妃様や郭（クオ）様に訴えたらしいのですが、お二人は陛下はお忙しいから自分たちで調べる……と動いているようです。ただ、奏文は納得いかず、私に……」

万宗（ワンゾン）は暗い顔をした。

皇貴妃が陣正（ジェンジャン）のために動いている。

刺客であることは、状況だけ鑑みれば明らかだ。

目的が有り、こちらの信頼を得ようとしての行動ではないか。

善意のふりで近づいてきて、利用しようとしてくる生き物は。皇子であった頃から、無限に湧いて出てきていた。取り合うつもりもない。

騙されない方法は、ただ一つ。

誰も信用しないことだ。

明明（ミンミン）を招き入れたが、子が生まれることを、夜伽を避けたかったから。

物事には必ず対価が存在する。廉龍（リーロン）には廉龍（リーロン）の求めるものが、明明（ミンミン）には明明（ミンミン）の求めるものがあったにすぎず、利害が一致したにすぎない。

皇貴妃が恐水病を気にしていること、宮女を庇ったことが不可解だが、心優しき人間を演じているならば、納得ができる。

皇貴妃は信用ならない。

倒れてみせたのだって、わざとかもしれない。

「陣正の様子は」

「落ち着いているようです」

「なら、皇貴妃のことが片付いたら、その後に向かう」

すげなく答え、蓮花宮を見る。

自分には、果たさなくてはいけない目的がある。

すべて叶うまで、誰かに足元を掬われてはならない。

それまでは、生きていなくては、螺淵の皇帝として、絶対的な位置に立っていなくてはならないからだ。

❀

全結華との遭遇があった翌日のこと、一鈴は郭と待ち合わせをして、永命殿の向かいに建つ十和殿を目指し歩いていた。

「青磁器について何かわかりましたか」

「はい。ここ半年、上等な青磁器は市場に出回っていませんでした。後宮で保管されるような上質な青磁器が売られれば、ちょっとした騒ぎになるほどです」

「つまり……まだ売られていないと?」

「はい。黒幇（こくはん）が関わっている取引の類も調べてみましたが、どうやらその線も薄いようで」

「黒幇（こくはん）についてもお詳しいのですか？」

「点賛商会（てんさんしょうかい）の商人ですから」

郭（クオ）はいたずらっぽく笑う。

「他国にいた皇貴妃様はご存知ないのかも知れませんが、金のためなら、素性の知れない人間でも買い、使う商会です。ある程度薄暗い場所にも通じておりますよ。皇貴妃様には想像もできないような、そんな暗がりにも」

暗がり。

郭（クオ）は一鈴（イーリン）の過去を知らない。自分は暗がりどころか闇に住んでいる。だから、想像出来るできないの話ではない……そうは思いつつも、否定はしなかった。

「そんな暗がりに、貴方は飛び込んだのですか。弟を助けるために」

代わりに一鈴（イーリン）は問う。

点賛商会（てんさんしょうかい）は金のためなら手段を問わない。

そんな点賛商会（てんさんしょうかい）を頼った郭（クオ）もまた、手段を問わなかったわけだ。

弟のために。

「まぁ、家族ですから」

郭（クオ）は優しく微笑む。

雨涵（ユーハン）は家族のために、一鈴（イーリン）を殺しにかかった。

一鈴（イーリン）に家族はいない。なんとなく、家族というものは傷つけ合うだけだったりもすること、雨涵（ユーハン）のような家族思いばかりではないことも知っている。

ただ、良好であれば、たとえ危険に身を投じても守りたい……そんなふうに思うだろうことが、想像できる。

自分にはないことでどこまでも曖昧だが、遠巻きに、淡く世俗を見てきた所感だった。

「奏文様は品行方正として、周囲から慕われている僧でしたよ。後ろ暗いことは、何一つない方でした。我々と違って」

郭（クオ）はおどける。

おそらく秘密を共有していることを揶揄しているのだろうが、刺客である一鈴（イーリン）はとてもものれないものだった。

「子供に書き物を教え、貧しい親子を何人も保護して、寺で静かに暮らしているそうです。寺の装飾にこだわることもせず、質素倹約と暮らしているらしいですよ」

「金に目がくらんだりはしないということですか」

「僧は色欲禁欲と、欲求から解き放たれて、生きている……はずですからね」

「欲求」

前に朧涼（ラーリャン）は、宦官について失ったからこそ求める、ようなことを言っていた。

僧はどうなのだろう。質素倹約と考えているからこそ、お金を求めることも、あるのでは。

陣正（ジェンジャン）と、奏文。

陣正は過去に罪を犯した。いわば、悪人かそうでないかと聞かれれば、悪人の部類になる。

一方、奏文は、品行方正らしい僧侶。

二人が永命殿に出入りしていたとはいえ、一鈴は奏文を疑いづらい。

『陣正が犯人でなければいい』

そんな思考故に、疑いを向けている気がして。

「ああ、見えてきましたね、十和殿」

郭が精巧な彫刻が施された瓦を指す。

十和殿は祭祀の道具を保管する場所で、十和殿には警備をしている宦官が立っている。

「もしかしたら、十和殿に宦官が立っているから、永命殿の管理がおざなりになったのでしょうか……」

一鈴は、警備の形態が異なる二つの宮殿をじっと見つめる。

「後宮に入ること自体、本来は難しいこと、ですからねぇ」

郭は目を細めた。

刺客の一鈴、男である明明が妃として入り、亜梦が男を招き入れたが、そういうことがあったからこそ、後宮の警備は厳しくなっているように思う。深華門の外塀を巡回する宦官の数は倍に増え、暴力以外で抜け出すのは難しそうだ。

そこまで考えて、疑問が浮かぶ。雲嵐は若溪が望むなら、彼女を後宮から出してやりたいと考えている。では、郭は明明についてどう考えているんだろう。

弟は後宮で姉の代わりに暮らしているが、そもそも郭（クオ）は身代わりになった弟を支えるために、後宮にやってきた。女である姉ならば、後宮で「断罪」を受けることはないが、目の前の男は違う。

――なにか、計画を立てているのだろうか。

一鈴（イーリン）は郭（クオ）を見やるが、問いかける前に郭（クオ）の方から口を開いた。

「そばには牡丹宮（ぼたんきゅう）があります。牡丹宮（ぼたんきゅう）の宦官はこちらのほうまで不届き者がいないか巡回しているそうですから、十和殿（とわでん）で話をきいたあとは、牡丹宮（ぼたんきゅう）に向かってみますか？」

永命殿（えいめいでん）は、全結華（チアンチュンファ）が暮らす牡丹宮（ぼたんきゅう）と近い。昨日会ったのも、それが所以だろう。

「少々、お話よろしいですか」

一鈴（イーリン）と郭（クオ）が十和殿（とわでん）の宦官に近づいていくと、宦官たちは、郭（クオ）を見て、ほぅと息を漏らすような、惚けた顔をした。

男女問わず魅了する顔を、弟は妃として、そして目の前にいる姉は商人として役立てている。逆のほうが、安全ではとどうしても思ってしまう反面、宦官たちは油断している。

口止めされていたとしても、ある程度話をしてくれるだろう。

「な、なんでしょうか、皇貴妃様、商人様」

「実は、ここ半年の間に、このあたりや永命殿（えいめいでん）で不審な人物を見かけなかったか、みなに聞いているのです」

一鈴（イーリン）が質問すると、宦官は記憶を手繰り寄せようとしているのか、頭を抱える。

「不審な人物……特に心当たりがなく……なぁ、お前夜の番をしていたよな。どうだったか」

宦官は遠くで松明をいじっていたほかの宦官に声をかけた。

「通ったのは蛇くらいですよ。やや利口すぎるというか、気味の悪い蛇でね、木の実を蜘蛛の巣でからめて……」

「――だそうです。お力になれず、申し訳ございません……」

宦官はすまなそうな顔をした。嫌な予感がしながらも、一鈴（イーリン）は追求する。

「では、出入りをしたのは、陣正（ジエンジャン）、奏文の二人で間違いないですか」

「はい。その二人以外、いません」

問われた宦官は、考える間もなく肯定した。


一鈴（イーリン）たちは十和殿（とわでん）を後にして、牡丹宮（ぼたんきゅう）に向かったが、そこでも答えは同じだった。

――この半年、永命殿（えいめいでん）に出入りしたのは陣正（ジエンジャン）と奏文のみ。

――そもそもそれ以外の人間が出入りしているのは、一度たりとも見たことがない。

そういった、答えだった。

「たしか陣正（ジエンジャン）は、盗みを働いていたと言っていましたね」

郭（クオ）が一鈴（イーリン）に視線を向けた。

「はい」

「もしかすると、自分がやってないと思い込んでいるだけで――無意識のうちに盗んでいたことはないでしょうか」

郭（クオ）が言う。

一鈴（イーリン）もその可能性に、思い至らなかったわけではない。

陣正（ジェンジャン）の盗癖は、生活の貧しさに由来したものではないようすだ。何が原因かは分からないが、心の奥底に起因するものであれば、陣正（ジェンジャン）の本能と理性が相反し、剥離を起こしていることだって、否定が出来ない。

人は変われない。変わらない。

一鈴（イーリン）は今、草が豊かに茂る野道を歩いているが、その下には数多の骸（むくろ）が折り重なっている。

しかし、ここにいない雨涵（ユーハン）が、以前、変わりたいと言った顔を思い出す。

邪悪は消えるべきだ。

けれど、邪悪でなくなったのなら、そうではない。

「陣正（ジェンジャン）を信用しているわけではありませんが、前に奏文に言った通り、決めつけるのは時期尚早かと思います」

陣正（ジェンジャン）がもし、知らず知らずのうちに盗みに手を染めているのだと知ったら、そして陣正（ジェンジャン）が、自分の過ちを認識したら。

陣正（ジェンジャン）は、苦しむだろうか。

今日必死に無実を訴える様子からは、偽りを感じない。けれど状況はすべて、陣正（ジェンジャン）が犯人であることを示している。

光を希み自分を変えようと歩んだ末に、結局自分は変われないのだとつきつけられたときの絶望を、一鈴（イーリン）はよく知っている。

人の殺し方もだ。

一鈴（イーリン）は陣正（ジエンジャン）を楽に殺してやれることが出来るだろう。自分の手を見つめ、これでは自分も決めつけていることに変わりないと、前を見据え、話を変えることにした。

「それは、証拠がなければ罪を断じてはならないという、正義感でしょうか、それとも、皇貴妃様の希望、でしょうか」

郭（クオ）が聞いてきた。

陣正（ジエンジャン）は、盗みから足を洗おうとしている。

けれど心は壊れたら戻らない。

壊れた心のまま、無意識に盗みを繰り返す化け物になっているのなら。

——彼を信じようとした、共に光の道に向かおうとした雨涵（ユーハン）は、どう思うだろう。

陣正（ジエンジャン）を伴い、蓮花宮（れんげきゅう）に顔を出す雨涵（ユーハン）の顔を思い出す。

「少し、陣正（ジエンジャン）の様子を見に行ってみますか？　何か分かることが、あるかもしれない」

郭（クオ）が言う。一鈴（イーリン）は頷き、蘭宮（らんきゅう）へ向かっていく。

しばし歩いてから、一鈴（イーリン）は呟いた。

「陣正（ジエンジャン）は、雨涵（ユーハン）のために、変わろうとしていました」

陣正（ジエンジャン）は、罪の清算を行おうとしていた。

雨涵（ユーハン）は、陣正（ジエンジャン）が変われると信じようとしていた。

陣正（ジェンジャン）は、それに応えようとしていた。それは確かだったように思う。

「相手のための行動も、自分がそうしたいだけ……かもしれないのですよ」

郭（クオ）が諭すように返した。

自分がそうしたいだけ。

一鈴（イーリン）には思い当たるふしがある。故に郭（クオ）の言葉に返事が出来ず、ただただ無言で蘭宮（らんきゅう）へ向かった。

蘭宮（らんきゅう）にたどり着くと、門番は一鈴（イーリン）や郭（クオ）を見て、簡単に中へ通してくれた。

警備はどうなっているんだと責める気持ちが湧いてしまうが、それでも蘭宮（らんきゅう）の門をくぐる。

小さな池と、咲き始めた蘭が視界に広がる。初めて訪れたときより、庭はずっと明るく、整理されていた。

「最近、雨涵（ユーハン）様が陣正（ジェンジャン）と整えているのです」

案内役の蘭宮（らんきゅう）の宦官が微笑む。

前に蘭宮（らんきゅう）にきたとき、陣正（ジェンジャン）は掃除をしていた。あれ以降も、陣正（ジェンジャン）は蘭宮（らんきゅう）のために働いているらしい。

「さようですか……」

中庭をよく見ると、木々は剪定され、程よい日差しが入るよう調整の痕跡がうかがえた。

「陣正（ジェンジャン）、一鈴（イーリン）と郭（クオ）さんが来てくれたらしいの！　お菓子！　お菓子出さなくちゃ、どうしよう！」

しばし中庭の観察を続けていれば、明るい声に、忙しない足音が聞こえてきた。

門番の報告がいったのだろう。普通は門番が客人を招いてもいいか確認するはずなのに、危機意識が足りないのではないか。

一鈴としてはありがたいが、手薄い警備に不満を覚えた。

――刺客が入り込んでいたらどうするんだ。

自分の身の上をさておいて一鈴が不満に思う間に、今度は陣正の足音が聞こえてきた。丁度中庭を駆ける陣正は、何やら掃除用具や菓子の箱を持ち、不格好ながら懸命に走っている。中庭に立つ一鈴たちには、いっさい気付かない。

陣正は幽津で皇帝廉龍を守り抜いたという。戦う者として、他の兵より強さが感じられるが、索敵能力が低い。

「一鈴！　郭さん！　来てくれたのね！　いらっしゃい！」

呆れる一鈴に、雨涵が飛び込んでくる。

殺意に慣れていても、好意に慣れぬ一鈴は、雨涵に思い切り抱きつかれた。

「しょぅ」

服の中で小白が嘲り笑う。一鈴はなんとか体勢を立て直しながら、「雨涵」と窘めた。

「あっ、ごめんなさい。近かった？」

「そういうことじゃなく……」

雨涵は視力に難があり、ずっと距離感が掴めていなかった。物理的に。しかし、精神的な面でも、距離感が掴めていない――と、一鈴は疑っているが、なにぶん刺客として世俗を断って生きてきたため、判断がし辛い。

「雨涵（ユーハン）様！」

少し遅れる形で、陣正（ジェンジャン）が駆けてきた。

「陣正（ジェンジャン）、見て！　一鈴（イーリン）と郭（クオ）様が来てくれたの！」

雨涵（ユーハン）がはしゃぎ、陣正（ジェンジャン）に語りかけながら、こちらに振り向いた。

「一鈴（イーリン）たちから来てくれるなんて嬉しい！　いっつも招待してもらうばかりだったから、おもてなししたいと思っていたの！」

一鈴（イーリン）の記憶が正しければ、雨涵（ユーハン）を蓮花宮（れんげきゅう）に招待したことがない。

何か誤解される言動を取ったのか。思い出せる限りでは、朝食を済ませ、ひと目を忍びながら鍛錬中に、書物を背負った満面の笑みの雨涵（ユーハン）、勉強道具を荷車に乗せた陣正（ジェンジャン）が突然蓮花宮（れんげきゅう）に押し入ってくる光景だ。

ぼんやりそんなことを考えていると、郭（クオ）が「おや」と首をななめにした。

「雨涵（ユーハン）様、いつもつけている髪飾りはどうなさったのです？」

「櫛？　あれ、どこにやったのかしら……」

郭（クオ）の指摘に、雨涵（ユーハン）は自分自身の髪に触れた。確かに、雨涵（ユーハン）がいつもつけている髪飾りがない。雨涵（ユーハン）が不思議がっていると、そばにいた陣正（ジェンジャン）の顔色がざっと変わった。

何か悪行をして、思い当たった――そういう類のものではなく、得体のしれない恐ろしい状況に置かれた、そんな恐怖だ。

「……思い出せる限りで、直近で外したのは？」

一鈴（イーリン）は雨涵（ユーハン）に問いかける。

「虹彩湖（こうさいこ）で買い物をした時に、外したような気が……」

「虹彩湖（こうさいこ）の、どの辺りか覚えはありますか？」

半ば尋問のような勢いであったが、雨涵（ユーハン）は「確か、水辺の側よ。鏡を持ってきていたのだけれど、水の反射で見たほうが早いと思って……その時に、落としたのかしら……」

雨涵（ユーハン）は首をかしげる。しかし、こういう時、動きそうな陣正（ジェンジャン）は思い詰めた顔で俯いている。

「ふとした拍子に、湖の中に落ちてしまったとか」

一鈴（イーリン）が言うと、雨涵（ユーハン）は「そうかもしれないわね……」と、頷いた。

「新しい櫛をお求めならば、ぜひ、点賛商会（てんさんしょうかい）で」

郭（クオ）はすかさず、といった調子で雨涵（ユーハン）に薦めるが、視線で陣正（ジェンジャン）を慮っているのは明らかだ。

「ええ。ちょっと探してみて……見つからなかったら、新しいものも考える」

陣正（ジェンジャン）の、盗癖。おそらく雨涵（ユーハン）以外が考えているであろう、過去の罪。

それを暴くように、窓の外は強い日差しが照りつけていた。


「今日は来てくれてありがとう！」

蘭彫刻があしらわれた廊下を歩みながら雨涵（ユーハン）が微笑む。あのあと彼女とお茶をし、他愛もない話をした一鈴（イーリン）と郭（クオ）は、日が沈みつつあることを理由に蘭宮（らんきゅう）を後にすることとなった。

突然の来訪にも関わらず、よほど嬉しかったのか、雨涵（ユーハン）はごきげんな様子だが、その後ろを歩く一（イー）

鈴の表情は固い。雨涵だけが、それに気づいていないようだった。

「皇貴妃様」

しかし、歩いてすぐ、陣正が声をひそめ、一鈴を呼んだ。目の前を歩いている雨涵は気付かず、その後ろを歩いていた郭が、なにか察した表情で、「どうぞ」と囁く。一鈴は頷き、そっと廊下をそれていく陣正のあとに続く。しばらく進んだところで、陣正は立ち止まった。

「いかがですか、その、器のほうは……」

その声音は、苦しそうだった。縋るようで、それでいて諦観が混ざった、静かな声だ。

「まだです」

「そうですか」

陣正は、それきり言葉を発さない。初夏の風にさらわれて、緑葉がさらさらと落ちていく。

「……僕、後宮を去ろうと思うのです」

長い沈黙の果てに、陣正が絞り出したのは、別れの言葉だった。

「たとえ、器が見つかっても、これから先何か失くなるたびに、僕は疑われます。そういう悪しきことをしてきたのは僕です。一生、背負うつもりです。でも、皆様に迷惑をおかけするわけにもいきません」

「どうしたのですか、急に」

一鈴は、陣正を害そうとしたことがあった。人を殺したこともない、何もしなければただ光の道を歩けていた娘を、人殺しに仕立てようとしたのだ。許せるはずもない。感心はしていても、好みはしていなかった。

なのにいざ、別れを切り出され口からこぼれ落ちたのは、拒否を帯びた疑念だ。

「急じゃないんです。奏文様が、盗人についておっしゃられたときから、ずっと、考えていて」

――盗人をかばうことは、自分の格を下げることにつながる。

あの言葉を、陣正(ジェンジャン)はずっと気にしていたようだ。

「お前は盗んでいないのだろう」

一鈴(イーリン)は問う。否定することを、願って。

「盗んでません。でも、そう思い込んでいるだけかも知れません。だって、現に雨涵(ユーハン)様の櫛が失くなりました。僕の周りで、大切なものが失われた。僕は正気じゃない。今、こうしてふつうに話をしているけれど、もしかしたら、もっと別の恐ろしい衝動があるのかもしれない。こんなことをしているのは、自分じゃない。そうやって責任を逃れようとしている……そう思って、考えないようにしてきましたが、でも、僕はもうずっと前から、終わっていた」

自分や郭(クオ)が抱いていた可能性に、陣正(ジェンジャン)はたどり着いていたのか。

はっとする一鈴(イーリン)に、陣正(ジェンジャン)は誤魔化すように苦笑する。

「僕はものを盗むとき、過去から逃れたい一心でした。今を生きている感じがしない。なんとか、自分は今を生きてるんだって感じないと気が狂う――そう思って盗みをしていたのです。その時点ですでに、気は触れていたというのに」

――だから僕は、自分が信用できていません。

そう続けられ、一鈴（イーリン）は何も言えなくなった。

「前にお願いしたこと、頼みたいところですが、雨涵（ユーハン）様は皇貴妃様にきっと、そんなことしてほしくないはずです。なので、後宮を去ります」

思い浮かぶ言葉は、沢山ある。

けれどそのどれもが、声にならなかった。

蘭宮（らんきゅう）を後にした一鈴（イーリン）は、郭（クオ）に送られながら、蓮花宮（れんげきゅう）の通り沿いを歩いていた。薄ぼんやりとした、狭間のような空を背に、郭（クオ）は呟く。

「賢妃様の櫛の、贋作でも作りましょうか」

普段おどけた調子の郭（クオ）は、どこにもいない。淡々とした声音だった。

耳にした提案が信じられず、一鈴（イーリン）は聞き返す。

「ど、どういうことでしょうか」

「贋作を作り、あたかも見つかったかのようにして渡せば、陣正（ジエンジャン）の気はおさまるでしょう。あの調子では、器についても聞けない。見せかけだけでも上手くおさまる」

しかしそれは、陣正（ジエンジャン）が改心したことを否定することにほかならない。

「それで本当に、陣正（ジエンジャン）は助かる……のですか」

「どんな中身を持っていても、人は簡単に騙される。剔紅だってそうです。一級品は異なりますが、中にはどんなものが隠されているか、分からない。何層も塗り込んでしまえば、きれいなものが出来上がれば、中身なんて人は対して気にしませんよ。真実と嘘も同じです。嘘にもっともらしい真実を重ねれば、その奥に嘘があるとは誰も思いません。貴女が、私の弟を助けてくれたように」

一鈴(イーリン)は明明(ミンミン)の身体が検められそうになった時、明明(ミンミン)の偽りを、郭(クオ)という真実により隠した。

郭(クオ)の提案を、否定できない。

「それに人は、壊れたらそれで終わりです。摘み取らねばただただ腐る一方ですよ。葉のように」

そう言って、明明(ミンミン)は木の枝から一枚、葉をむしりとった。

「旅立った葉は、元に戻せない。花びらも葉もおちたあと、ただただ醜く堕ちていく。でも、綺麗なまま摘み取ってしまえば、見ている間は美しく残る。夢現の世界のように、色は変われど鮮やかで、汚れがない。綺麗なまま燃やせば、綺麗なまま消える。なれど、消さなければどんな葉も悪くなる。人間のように」

郭(クオ)はそのまま、摘み取った葉を放した。ひらひらと葉が地面に落ちる。

「では、私はこれで失礼します。悪鬼に攫われないように、お気をつけて。悪いものは、悪いものとしての顔を隠して、人を拐かしますからね」

そう言い残し、郭(クオ)は荷台を引いて去っていく。

——だから僕は、自分が信用できていません。

一鈴(イーリン)の頭の中に、陣正(ジェンジャン)の声が蘇る。

一鈴(イーリン)には、痛いくらいに身に覚えがある。

人を殺し、生きながらえた時点で自分は鬼と変わりない。

今自分が世のためになると思い込んで殺しを楽しんでいるだけじゃないか。

思い至る瞬間が、いくらでもある。そのたびに、隠剣に救われていたが、その剣にすら、疑いを持つことがないわけではない。

あの少年は、自分の幻覚だったのではないか。

自分の持つお守りは、本当に神様からもらったものなのか。

本当は誰か殺したときの戦利品ではないのか。

疑うたびに、一鈴(イーリン)は神様を思い出す。お守りを握る。儀式を行うが如く。

この腕を掴んだ温もりを思い出す。だから大丈夫だと、心のなかで繰り返す。

一鈴(イーリン)はいつもと同じように儀式を行い——その足で、虹彩湖(こうさいこ)へ駆け出した。


日が沈みきった虹彩湖(こうさいこ)には、誰もいなかった。ただただ、首を刈り取られた花が浮かぶばかりだ。

心と静まり返り、この世界に一鈴(イーリン)以外の誰もいないと錯覚するほどの静寂を切り裂くように、躊躇いもなく一鈴(イーリン)は虹彩湖(こうさいこ)に入った。水を染み込んだ衣は重いがそこまで支障もない。ただただ目的を果たすべく、冷たい水の中で花びらをかき分けながら、雨涵(ユーハン)の失くしものを探す。青い闇の中、一縷の望みに手を伸ばすように。そんな一鈴(イーリン)をあざ笑うように、周囲では蛍が舞い、無数の黄灯がちらつきはじめる。

「しぅ」

服の袂で小白(シャオパイ)が鳴く。止めてくれているのかもしれない。けれど、構っていられなかった。

陣正（ジェンジャン）が盗んだのかもしれない。

こんな湖の中を探す意味なんてないのかもしれない。

探すことで、陣正（ジェンジャン）が盗んだかも知れない現実から、目をそむけたいだけかもしれない。

悪人は結局、後戻りなんて出来なくて日向の道なんて歩けない。分かっている。分かっているけれど、家族のためにと後宮に入り、一鈴（イーリン）を殺そうとしてきた過去はあれど、なんとか生きようと必死にもがく雨涵（ユーハン）が信じたものくらい、正しくあってほしい。

この螺淵（らえん）は残酷で、どうしようもない世界だ。それでも、あの神様がいる世界でもあるのだ。救いがあってほしい。自分にはいらないから。

何も要らない。自分への救いは望まない。

いつかきちんと、地獄に堕ちる。

それこそが、赦しであるから。

✿

「皇貴妃はどこへ行った」

蓮花宮（れんげきゅう）へ向かった廉龍（リーロン）は、冷ややかな声で問いかけた。

今日、寝所で恐水病について問う。刺客としか思えぬ皇貴妃を罠にかける。夜伽は皇帝暗殺に絶好の機会だ。刺客を誘い込み、その手にかけるにはふさわしい機会であったが、当の皇貴妃の姿がなかった。表向きは、護衛として、そして護衛本人にすらその本当の役割——監視役だとは伝えず、鼻の利く皇貴妃を見張らせていたが、それでも撒かれたらしい。

「雲嵐（ウンラン）」

「……分からねえ。匂いで追えねえ。あいつは気配も薄いし匂いも薄い。生きてないみたいに」

万宗（ワンゾン）に呼びかけられた雲嵐（ウンラン）が複雑な表情で言った。

「生きてないみたいとはどういうことですか、雲嵐（ウンラン）」

「言葉どおりの意味だよ。あいつ自体の匂いがない。あいつが着た服があいつに移る。あいつがそばにいた奴の匂いが、あいつに移る。でもあいつ自体の匂いがない。しいて言えば――鉄臭い。戦場みたいな匂いがする」

戦場。

廉龍（リーロン）はそう聞いて、かつての戦場を思い返す。幽津（ヨウチン）の戦場――そして、地獄。

多くの人間の命が失われていった。他ならぬ皇子である廉龍（リーロン）を守るために。

みんな死んだ。

故に、自らの命を狙う者に、容赦も情けもかけられない。

廉龍（リーロン）は踵を返す。すぐに万宗（ワンゾン）が「陛下」とついてこようとした。

「お前は蓮花宮（れんげきゅう）の中を探せ、私は皇貴妃を探してくる」

「しかし」

「何か行動を起こしていたら、その場で斬る」

恐水病の一件を気にしていた。それについて伝えれば、皇貴妃は何か行動を起こす。万が一、恐水病の件で皇帝に害なす策を止めているのならば、どこかで恐水病の進捗状況を知り、今日、自分をおびき出し、殺そうとしているのかも知れない。

——ならば、その策にのるまで。

廉龍(リーロン)は蓮花宮(れんげきゅう)を出ていく。護衛の宦官たちがついてこようとするが、「来るな、周囲を探していろ」とすぐに遠ざけた。恐水病の進捗を皇貴妃が知っているならば、どこかで情報が漏れたということだ。誰も信じられない。側には誰も置いておかないほうがいい。

ただでさえ、獣の始末の仕方で、誰も信用できないと気を改めたばかりだ。

誰も信じられない。

誰も信用できない。

幽津(ヨウチン)遠征で、廉龍(リーロン)が学んだことだ。

当初、幽津(ヨウチン)遠征はただ幽津(ヨウチン)の卑劣漢たちを一方的に掃討するだけが目的だった。それを、総龍帝(そうりゅうてい)が廉龍(リーロン)に箔をつけさせるため、あれこれと老婆心により、陣正(ジェンジャン)など腕の立つ者たちを束ね、一方的かつ圧倒的な戦力により、一掃する——というものだった。

廉龍(リーロン)は自らの箔に興味など無く、ただ卑劣漢の排除を目的としていたが、実際、幽津(ヨウチン)で待っていたのは卑劣漢などではなく、侵入し、幽津(ヨウチン)の民を蹂躙していた隣国の敵兵たちだった。

隣国の敵兵たちには、こちらの兵力が全て把握されており、螺淵(らえん)の皇子——廉龍(リーロン)の首を狙っていた。

つまり、何者かが内部情報を漏らし、敵国に売った——ということだ。

螺淵(らえん)軍の兵力の三倍の軍勢が待ち構えており、早い話が、廉龍(リーロン)たちは撤退戦を余儀なくされた。しかしながら、当然幽津（ヨウチン）に侵入までしてきた敵国の軍勢が逃亡を許すはずもなく、兵士たちは廉龍（リーロン）を守り、廉龍（リーロン）だけを逃がす一心で戦っていたが、圧倒的な戦力差に、なすすべもなかった。

　誰かを信じたら、何かを信じたら、その瞬間、軸足を失い、命を失う。

　自分のものだけではない、多くの命まで。

　だからこそ、廉龍（リーロン）は誰も信用しない。側に仕える万宗（ワンゾン）もだ。

　話はするが、全ては話さない。

　本当の心も、目的も誰にも話さない。

　皇帝としての信頼は、恐怖でどうとでもなるからだ。言うことを聞かせるには恐怖で支配することが一番だ。信頼による統治は嘲りに繋がる。

　それに、信頼による統治を行っていた総龍帝（そうりゅうてい）は——、
　廉龍（リーロン）は苛立ちを覚えながら、夜闇の道を突き進む。周囲に人の気配はない。ただ——少しでも怪しい動きを見せれば、それこそ、こちらの首を狙えば切り殺す。そのほうが都合がいい。決定的な証拠になるのだから。

　これまで廉龍（リーロン）は、皇貴妃を疑いはしても殺しはしなかった。それは証拠がないゆえだった。証拠無く殺すことは、粛清でなくなる。だからこそ、皇貴妃を殺せなかった。

　殺せはしないが、疑わしい。

　天天（テンテン）を狙った刺客を打ち倒したのは、絶対に皇貴妃だった。天天（テンテン）は人を憎む。幼い頃、猫のようだった天天（テンテン）は、元々、預かった獣だ。

忘れもしない、自分が緋天城（ひてんじょう）から抜け出したとき、ぼろぼろの獣を抱える薄汚い、とても貧しそうな少女がいた。少女は自分が食うに困っているようななりをしていたのに、傷だらけの虎を大事そうに抱え、周囲に助けを求めていた。廉龍（リーロン）は最初関わる気など無かったが、少女の瞳が絶望に染まりゆくのを目の当たりにし、自分は本当にこれでいいのかと、自分は助けられる手段を持っているのではと、少女に声をかけ、獣を預かった。心優しき少女が泣かぬ世界にしなければと、廉龍（リーロン）は緋天城（ひてんじょう）に戻った。

その時の獣が、天天（テンテン）だ。

天天（テンテン）は、どうやら人により傷つけられていたらしい。だから人を憎み、誰でも威嚇するが、廉龍（リーロン）にだけは懐き、忠実だった。

そんな天天（テンテン）が、ただの知識人の娘に突然懐くはずがない。

手当てのみならず、刺客から助けてもらったと考えれば辻褄も合う。

だから、殺したほうがいい。螺淵（らえん）を正しいものに整える前に、死ぬわけにはいかない。

幽津（ヨウチン）での約束もある。

だから、殺したほうがいい、他ならぬ、自分の邪魔と成る存在（皇貴妃）は——、

廉龍（リーロン）は環首刀に手をやりながら歩いていく。周囲の気配をうかがいながら、それでいて足早に進んでいると、それまで月を包むようにかかっていた雲が、涼風により、ふっと霧散した。

遠くの——虹彩湖（こうさいこ）が照らされ、人影が視界に映る。

廉龍（リーロン）は、咄嗟に駆け出した。

✿

ない。

ない。

ない。

どこにもない。

一鈴（イーリン）は、虹彩湖（こうさいこ）の奥へ奥へと、身を沈めるようにして、雨涵（ユーハン）の髪飾りを探す。

暗闇で見えるはずもない。月明かりだけでは心もとない。分かっていても、手は止められなかった。もう水の感覚すらなく、ただただ狂ったように一鈴（イーリン）は雨涵（ユーハン）の失くしものを探す。

しかし――、

「っ」

不意に後ろから腕を掴まれた。どうして気付けなかったのか。集中しすぎたからか、敵意が感じられなかったからか、あまりに――過去の救済を彷彿とするような声だったからか。

一鈴（イーリン）は愕然としながら後ろを振り返る。

「何をしている」

廉龍（リーロン）だ。

一鈴（イーリン）と同じく衣を濡らし、一鈴（イーリン）の腕を掴む複雑な面持ちの廉龍（リーロン）が。

「……陛下」

「死ぬにしても、この湖ではどこまで行っても深さが足りないが」

死のうとなんてしてない。自分は、探しものをしていただけだ。

「行くぞ」

しかし廉龍は、理由を聞く間を与えず、一鈴の腕を引く。一鈴は咄嗟にその手を振り払った。力の加減が出来なかった。一鈴は恐る恐る廉龍の様子を伺う。

「……申し訳ございません、陛下……私は、この場でしなければならないことがあるのです」

「こんな場所で一体何をするというのか」

廉龍は、かつての夜を彷彿とするような眼差しで一鈴を射抜く。嘘か誠か確かめようとする目だ。偽っても、きっと自分は引き戻されるだけ。それならばと一鈴は覚悟を決める。

「失くしものを探したいのです。……雨涵が、髪飾りを失くして……」

廉龍は雨涵に対して、害意は感じられない。雨涵の失くしものであるし、そのまま伝えても許されると思った。

「夜にか」

だが廉龍は冷たく返す。一鈴は頷くことしか出来ない。

「……陣正が盗んだとは、考えていないのか」

「え……」

一鈴は思わず目を見開いた。

「青磁器を盗んだ疑いがあるのだろう」

「どうして……それを」

「奏文から万宗(ワンゾン)へ報告があった」

一鈴(イーリン)は奏文に、事を荒立てるなと伝えた。けれど、本来は報告するべきことだ。奏文を責められない。しかし疑問は浮かんだ。陣正(ジェンジャン)が盗んだかもしれないと報告を受けてもなお、陣正(ジェンジャン)は拘束されていない。にもかかわらず雨涵(ユーハン)の櫛が無くなったことを、さも自然に陣正(ジェンジャン)がしたとは思わないのか、と廉龍(リーロン)は一鈴(イーリン)に問いかけてきた。

それは、何故か。

「武人は、気を病むことが多い」

廉龍(リーロン)は何かを諦めるように呟いた。

「国を守る大義名分があれど、人を殺す。自分より歳上であろうと、ずっと歳下であろうと……でなければ、自分が殺される。目の前で自分を庇った上官や部下が殺される。重い怪我を負って助けようとすれば、自分に始末をつけて先へ行けと言われる。初陣を済ませれば、ただの人では戻れない。戦場から遠のいても、戦場から逃れられない。」

一鈴(イーリン)はその声音に、かつての幽津(ヨウチン)での光景を思い出す。

あの場で戦っていた螺淵(らえん)の者たちは、血染めだった。返り血などではなく、傷つけられてだ。顔の判別もままならない状態で、地獄絵図という言葉がふさわしいものだ。

ああいう地獄を、当事者として味わっていたら。

戦場の記憶を遠ざけるために、盗みを働いていたのだとしたら。

「陛下はずっと、陣正(ジェンジャン)を見逃していたのですか」

「……英雄扱いされた人間を、螺淵(らえん)の外で盗人にしては国の威信に関わる。それに……陣正(ジェンジャン)は、もう、外では生きていけない。人は簡単に直らない。延々と罪を犯し続ける。地獄の淵まで」

「陛下、違います。陣正(ジェンジャン)は、陣正(ジェンジャン)は……」

一鈴(イーリン)は咄嗟に否定した。

悪人なんて、全員死んでしまえば良い。陣正(ジェンジャン)について、一鈴(イーリン)は殺したほうが早いくらいに思っていた。けれど口をついて出てきた言葉は紛れもなく陣正(ジェンジャン)を庇うもので、それでいて言い訳にすらならないものだった。

「やり直そうと、しています。必死に、自らの罪を、悔い改めて――」

「その期待を裏切られても、またやり直せると言えるか？」

静かな問いかけに、一鈴(イーリン)は口を閉ざす。

きっと、陣正(ジェンジャン)自身がそれを望まない。一鈴(イーリン)に、自分を殺してくれと頼むだろう。そして一鈴(イーリン)は、殺せてしまう。でも、

「裏切られたらなんて、考えたくないです」

一鈴(イーリン)は振り絞るように言った。

「考えたくない……だと？」

廉龍(リーロン)が鋭い眼差しで一鈴(イーリン)を見た。

「……答えに、なってないと思います。それでも、考えたくない。私は信じたいのです。陣正(ジェンジャン)が悔い

改め、なんとか、正しい道に戻ることを、信じてみたいのです」

　自分は間に合わなかった。

「陣正(ジェンジャン)はまだ、間に合う。間に合う者は、引き返して戻るべきです」

「誰が間に合うと決める」

「私です。私は間に合わなかったから」

　一鈴(イーリン)の本心だった。皇帝に怪しまれることは承知の上だった。でも、嘘を言っても怪しまれる。それならば、本当のことを言うしかない。何がどう間に合ったか、追求されたら、もう終わりだ。でも、陣正(ジェンジャン)が盗みを犯した、それを雨涵(ユーハン)が知る——それはとりとめもないことだが、ある種の終わりだった。ならば、自分が終わったほうがいい。緩々とした自死同然の言葉だった。

「ならば陣正(ジェンジャン)がお前の信頼を裏切ったらどうする?」

「私が陣正(ジェンジャン)を殺します。そして、全てが片付いた後、私は、最も苦しむ方法で、私自身を殺します」

「……」

　廉龍(リーロン)は黙って一鈴(イーリン)を見据える。

　長い、長い沈黙のあと、廉龍(リーロン)はため息を吐き、思い切り息を吸い込むと、そのまま湖に沈んだ。

「陛下っ!」

　一鈴(イーリン)は思わず同じように水に潜る。すると、廉龍(リーロン)は虹彩湖(こうさいこ)の中で、地面をさらっていた。

　わけも分からずいると、廉龍(リーロン)は息が続かなくなったのか、また水面へ顔を出そうとする。

「陛下、何をなさっているのです」

「見てわからないのか？」

「地面に触って……」

「……そんな趣味はない……櫛を探せばよいのだろう？」

「で、でも」

「でも何もない。ぼうっとしているなら蓮花宮（れんげきゅう）に戻れ。邪魔だ。消えろ」

廉龍（リーロン）は苛立ちを隠さず一鈴（イーリン）を睨んだあと、また湖に沈み込む。一鈴（イーリン）も慌てて潜り、捜索を再開する。

やがて廉龍（リーロン）はまた浮上し、一鈴（イーリン）も続く。

「陛下、あの、私だけで探しますので」

「……賢妃はここで櫛を無くしたのか？」

「はい、おそらく――」

「おそらく？　想像で水に入ったのか？」

「……」

廉龍（リーロン）の鋭い視線に、一鈴（イーリン）は口ごもった。自分の浅慮を指摘されたこともだが、廉龍（リーロン）が平時と異なり、感情を表していることにも、戸惑いを覚えたからだ。

廉龍（リーロン）は苛立っている。でも、初めて会った時の、全方位に殺意を向けているような静かな憤りとは、また違う。

「もういい」

黙って自分を見る一鈴（イーリン）に対して、廉龍（リーロン）は呆れたようにため息をつき、また水に沈み込んだ。

一鈴(イーリン)もまた、水の中へ潜る。

そしてまた二人、顔を上げた。

「……髪飾りの色は」

「雨涵(ユーハン)の服と同じ色です」

「……」

廉龍(リーロン)は若干複雑そうな表情でまた水に沈む。一鈴(イーリン)も続いた。

虹彩湖(こうさいこ)の水中は、色とりどりの花びらが揺らめいている。最下層には、今まで凍王(ドンワン)が首を刎ねた数だけ沈められていたであろう花——らしきものが、緩やかに土に還ろうとしていた。

命はこうして、還っていくのか。

一鈴(イーリン)は櫛を探しながら思う。

水に沈み、その身を解かれながら、還っていく。

暗闇一色だった水中は、思えば月明かりによって、水の底まできらきらと輝きが差し込んでいた。

天国みたいだ。後宮に来てすぐ、何も知らず虹彩湖(こうさいこ)を見たときと同じように周囲を見渡していると、何かが月明かりに反射していた。

——あ。

一鈴(イーリン)ははっと目を見開く。しかし、息が続かない。もがくように浮上しようとすると、そんな一鈴(イーリン)に廉龍(リーロン)が手を貸した。

「水を飲んだのか」

「ち、違うんです！」

「なら何だ」

「かっ、髪飾りが、あって、あったんです！　ありました！」

一鈴(イーリン)はすぐに潜る。廉龍(リーロン)が後に続き、一鈴(イーリン)の身体を支えた。一鈴(イーリン)は先程発見した髪飾りを指す。

よく確かめると、雨涵(ユーハン)の髪飾りだった。しかし、一鈴(イーリン)が手をのばす勢いが強く、髪飾りは揺れて遠ざかりそうになる。ふわりと離れてしまう髪飾りを、もう一度つかもうとするが、横から手が伸びてきて――、
廉龍(リーロン)と、ほぼ同時に髪飾りを掴んだ。顔を見合わせた瞬間、一鈴(イーリン)は廉龍(リーロン)に掴まれ、そのまま強制的に急浮上する。

「陛下、これです、この髪飾りが雨涵(ユーハン)の……えっ」

一鈴(イーリン)はすぐに髪飾りについて報告しようとするが、すぐに廉龍(リーロン)に抱きかかえられ、混乱した。

何故自分は抱えられているのか、顔を上げると、廉龍(リーロン)の冷ややかな視線とかち合った。

「櫛が見つかったのなら、ここに用はない」

「この体勢は一体」

この体勢では、殺せない。殺すどころか天天(テンテン)を狙うような無粋者が現れた時、対処が出遅れる。

「さっき、髪飾りを見つけた時の焦りようと、前に、蓮花宮(れんげきゅう)の橋で自分がどうなったのか、もう思い出せないのか？　男を招く、勝手に徒党を組む……ただでさえ役人の不祥事が相次いでいる。朝起きたら皇貴妃がここで浮かんでいたなんてことになれば、示しがつかない」

廉龍(リーロン)は、先程もがくように急浮上したこと……だけではなく、一鈴(イーリン)が倒れたことについて言いたいらしい。虹彩湖(こうさいこ)から出て、草原にたどり着くと、さっと一鈴(イーリン)をその場におろした。

「あ、ありがとうございます……」

「煩い」

礼を言うと、蝿を払うように即答された。思いもよらぬ返答で戸惑う一鈴(イーリン)を陸におろした廉龍(リーロン)は、不機嫌さを隠さず続ける。

「で、これからどうする。蓮花宮(れんげきゅう)に戻るか、蘭宮(らんきゅう)に行くか、すぐに選べ」

廉龍(リーロン)は陸に上がりながら、相変わらず感情の読めない表情で、一鈴(イーリン)に問いかけてきた。

正しい答えは蓮花宮(れんげきゅう)なのだろうが、一鈴(イーリン)の答えは決まっていた。

「蘭宮(らんきゅう)へ行きます」


ゆっくりと、確実に雫が落ちる。

透明な水の粒が、提灯の光を受けながら、地面に沈み込む。

絞ってもなお重い衣を引きずるようにして蘭宮(らんきゅう)にやってきた一鈴(イーリン)と廉龍(リーロン)が、門番に頼み陣正(ジェンジャン)を呼ぶと、陣正(ジェンジャン)は一鈴(イーリン)の想像どおり、深夜にも関わらず目を丸くして飛び上がった。

「だっ、どっ、へ、陛下!? 皇貴妃様! ど、どう、どうなさったのですか。い、今お拭きするものを持って、雨涵(ユーハン)様もお呼びして……!」

「賢妃は起きているとやかましい。寝かせていろ」

焦る陣正を、廉龍が冷静に制止した。

「皇貴妃」

そして廉龍は、一鈴に振り向く。櫛について言っているのだと察し、一鈴は陣正に櫛を差し出した。

「雨涵様の……」

陣正が櫛を見る。

「もしかして、おふたりは雨涵様の櫛を探して……？」

「私は巻き添えになっただけだ」

廉龍がそう言い、一鈴は「違います、陛下が、水に潜って……」と否定した。

「水の中!?」

「ああ、お前の懐の中じゃなく、水の底にあった。役目を追え、水に還る花びらに埋もれるように」

──お前の懐の中。

その言葉に、陣正がはっとした顔で廉龍を見上げる。

「陛下……もしかして……」

「青磁器もこの櫛と同じように、お前が盗んでいない可能性は、否定できないはずだ」

淡々としながらも、廉龍は続ける。

「どんなに疑わしいものでも、疑わしいというだけで、罰せられるべきではない」

廉龍が、一鈴を刺客と疑いながらも皇貴妃にした理由。

その根底に、触れた気がした。

天天(テンテン)を狙う者たちを倒した。状況だけは、一鈴(イーリン)が刺客だと示している。疑わしいものは排除する。その残酷さは、一鈴(イーリン)が倒した者たちをすぐに殺してしまったことで証明されている。

でも、一鈴(イーリン)が刺客である完全な証拠が、きっと廉龍(リーロン)の中でない。故に、あえて危険と承知の上で、証拠を掴む方向に打って出た。

事情を聞くこと無くすぐに殺してしまう衝動性と、明明(ミンミン)の言っていた廉龍(リーロン)が熟考する性質について矛盾しているように感じていたが、恐水病について亜梦(ヤーモン)の訴えを聞き動こうとしていることも含めて、一本、確かな線が存在しているのかもしれない。

「でも、僕は」

陣正(ジェンジャン)は廉龍(リーロン)を前に首を横にふる。晴龍帝(せいりゅうてい)に口答えする。それがどういう意味を持つのか、陣正(ジェンジャン)がわからないはずがない。それでもなお、陣正(ジェンジャン)は伝えたいのだろう。自分が信用できないと。

自分は、罰せられるべきだと。

「お前が本当に罪を犯していたら、皇貴妃がお前を殺すと言った」

廉龍(リーロン)は陣正(ジェンジャン)の言葉を遮るように言い、続けた。

「そもそも、お前が本当に突き詰めて考えなければいけないことは、これまでの罪の反省であって、真意不明の妄想を追い求めることではないはずだ」

「陛下……」

陣正(ジェンジャン)の瞳が、ゆっくりと開かれた。

月明かりが照らし、その光が瞳に宿っていく。

後宮を出ていくと言った絶望的な眼差しとは異なる、確かな瞳だ。

水の中に沈んでいたものを掬い上げるように、人間が救われていく。

こんな言葉をかけられると、人間は前を向けるのかと、一鈴は廉龍と陣正を見つめた。

自分には触れられぬ世界だと、思い知りながら。


「ありがとうございます。陛下」

蘭宮からの帰り道、一鈴は廉龍にお礼を言った。

櫛を探してくれたこと、陣正に前を向くよう言葉をかけてくれたことへの想いを伝えたかった。

色々と、重なる感情はあれど、もっとも大きく近いものが、感謝だった。

「しつこい」

「それでも、ありがとうございます」

一鈴は再度頭を下げた。

陣正を励ます。前を向かせる。

刺客として、既に一線を越えている自分では、到底出来ないことだった。

ただ櫛を渡すだけでは、きっと陣正を助けられなかった。

歩いていると、廉龍はふいに一鈴に視線を向けた。

「他人事だ。櫛を見つけたのはお前だというのに」

「私では、陣正(ジェンジャン)に前を向かせることは、出来ないので」

「何故だ」

「その資格も技量もないです」

自分の手は血で染まっており、本当なら誰かの人生に影響していい人間ではない。

だからこそ、光あふれる道を通る人間のために、邪悪を排除する。

同じ悪人である自分が、邪悪全員の足を引っ張り、全員を道連れにして、神様のための世界を作る助けになれるのなら。

そう思って、生きているだけだから。

「お前はなんでも勝手に定めるな。間に合う。間に合わないという、曖昧な話もそうだったが」

責めることも、苛立ちも帯びてない、極めて澄んだ声音で廉龍(リーロン)が言った。

「え……」

驚く一鈴(イーリン)に、廉龍(リーロン)が鋭い眼差しを向けた。

「もっともらしい言い方をしているが、お前は逃げているだけだ」

廉龍(リーロン)はとうとう一鈴(イーリン)に振り返り、身体も一鈴(イーリン)へ向けた。殺意も警戒も無かった。

今なら殺せる。一鈴(イーリン)は確信する。けれど、動けなかった。

「陣正(ジェンジャン)もそうだ。自分の行ったことに、責任を取ればいいだけだ。そんな簡単なことに、皆大層な理由をつけて逃げる。綺麗ぶった飾りをつけて、もっともらしく言って、逃げていく。あたかもそれが、正しく、美しいものとして。それしか選べないのだと、自分自身に念を押しながらだ」

――愚かだ。

廉龍(リーロン)の瞳が、一鈴(イーリン)を射抜く。

「もうお前は皇貴妃になった。関わらない選択肢なんてものは存在しない。資格も技量も問うのはお前自身じゃない。私と民だ。仕事はするがうつむく役人は前を向かせろ。人事を尽くしてからだ」

「でも、もし悪い方向に、向かってしまったら」

「その時は死ね」

淡々としていた。でも、一鈴(イーリン)は無意識に、廉龍(リーロン)の視線だけに意識を集中させた。夜の湖のような瞳が、こちらに向けられている。

揺らいで、形もままならなかったものが、ゆっくりと定められていく。

自分にはその資格がない。そう決めていたのは逃げたかったから？

刺客だからともっともらしいことを言って、必要がないと飾りをつけて。

「私は、逃げていますか」

「ああ。陣正(ジェンジャン)についても、そもそも私が出る必要はなかった。誰か一人が、強く言ってやるだけで違った。お前でも、助けられた」

でも自分は刺客だ。人を殺してきた。一鈴(イーリン)はうつむく。

「お前が刺客でも、な。刺客は殺し以外で誰かを助けられない。そんなことはありえない」

しかしすぐ、続けられた言葉に顔を上げた。

その言葉の意味を問う前に、廉龍(リーロン)は一鈴(イーリン)に背を向け、さっさと歩いていってしまう。

人に関わってもいい。

関わらなくてはいけない。

自分でも、血を流さぬ方法で助けられる。

刺客だとしても。

廉龍はまだ、自分を刺客として疑っている。一鈴はさきほど、陣正を殺すと言った。怪しまれることもしてきた。当然のことだ。

それに、一鈴はいつか、廉龍を殺す。凍王を殺し、螺淵を良くするために。

そう命じられて後宮に入った。

でも、

「貴方は、いったい――」

一鈴は廉龍の背中を見る。廉龍はただただ、一鈴を振り返らず進む。

ややあってから、一鈴はその後を追った。


蓮花宮に戻ってくると、まずはじめに口を開いたのは、雲嵐だった。

「お前いったいどこ行ってたんだよ！　いくら夜伽が嫌だからって晴龍帝が宮殿に来ておいて自分はいませんなんて……ったくなんでこんな濡れてんだよ……今布持ってくるから絶対動くなよ」

雲嵐は一鈴と廉龍が戻ってくるのを匂いで察知したらしい。すぐに出てきて、濡れた二人を見ると、一鈴に念を押してすぐに布を取りに行った。一鈴が濡れた様子を見ても、そこまで驚いていないのは、

これまで何度も抜け出したから……かもしれない。一鈴がなんとなく居心地の悪さを感じていると――、

「ど、どうなさったのですか陛下！」

入れ違いになるように、血相を変え万宗が飛び出してきた。

衣も髪も濡れている廉龍に愕然とした後、すぐに一鈴に視線を向ける。おだやかだが、警戒されていると、肌で感じる視線だった。

「皇貴妃が足を滑らせ虹彩湖に沈んでいた。だから引きずりあげた」

廉龍は鬱陶しそうにしながら、一言で終止符を打った。

「虹彩湖で……？」

その言葉に万宗は警戒を解いた様子で、今度は心配そうな表情で一鈴を見た。

「お前、この間もわけわかんねえこと言いながら居座ってたよな。困ると虹彩湖行く癖やめろよ」

ちょうど布を持ってきた雲嵐が怒り出した。万宗が「この間も」と聞き返すと、雲嵐は廉龍に「どうぞ」一鈴には「ほらよ」と、それぞれ布を渡しながら、万宗に報告を始めた。

「こいつ、皇貴妃になれるような器じゃねえんだよ。放浪癖はあるわ、ちょっと人と接しただけで疲れた顔するわ、宮女はろくに管理できねえわで護衛の俺の仕事が死ぬほど増えてんだよ」

「宮女の管理とは」

「あいつら、みんな俺に歯向かうんだよ、全員だぞ。それを注意もしねえし」

「それは、貴方の態度が悪いからでしょう」

万宗は雲嵐を宥めるように返すが、雲嵐は「お前の態度のほうが悪いだろうが」と、今度は万宗に

狙いを定めさらに怒り出した。一方の万宗（ワンゾン）は冷静に受け止めている。

「僕の態度のどこが悪いのでしょう？」

「好きでもねえやつにへらへらして、異国人だからってお前のこと馬鹿にしてたやつらにも笑って、良い態度じゃねえだろ」

「意味がわかりません……それに、皇貴妃様に放浪癖があっても、ついていくのが貴方の役目です」

「だからこいつが俺に何にも言わずに！」

「忠臣たるもの、主人が何も言わずとも、ついていくものですよ」

そう言って、万宗（ワンゾン）は振り返る。

しかし、後ろに廉龍（リーロン）はいない。

雲嵐（ウンラン）が虹彩湖（こうさいこ）に行くことをやめるように言いはじめたあたりから、廉龍（リーロン）は無言で立ち去っていった。

一鈴（イーリン）はすぐ気づいたが、雲嵐（ウンラン）も万宗（ワンゾン）もそれぞれ相手に気を取られ、気づかなかったらしい。

「なので、僕はこれで……皇貴妃様、忠臣が無作法者で不安なことが多々あるかもしれませんが、どうぞ、陛下の手は煩わせぬよう、お願い申し上げます」

万宗（ワンゾン）は一鈴（イーリン）に念を押し去っていく。一鈴（イーリン）は頷き、私室に戻ろうとするが……、

「おい、湖に落ちて湯浴みもしねえで寝ていいわけないだろ。丁度いい、湯浴みの送り迎えの間にお前の責任感と放浪癖について話があったんだ」

雲嵐（ウンラン）の気は済んでないらしい。

一鈴（イーリン）はこれから始まる小言……ならぬ大言を想像し、顔を引きつらせた。

湯浴みが終わり、髪を乾かし一鈴（イーリン）が私室で眠りにつくまで、雲嵐（ウンラン）の説教が続いた。

雲嵐（ウンラン）の喚き声が半ば耳鳴りのように後を引いたまま迎えた翌朝のこと。

蓮花宮（れんげきゅう）に郭（クオ）がやってきた。

「やぁ皇貴妃様、ご機嫌はいかがですか？　外から豊かに見えども、内から見れば、永らく続く変わりなき景色……なんていうのは不敬でしょうか？　まぁ、とにもかくにも、憂鬱な心を晴らすには、青空よりも点賛商会（てんさんしょうかい）、なんて」

郭（クオ）はおどけた調子で蓮花宮（れんげきゅう）に入ってくる。一鈴（イーリン）はちょうどよかったと、陣正（ジエンジャン）について報告することにした。

「あの、雨涵（ユーハン）の櫛、見つかりました」

「おやおや、それでは精巧な贋作は作らずとも良くなったのですね……ふむ。それでは後宮で妃も使用している櫛と同じ型――とでも言って、売ってしまいましょうか」

どうやら、郭（クオ）は冗談ではなく、本当に贋作を作っていたらしい。それでは事態の解決にはならないが、陣正（ジエンジャン）を助けようとしていたようだ。

「ええ、ありがとうございます……」

贋作商売は、許されないことだ。それでも礼を伝えると、郭（クオ）は「いいえ？」と瞳に弧を描く。

「では、調査の再開といきましょうか？」

「そうしたいところ……なのですが……」

一鈴は表情を固くした。昨夜の一件で雲嵐の警戒がまた強まったからだ。どうしたものかと考えていると、郭は「なるほど」といたずらっぽく笑い、側にいた雲嵐に近づく。

「雲嵐様」

「なんだよ」

雲嵐は不機嫌そうに郭を見返した。まだ昨晩の怒りが収まっていないらしい。

「一鈴様の脱走癖に関して、果たして一鈴様の心の問題だけでしょうか」

「あ？　何だよいきなり」

「美しい声を持つ鳥も、籠から出して羽を広げる時間がないと、いずれ声を失うものです。魚もそうです。どんなに綺麗な鱗を持っても、同じ水の入れ物に住まわせれば、濁っていき、死んでいく」

「は？」

「つまり、定期的に外に出さないから、大事になるのですよ。雲嵐様が外に充分に出さないことで、その反動で一鈴様は放浪しているのです。元々は縁延宮の妃として入宮したのに、環境が一気に変わってしまった。それでも皇貴妃様はこうして心を病まずに、意思疎通がとれています。奇跡のようなことですよ」

「奇跡……」

怪訝な顔をしていた雲嵐が、一鈴を見る。

郭の言い分はようするに、一鈴はこのままだと心を病むという話だが、いささか表現が大袈裟な気がする。郭は雲嵐に見えないよう、自分の唇に指先をあて、一鈴に微笑む。

「縁延宮（えんえんきゅう）の妃で、いらっしゃいましたよ。慣れない後宮暮らしで、散歩だけを日課にしていたのに、雨が続き、それを苦に……ああ、それ以上はお伝えできませんが、人の許容範囲は大きく異なるということです。ねぇ、雲嵐（ウンラン）様は皇貴妃様の独り歩きに対して、万宗（ワンゾン）様や陛下から重い処罰を頂いたことはありますか？」

「ないな」

「つまり、万宗（ワンゾン）様も陛下も、一鈴（イーリン）様の独り歩きについては、あまり気に留めていないということです。でも、気を病んだらいかがでしょう？　雲嵐（ウンラン）様の処分を示す花が、虹彩湖（こうさいこ）に浮かべられるかも……」

郭（クオ）の言葉に、雲嵐（ウンラン）の顔が若干青くなった。

「しかし、雲嵐（ウンラン）様もお忙しいことと存じます。この郭（クオ）がしっかりと一鈴（イーリン）様をお守り致しますので、皇貴妃様を一人にはさせませんよ」

「でもお前護衛じゃないだろ」

「雲嵐（ウンラン）様は護衛です。護衛がついているからこそ、皇貴妃様は気が休まらない。故に脱走が増えるのですよ」

「……そういうもんか？」

「はい。それに、商人は何かと恨みを買いやすい。護身術は心得ておりますし、そもそも、妃になにかあった時に備えよと、上から拝命しております……あぁ、秘密にしてくださいね」

郭（クオ）は言う。雲嵐（ウンラン）はしばし悩んだ後、「気をつけろよ。こいつ、すぐいなくなるからな」と、郭（クオ）に注意した後、一鈴（イーリン）に振り向いた。

「お前、変な気起こすんじゃないぞ」

「はい……」

小言の煩い雲嵐(ウンラン)が、郭(クオ)の付き添いがあるとはいえ、すんなり一鈴(イーリン)の散歩を許した。

戸惑いながら一鈴(イーリン)は郭(クオ)とともに蓮花宮(れんげきゅう)を出ていく。

「あの、上から……陛下から命令があったのですか。妃を守れと」

しばらく歩いて一鈴(イーリン)は郭(クオ)に問いかけた。

「いいえ」

郭(クオ)は悪びれもせず、平然と返してきて、一鈴(イーリン)は愕然とした。

「う、う、嘘……？　嘘なのですか？　もし嘘だと知られたら問題になるのでは……」

「そうでしょうか？　でも、私は上としか言っていませんよ？　皇帝の名を騙ったわけでも、万宗(ワンゾン)様の名前を出したわけでもない。上としか言っていません。天からのお告げかもしれませんし、点賛(てんさん)商会(しょうかい)の人間かもしれないのに？」

郭(クオ)はどこまでも平然としている。

「そんな……」

「驚かないでください。皇貴妃様。商人の言葉を……いいえ、人の言葉をそのまま受け取っていたら、馬鹿を見てしまいますよ。心のうちは……中身は、目に見えない。たとえ衣をはいで生まれたままの姿になったところで、人は皮に包まれている。皮をむいても、次は肉に覆われているのです。肉を取り去ったら残るのは骨……けれどどうでしょう？　骨をなくせば、もう何も残らない。虚ろなものです。ふふ、見ているものも、言葉も、どこにもない無から生まれる。この世に信頼できるものなど、何一つありゃしません」

　この世界に信頼できるものなど、何一つない。

　雨涵（ユーハン）のように、何でもかんでも思うままに信じるより、賢い考えだと思う。

　けれど、戦いに身を置いているわけでもないふつうの人間が、そんな考えをしていることに、一鈴（イーリン）は痛みを覚える。

「それで、本日はいかがいたしましょうか。永命殿（えいめいでん）を探索――」

　郭（クオ）はおどけた調子でまた歩きはじめるが――すぐに足を止めた。向かい側から、毕（ビー）がこちらに向かってくるところだった。両手には、大きな籠を抱えている。毕（ビー）は一鈴（イーリン）に気づくと、はっとした顔をして嬉しそうに駆けてきた。

「危ないですよ！」

　一鈴（イーリン）はひやひやするが、毕（ビー）は転ぶことなく、一鈴（イーリン）の目の前に立つ。

『だいじょうぶです』

　毕（ビー）は籠の中に入れていた紙にさらさらと文字を書く。

「両手に荷物を持っている時は走らないでください」

　心臓に悪いから、主に、自分のだが。一鈴（イーリン）はほっと息を吐き、ああ、と郭（クオ）に振り返る。

「あの、この方は彩餐房（さんさいぼう）で働いている……」

「知っていますよ。毕（ビー）さん、でしょう？」

郭は目を細め、毕に顔を向けた。

「貴女のことはよく知っていますよ。可愛らしいもの、躑躅の絵が描かれた便箋でもお探しならば、どうかこの点賛商会の郭にお申し付けくださいね」

そう言って郭は微笑む。毕は目をぱちぱちと動かし、嬉しそうに頷いた。

「彩餐房で働いている方たちにも、詳しいのですか」

「いえ、淑妃様と関わりがあるならば、ね」

郭は目配せしてくる。そこには、わずかに冷ややかさが滲んでいた。

一鈴が違和感を覚えていると、毕が一鈴の服の裾を掴む。

「どうしましたか」

『いいのが出来るから、一緒に来てほしい。とても久しぶりだから』

「久しぶり……？」

陣正の調査があるが、毕の無垢な瞳を、無下に出来ない。

一鈴は苦悩しながらも、郭とともに毕についていくことにした。


「そう言えば、彩餐房では一時、高価な食器類の買い付けが多かった……と聞きますね」

「高価な食器類？」

彩餐房を目指し、毕を先頭に歩いていると郭が思い出したかのように言った。

高価な食器類。一鈴は毕を助けるため戦った夜、男たちを打ち倒した。その時、中の備品のたぐいは全部、破壊した気がする。

もしや、妃に使う高価な食器を、接待の場で使っていて、自分はそれを壊したのではないか。

怖怖していると、「大商人の岩准(ガオシュン)様が集めた選りすぐりのものだとか」と郭(クオ)が言う。

「岩准(ガオシュン)の食器ですか」

なら壊して良かったかもしれない。一鈴(イーリン)は思う。岩准(ガオシュン)というのは、螺淵(らえん)で有名な豪商で、今は亡き総龍帝(そうりゅうてい)と深い信仰があったらしいが、それは表向きの顔だ。裏は奴隷商売で、他国から人を攫い螺淵(らえん)で売ったり、その逆を行う卑劣漢だ。晴龍帝(せいりゅうてい)抹殺の前の任務で、次の任務は岩准(ガオシュン)の抹殺だと聞いていたが、晴龍帝(せいりゅうてい)抹殺の任務が与えられたせいで、殺せなくなってしまっている。

「岩准(ガオシュン)様は、まぁ、いろんな商売を手広くやっていらっしゃるそうですが、売るものは確かですからねぇ」

郭(クオ)はおそらく、人身売買までは知らないのだろう。のんびりとした調子で居る。

いろんな商売どころか本当は女も男も見目が良ければ売り買いして、商品を仕入れるなどといい、人さらいを行っているというのに。

複雑な心境を抱いていると、彩餐房(さんさいぼう)に到着した。すると、すぐに毕(ビー)が、一鈴(イーリン)の服の裾をつまみ、竈の方を指した。

毕(ビー)が指す方向では、ちょうど職人が、きつね色っぽい面妖な塊を竈から取り出しているところだった。

「なんですか、あれは」

『魚の塩焼きです』

「あんな魚があるのですか？」

一鈴（イーリン）は目を疑った。塊は一鈴（イーリン）の指先から肘くらいまでの大きさの、岩のような塊だ。あんなものが川や海を泳いでいる姿が想像できない。あんなものが野放しにされていたら、いずれ生態系はおかしくなってしまうのではないか。首をななめにしていれば、『あれは魚ではないですよ』と毕（ビー）は否定してくる。

「でも先程、魚の塩焼きだと」

『魚の塩焼きは、あの中にあるのです』

「どういうことですか」

『塩で包んでいるのです』

「塩で……？」

一鈴（イーリン）が言った途端、小白（シャオパイ）が『塩？　おお嫌だ嫌だ塩だなんて』とでも言いたげに懐の中で暴れだした。

「なぜそんなことを」

『ふっくらと仕上がるのです。蓮の葉でくるんでいるので、魚を悪くすることもない。味も良くなります』

「葉で包む……」

『粽子（ちまき）と一緒です。大切な中身を葉で包む。すると、中身は一層、美味しくなります。ただ粽子（ちまき）と違って、あれは……』

毕（ビー）は、塩の塊を運ぶ職人を指す。職人は木槌を持ってくると、塊に振り下ろした。

『叩いて取り出します。塩はただ押し固めているのではなく、卵白と混ぜているのです。焼いている時に、崩れたりしないよう。だから、焼くと頑丈になるのです。それこそ陶器のような硬さになるので、ああやって砕かなければいけません。強い力で。だから、お見せしたかったのです』

毕は一鈴を見ると、嬉しそうに燕を襲撃した時の一鈴を真似してくる。

「それは絶対にやめてください」

一鈴は冷や汗をかいた。毕には一鈴の力について知られている。さらに、その力を歓迎するようなそぶりを見せる。やめてほしいと思いつつ、塩の塊を改めて見て、ふと違和感を覚えた。

塩は、卵白と混ぜて焼くと固まる。固まった後は、陶器のように頑丈になる。

一鈴は、粘土細工のような、不格好な塊を、前に見た。

そしてその後、水の中で還っていく花びらも。

「水の中に沈めると、塩の塊はどうなりますか」

『溶けます。塩なので。魚の場合は、身がばらばらになりますが、お肉の場合は、余分な油を落とすために水に沈めたり洗ったりすることもありますよ。食べる方の、体調次第で』

「水に」

『はい。それに砕くときは慎重にしないと、食材も潰してしまったりするので、食材を冷ましてしまう、かえって悪くしてしまうことに気をつければ、水に沈める調理法は、』

毕はそう書いた途中で、職人の側に駆けていった。どうやら職人が、力の加減を間違え蒸し焼きにした魚ごと、潰してしまったらしい。毕は素早く手を洗いながら助けに入っている。

崩れ行く魚。

人は、服に包まれている。

そして、皮に包まれている。

中にあるのは、骨。

「……郭(クオ)様、あの、偽ものとされていた器は、今どこに」

一鈴(イーリン)は郭(クオ)に振り返る。

「ああ、確か全てが明らかになれば、奏文様が処分なさるそうですよ」

「それは確かなのですか」

「はい。本人がおっしゃっていましたから」

郭(クオ)は頷いた。一鈴(イーリン)はしばしうつむき考えた後、顔を上げる。

「陣正(ジェンジャン)、そして、奏文とともに、もう一度永命殿(えいめいでん)へ行きましょう」

「なにか分かったのですか」

「はい。青磁器が眠る場所は、しっかりと」

一鈴(イーリン)は郭(クオ)とともに、陣正(ジェンジャン)、そして奏文を永命殿(えいめいでん)に呼び出した。

「……青磁器が見つかったとは、どういうことですか。陣正(ジェンジャン)の部屋ですか？」

仏具が並ぶ棚を背に、奏文は不満そうに言う。その隣に立つ陣正(ジェンジャン)は、「僕は盗んでません」と首を横に振った。

「盗人は皆そう言う。それに、見つかるのも時間の問題だ。既に万宗（ワンゾン）様にお前が盗みを働いたと報告してある」

「そんな！」

陣正（ジェンジャン）は悲痛な声を上げる。一鈴（イーリン）は「陣正（ジェンジャン）」と名前を呼んだ。

「盗んでないのですから、動揺する必要はないはずですよ」

「でも」

「それに、そもそも青磁器は盗まれてなんてないのです。今は」

一鈴（イーリン）は陣正（ジェンジャン）の前に移動し、青磁器が保管されていた場所……子供の粘土細工のような置物を一つ手に取った。それを手に取った瞬間、やはり小白（シャオパイ）が懐の中で暴れ出す。

「どういう意味ですか」

若干、奏文の顔色が変わった。

「言葉どおりの意味です。包み隠していない、ありのままの……郭（クオ）様」

一鈴（イーリン）は、郭（クオ）に呼びかけた。郭（クオ）は「はい」と、水の入った桶を運んでくる。

「話は変わりますが、彩餐房（さんさいぼう）では、一時期、塩を使うことすら制限があったそうなのです。話を聞いてみると、管理体勢が破綻していて、どうにもならなかったとか……ああ、ご存知ですよね？　彩餐房（さんさいぼう）の竈を、使っていた奏文様なら」

「……まぁ」

「竈の炎を何に使っていたのですか」

「仏具の中には、処分しなくてはならないものもあります。なので、焼くのです。その炎を頂きに」

「仏具を焼くのはどちらで？」

「永命殿(えいめいでん)の前です」

「ありがとうございます」

一鈴(イーリン)は礼を言う。すると陣正(ジエンジャン)が「あの、青磁器は？」と首をななめにした。

「落ち着いてください。陣正(ジエンジャン)。先程も言ったとおり、青磁器は、ここにあるので」

一鈴(イーリン)はそう言うと、おもむろに持っていた粘土細工を、郭(クオ)の持つ桶に沈めた。

「なっ、なにしてるんですか！」

陣正(ジエンジャン)が驚く。しかし……奏文は驚かない。

桶に沈めた粘土細工は、ふつふつと気泡を発しながら、水の中でどんどん小さくなっていく。

やがて、水は薄く濁り、中から――艶めく青磁器が現れた。

「えっ……」

あまりの光景に、陣正(ジエンジャン)はただただ、青磁器を見つめている。

「要するに……この粘土細工は全て、周りを塩で固められた、……塩焼きにされた青磁器ということですよ」

「塩焼き……？」

「はい。卵白と塩を混ぜて、物を包んで、焼くと固くなるのです。それも、贋作の硝子細工のように。

木槌で砕く事もできますが……中身を台無しにしてしまう。なので、こうして水に沈めなければいけないのですよね、奏文様」

一鈴（イーリン）は奏文に振り向く。

奏文は、硬い表情のまま、「……そうですね」と、すんなり頷いた。

「認めてよろしいのですか？」

郭（クオ）が聞く。先程陣正（ジェンジャン）を疑うそぶりを見せていた奏文は、一転して穏やかな顔で、「隠し事は、疲れました」と力なく微笑んだ。

「え、ど、ど、どういうことですか」

奏文が落ち着いているのに、陣正（ジェンジャン）だけが戸惑った顔をしている。

「私が、青磁器を塩で包み、焼いて、お前が贋作とすり替えたと見せかけて、自分のものにしようとした、ということだ。陣正（ジェンジャン）」

「な、なんでそんな、え、わ、わからないです。どうしてそんなことを」

陣正（ジェンジャン）が言う。

陣正（ジェンジャン）は盗みを働いていた。それは逃避の上での行動だ。自分は正気ではない――そういう認識がある。だからこそ、仏磨師であり、正気だと思っていた存在が、青磁器を盗もうと考えていたことに、戸惑う思いがあったのだろう。

「金が無いからに、決まっているだろう」

泰文が即答した。

「金が無い。もうずっとだ。でも、仏を頼る者が来る。家のない親と子らが、食を求め、助けを求めてやってくる。私が見捨てれば死ぬような親子たちだ。どこにも、行けぬ親子たちだ。それらを食わせなければいけない。だから奪うしか無い」

生きるために、奪うしかない。

一鈴（イーリン）は奏文を見た。奏文は凪いだ眼差しで、青磁器を見つめている。

「たとえ、やっていない人間に罪をかぶせても、私には賄わなくてはいけない、誰にも頼れぬ親と子がいる。何人もだ。一人の宦官の命と、親子の命、どちらが大切か、いや、どちらを奪うか、私は決めた」

「そんな……」

陣正（ジェンジャン）が悲痛な声を上げる。一鈴（イーリン）も、奏文の盗みを働いた理由に、何も言えなくなった。

奏文が何故盗みを犯したのか。その理由が分からなかった。

陣正（ジェンジャン）のような気質があるのか、それとも、もともと悪しき志があるのか。

盗みや、誰かに罪をなすりつけようとしたことは、簡単に許されることではない。

しかし、それでも。

一鈴（イーリン）は手段がない。それでも助けたいと思う。

その手段を、自分は――、

「私の……」

一鈴（イーリン）が言いかけたその時、物々しい人の気配が近づいてくるのを察知した。

何かと思い振り返った瞬間、聞き慣れた足音に気付き、はっとする。

それと同時に、永命殿(えいめいでん)の扉が開かれた。

廉龍(リーロン)、そして万宗(ワンゾン)だ。

「陛下……どうして、ここに」

一鈴(イーリン)は唖然とする。

「奏文から聞いた」

「陣正(ジェンジャン)は、盗んでおりません。青磁器はここに」

「だろうな。こんな手間のかかったことなど、この男はわざわざしない」

廉龍(リーロン)は冷ややかな眼差しで陣正(ジェンジャン)を見やった。

「この永命殿(えいめいでん)に出入りしていたのは二人だけ。ならば、盗んだのは奏文、お前しかいないということだ。わざわざ報告したのが、仇になったな」

「陛下……」

奏文は顔を青ざめさせる。一鈴(イーリン)は慌てて奏文の前に立った。

「お待ち下さい陛下、奏文は、寺で親子を匿っていると聞きました。殺すことはどうか……」

「青磁器ごときで僧を斬り伏せてどうする」

廉龍(リーロン)は一鈴(イーリン)を見下ろした。眼差しは冷ややかだが、どこか、自然な声音だった。

「え……」

「永命殿(えいめいでん)は仏具を保管する場所だ。青磁器は元々、永命殿(えいめいでん)に必要のないものだ。塩を塗りたくって焼いたところで、僧を斬る必要がない。お前が処分すると言ったのだから、さっさと寺にでも持って帰って処分しろ。奏文」

廉龍（リーロン）は吐き捨てるように言う。

奏文も、陣正（ジェンジャン）も目を丸くしていた。

「人に罪をなすりつけられる。少しはお前の罰になっただろう。だから、もう変な気は起こすな」

廉龍（リーロン）は陣正（ジェンジャン）にそう言って、永命殿（えいめいでん）を去ろうとする。奏文は「私の処分は」と呟いた。

「陛下は見逃す、ということですよ。ああ、青磁器はこの点賛商会（てんさんしょうかい）の郭（クオ）が、買い取りましょう。今年は青磁器が不作の年ですからねぇ、高く買い取りますよ」

つまりそれは、寺の親子も救われるということだ。

一鈴（イーリン）は思わず、廉龍（リーロン）の後を追った。

「陛下っ」

一鈴（イーリン）は呼びかけるが、廉龍（リーロン）は足を止めない。

「陛下っ」

再度呼びかけても、廉龍（リーロン）は振り返らない。

一鈴（イーリン）は思い切って廉龍（リーロン）の前に飛び出ると、そこでようやく廉龍（リーロン）は立ち止まった。

「陛下！」

「煩い消えろ」

廉龍（リーロン）は一鈴（イーリン）の前を通り過ぎる。一鈴（イーリン）は慌てて追いかけた。

「あの、ありがとうございます。奏文のこと……」

「しつこい。不愉快だ。お前はそれしか言えないのか」

「でも」

「お前に礼を言われる筋合いはない。ひとつもない。去れ」

「それでも、ありがとうございます」

「同じことばかり言うな。次に口を開けば斬る」

そこまで言われてしまうと、いくら感謝を伝えたくとも、何も言えない。

一鈴（イーリン）は立ち止まった。廉龍（リーロン）はそのまま一度も振り返ることなく、天龍宮（てんりゅうきゅう）へ帰っていく。

一鈴（イーリン）がじっとその背中を見つめていると、隣に郭（クオ）が立った。

「もしかしたら、陛下は凍王（ドンワン）……じゃないのかもしれないね」

そう、軽い調子で声をかけてくる。

その言葉に、どきりとした。

晴龍帝（せいりゅうてい）の心が、凍てついていないのかもしれない。

陣正（ジェンジャン）が廉龍（リーロン）に救われたのを目の当たりにした夜に、思ったことだった。

その思いは、今、さらに強まっている。

「あの感じだと、今、後宮に入ったのは、奏文や陣正（ジェンジャン）のためだろうし」

「……」

本当に、廉龍（リーロン）は父親を殺したのだろうか。

恐ろしい残虐な政を、行っているのだろうか。

遊侠に伝わっている情報と、真実は異なっているのではないか。

それならば、自ら調査を行い、確かめなければならないのでは。

疑念を抱いていると、小白(シャオパイ)が一鈴(イーリン)の襟からすす……と出てきて、

「しぅ？」

あざ笑うような目をしてきた。小白(シャオパイ)は後宮暮らしが長引くことを望んでいるふしがある。後宮で出る菓子が豪華だからだろう。

「しししっ」

「やめろ小白(シャオパイ)、まだ決めてない」

とうとう一鈴(イーリン)の前で小躍りを始めた小白(シャオパイ)を襟元に隠す。

その夜、魚の塩焼きは炒飯として、夕餉に出た。


奏文、そして陣正(ジエンジャン)の一件が落ち着き、一鈴(イーリン)が調査しなければならないことが一つ減り、そして……

一つ増えた。

晴龍帝(せいりゅうてい)は本当に凍王(ドンワン)なのか。

思えば後宮に入る前に聞いていた残虐行為を見たことがない。

遊侠に誤った情報が伝わっているのではないか……、まだ完全に廉龍(リーロン)が凍王(ドンワン)ではないと決まった訳ではないが、恐水病で動いているようだし、陣正(ジエンジャン)の一件で思うところが増えた。

もし廉龍(リーロン)が凍王(ドンワン)ではなかったら。

一鈴（イーリン）は、ただの皇帝を殺すことになる。

そもそも父親を殺したことすら、事実とは異なるのではないか。

しかしどうやって調査すべきか。本人に「貴方は凍王（ドンワン）ですか」と問いかけたところで、廉龍（リーロン）がどんな答えをするかも想像出来ない。いや出来る。「うるさい」「しつこい」のどれかで、おそらく「はい」や「いいえ」の類ではなさそうだ。

万宗（ワンゾン）あたりに訊ねたいところだが、おそらく廉龍（リーロン）が一鈴（イーリン）を刺客だと疑っているように、万宗（ワンゾン）も一鈴（イーリン）を刺客だと疑っている。どうにもならない。

となるともともと廉龍（リーロン）と近かった瑞（ルイ）、もしくは、香栄（シャンロン）から廉龍（リーロン）についてそれとなく訊くことが筋だが——、

「一鈴（イーリン）久しぶり！」

一鈴（イーリン）が思案していると、久しぶりの客人が蓮花宮（れんげきゅう）に現れた。

苦悩していたこと、殺気がなかったことから、雨涵（ユーハン）が隣に現れていることに、全く気づいていなかったことで、一鈴（イーリン）は座っていた籐の椅子から転げ落ちた。

「あ、あ、あ、あ、」

突然の衝撃で一鈴（イーリン）は心臓をばくばくとさせながら雨涵（ユーハン）を見上げる。

雨涵（ユーハン）は「驚かせちゃった？　ごめんなさい！」と申し訳無さそうにするが、驚かせるどころじゃなく殺す気だったのではと問いただしたくなった。

やがて、部屋に明明（ミンミン）が「お邪魔します」と、臘涼（ラーリャン）を伴い入ってくる。

一気に戻ってきた日常に、一鈴（イーリン）は目眩がした。それまで部屋にいた雲嵐（ウンラン）は「はしたねえな、ちゃんとしろよ」と一鈴（イーリン）に注意した後、「茶淹れてくる」と部屋を出ていった。

一鈴（イーリン）は立ち上がりながら、雨涵（ユーハン）を見る。

「なんですか急に……」

最近雨涵（ユーハン）は、めっきり蓮花宮（れんげきゅう）に現れなかった。なにやら隠し事をしていたようだが、陣正（ジェンジャン）の一件の調査があり、陣正（ジェンジャン）絡みで蘭宮（らんきゅう）に行くことはあれど、積極的に雨涵（ユーハン）の元へ向かうことはなかった。

同時に、明明（ミンミン）も蓮花宮（れんげきゅう）に現れることがなかった。そもそも、一鈴（イーリン）自体が調査のため、蓮花宮（れんげきゅう）を出ていたからだ。

「ねぇ一鈴（イーリン）、とうとう、一鈴（イーリン）にずっと隠してきたことを話せるときが来たのよ」

「え」

「長くなるけど、いい？」

雨涵（ユーハン）の話は怖いことが多い。一鈴（イーリン）は少し待ってほしいとお願いしようとするが……、

「良くな……」

「実はね……私、気づいたの」

雨涵（ユーハン）は話を始める。

「私、気づいたの」

「なにを」

「一鈴（イーリン）がお仕事……アッ」

雨涵（ユーハン）は怖いことを言う。一鈴（イーリン）はひやひやしながら、声を潜めはじめた雨涵（ユーハン）の様子を伺った。

「一鈴（イーリン）がお仕事をするときに使う衣装が必要だって」

「……はい？」

「だって、皇帝の密偵って知られたらよくないでしょう？　でも、それだけ強いと、悪い人に一鈴（イーリン）が怪しまれて逃げられてしまうかもしれない。そうなると、皇帝も困ってしまうし」

悪い人――凍王（ドンワン）に素性を知られたら、逃げるどころか殺しに来る。そして恐水病の件は一生片付かなくなってしまうかもしれない。一鈴（イーリン）は顔を引き攣らせる。

「はい。知られたくないです」

だから雨涵（ユーハン）には、不用意に妄想を口にしないで欲しいと、つくづく思っている。

「だからね、顔を隠したり、赤い色の服だと目立ってしまうから、一鈴（イーリン）のお仕事用の服を作って、でも、お面がね、私、どうにも絵心が無くて……怖くしたいんだけど、上手くいかなかったの。だから、本当は完成したあと一鈴（イーリン）に見せたかったんだけど……やっぱり一鈴（イーリン）に相談しながら作ったほうが良いと思って」

なら作る前に相談してほしかった。すぐに断るから。一鈴（イーリン）が顔を引き攣らせている間に、雲嵐（ウンラン）と話をしていたらしい陣正（ジェンジャン）が部屋に入ってきて、こちらに近づいてくる。

「愛らしい仕上がりでしょう……清らかなお心が出てしまって、俺が少しやってみたんですけどね……」

そう言って差し出されたのは、子供の落書きのような、柄のような面だ。

一鈴（イーリン）が絶句していると、それまで黙っていた明明（ミンミン）が自分の唇に触れながら、思案顔をする。

「ふむ。こういうものは、怖くしたほうが良いね。悪人を相手にするのだから、舐められるわけにはいかないだろう？　今のものは色合いが明るくて素敵だけれど、子供が好む面になっている。下地を白にして、線をもっと暗く、にごった色にすればいいんじゃないか？」

「ああ！　下地を白にすればいいのね！　夜に潜むことを考えて、お面を黒い色にしなきゃとばかり思っていたわ……！」

「面は顔を隠すものだ。視界や呼吸を確保する穴の位置を誤魔化せば、顔の大体の造形も隠せるだろう？　なるべく大胆な絵のほうがいい」

筆を取る雨涵（ユーハン）に、明明（ミンミン）はあれこれ指南し始めた。陣正（ジエンジャン）はせっせと色墨や筆、水を替えてやり、新たな面が出来上がっていく。一鈴（イーリン）は、面なんていらないと否定することが出来ず、そのまま見守っていると――、

「完成したわ一鈴（イーリン）！」

やがて雨涵（ユーハン）が満面の笑みで立ち上がった。

そんな彼女が、高らかに掲げている面は、明明（ミンミン）の言葉を忠実に再現している。一鈴（イーリン）は完成した面を見て、絶望的な気持ちになった。

――完全に盗賊の面じゃないか。

一鈴（イーリン）は思う。

目を強調させた柄に、口角を異常に上げた唇。白い面にひびが入るように描かれた流線が、おどろ

おどろしさを強調し、人ならざるものの畏怖すら感じさせる。

——完全に盗賊の面だ。

一鈴は切実に思う。

今完成しているのは、盗賊は盗賊でも、普通に暮らしている市井の人間や、貴族ではなく、それこそほうぼうで組織的に動いている盗賊の面だからだ。こんな面を見て生きて帰れる人間はいない。殺されるからだ。一鈴は逆に殺して帰ってきたが、それ故に、明明も雨涵も、こんな面の意匠なんて知らないはずだった。

知らないゆえに、おぞましい産物が完成してしまった。

一鈴は顔を引き攣らせる。背中に流れる冷や汗が止まらず、小白が小さな手帕でせっせと拭いている。

この面を身につけていたら、悪人を怖がらせるどころか、警備のものに一目で怪しいものだと思われる。そしてここまで特徴的だと、面を持ち歩いているだけで、何らかの犯人だと思われる。

「あの、それ……」

どこから話していいものか。面をつけないと言うべきか。その面の意匠は明らかに邪悪だと言えばいいのか。しかし伝えたところで、面を拒否すれば雨涵の頑張りが無駄になり、意匠について伝えれば、どうして邪悪な盗賊の面を使うなんて知っているんだと追求される。皇帝の密偵の仕事で……と言い訳もできるが、雨涵の妄想をそう便利に何度も使って良いものか。

「衣装はね、上手くいったの！　見て！」

苦悩する一鈴に、雨涵が喜々として箱を開いた。

そこに入っていたのは、黒地の衣装だった。黒地に龍紋の金刺繍が刻まれ、ところどころ緋色の差し色がある衣装は、つまるところ、廉龍（リーロン）の正装と似ていた。

「これは……陛下の黒が……」

「そうなの！　陛下と関係があることがわかったほうが良いかと思って」

雨涵（ユーハン）は微笑む。良いわけがない。関係がないのだから。

「大丈夫よ一鈴（イーリン）」

「なにがですか」

何が大丈夫なんだ。全部大丈夫じゃないじゃないか。一鈴（イーリン）が反論しそうになる間に、雨涵（ユーハン）は小さな衣を取り出した。

「小白（シャオパイ）くんの分も！　作ったわ！　安心して！」

「しゅう！」

雨涵（ユーハン）の言葉に、小白（シャオパイ）が嬉しそうに飛んだ。

そのまま小白（シャオパイ）は、いそいそと衣装を見せびらかす雨涵（ユーハン）の肩に乗り、自分用の小さな衣に目を輝かせている。

「これを着れば、一鈴（イーリン）の正体がばれないはず！　自由に動けるわ」

それは本当に自由なのか。自分はどんどん縛られ不自由になっているのではないか。

一鈴（イーリン）は思えど、やはり口に出せない。

「しう」

雨涵(ユーハン)に新しい衣装を着せてもらった小白(シャオパイ)が同調した。裏切り者だ。大裏切り者だ。一鈴(イーリン)は恨みがましく小白(シャオパイ)を睨むが、小白(シャオパイ)はとぼけ顔をした。最近よく、小白(シャオパイ)はとぼけ顔をする。

「あの、お気持ちは、ありがたいですが、着るのは……」

一鈴(イーリン)は内臓すべてが千切れそうになりながら、口を開く。

衣装を縫うなんて大変なことだ。面を作るのに苦心する様子を見たばかりだ。雨涵(ユーハン)はなんとか、尽くしてくれようとしている。しかし、これらを身につけるのには気が引ける。一鈴(イーリン)は刺客で、皇帝を殺す命令で後宮に来た。後宮の問題解決係でもなければ便利屋でもない。いずれいなくなる身の上だ。

「え……」

なのに雨涵(ユーハン)が驚き、陣正(ジェンジャン)がそんな雨涵(ユーハン)を気遣い、明明(ミンミン)が場の空気を察知していく様子を見て、一鈴(イーリン)の心が悲鳴を上げた。ここできっぱり断っておかなければ、自分の後宮での暮らしはより過酷なものになる。

「……汚すの、嫌……だから」

なのに一鈴(イーリン)の口から出るのは、雨涵(ユーハン)が傷つかないようにという無様な後付けだった。

本当はただただ、着たくないだけだ。危険だから。けれど言えない。

「あ、それなら大丈夫！　いっぱいあるから！　一鈴(イーリン)足が速いから、衣装が枝に引っかかったら、そのまま切れてしまうかなって」

以前、一鈴(イーリン)は雨涵(ユーハン)を背負い走った。その速度に雨涵(ユーハン)は気分を悪くしたことがあった。足が速いというのは、そのことだろう。

雨涵（ユーハン）は明るい顔で、箱の中から次々と衣装を取り出してきた。一鈴（イーリン）の一縷の望みは、雨涵（ユーハン）の善意によりことごとく絶たれていく。

「お面も、この意匠をもとにいっぱい作るから！　安心してね」

箱の中には、黒の衣装が何着も入っている。すべて皇帝の繋がりを色濃く示唆する衣装で、とうとう一鈴（イーリン）は膝から崩れ落ちた。

「泣いてるの、一鈴（イーリン）？　もしかして……嬉しくて？」

雨涵（ユーハン）が心配そうに一鈴（イーリン）の肩を支えてきた。

思えば、雨涵（ユーハン）は一鈴（イーリン）が脅した時、こんなふうに膝から崩れ落ちていた。今とは全く逆だ。

あの時の再演が、こんなにも皮肉な形で行われているのか。

戸惑う一鈴（イーリン）の背に、そっと別の手が重なる。

「よしよし。いくら仕事とはいえ、君にも安らぎは必要だろう。大丈夫だ。これくらいお洒落をしても、我らが皇帝陛下は見逃してくれるだろう」

妄想世界から一向に抜け出す気配のない雨涵（ユーハン）と明明（ミンミン）が、一鈴（イーリン）の肩を撫でる。

違う。全部違う。このままだと自分は絶対に刺客だとばれる。それも、怪しみや疑いの気持ちではなく、純度の高い善意によって。

一鈴（イーリン）は気の遠くなる思いがして、立つことも出来ない。

そんな一鈴（イーリン）をあざ笑うように、小白（シャオバイ）が「しぅ」と鳴いた。

✿

野分が夜の雲を攫うようにして押し流していく。

後宮の殿舎の提燈が揺れ、今にも掻き消えそうな灯火が揺らめくさまを、香栄（シャンロン）は自分の宮殿で表情なく見つめていた。

「私はとうに政（まつりごと）から退いた身の上。時折妃たちと話をして、日々の祭祀に顔を出すだけの存在。にもかかわらず陛下を除いて重要なお話とは、いったいどういうことなのでしょう——柳（リウ）丞相」

香栄（シャンロン）の後ろでは、この国の丞相である柳（リウ）——柳（リウ）丞相がこわばった表情で、「突然のところ恐れ入りますが、引見をお願いしたく馳せ参じました」と後ろを見やる。

「まぁ、お友達といらしたのね。どうぞ?」

窓から丞相へと振り返った香栄（シャンロン）が、扉のそばに立つ護衛に目配せをすると、待機していた護衛たちが扉を開く。

入ってきたのは豪商岩准（ガオシュン）だった。

岩准（ガオシュン）は螺淵（らえん）随一の富者として名高く、その資産は螺淵（らえん）王朝の四分の一に匹敵する。岩准（ガオシュン）が国に収める税は、国の予算の要ともなっている存在だ。

「香栄（シャンロン）様、本日はお会い頂きありがとうございます」

岩准（ガオシュン）は柔和な笑みを浮かべながら、揖（れい）により敬意を示した。大きくはっきりとした声は商売人としての意思や強さを感じさせる。姿勢は背中に棒を差し込んでいるように真っすぐで、堂々と力強い佇まいだ。

「お久しぶりです岩准(ガオシュン)様、園遊会ぶりですわね。また若返られたのですか？」

「ええ、ええ、碧海園(ヴィーハイエン)での市に参加して、よその国でも商売が出来たらと思っています」

碧海園(ヴィーハイエン)は、螺淵(らえん)の海を超えた、六つの火山列島からなる国だ。螺淵(らえん)の夏より熱く、通年温かな気候が続く。

人は陽気で明るく、王族の衣は螺淵(らえん)よりも軽装で、好奇な身分の女性だろうが関係なく肌を晒して薄い衣を纏い螺淵(らえん)のような服装だと、命に関わる側面があり気候があまりにも違いすぎることから、商売での関わりはあまりない。

碧海園(ヴィーハイエン)や世情について、香栄(シャンロン)が岩准(ガオシュン)と会話をしていると、女官たちが茶を運んでくる。岩准(ガオシュン)は香栄(シャンロン)にすすめられ、すぐに茶を口にした。

「甘く深い香り……これは？」

「大紅袍と申します。大変貴重なもので、王宮で管理している地域でしか、収穫できない茶葉です」

「それはそれは……商人の性(さが)としては、ぜひうちで他国に高値で売りつけることをご提案させていただきたいものです」

「申し訳ございません。国で代々、受け継がなければならぬものですので」

ふふふ。香栄(シャンロン)が扇子を口元にあてながら笑う。

「それで、本日のご用件は？　見たところ……正規の道のりでやってきたわけではないようですけれど」

香栄(シャンロン)の言うとおり、岩准(ガオシュン)は緋天城(ひてんじょう)に入るにあたって、丞相ら一部の人間しか知らない、人の目に触れぬ陰の道を使った。全て、丞相の采配によるものだ。

「実は、お願いがあり参ったのです。どうか、蘭宮（らんきゅう）の明明（ミンミン）様を、私の嫁として下賜頂けないかと……」

「まぁ、あの子は陛下の子を産んでもいないのに？」

香栄（シャンロン）は鈴を転がすように笑っている。

その姿に、丞相は畏怖を覚えた。

丞相が岩准（ガオシュン）を梅花宮（ばいかきゅう）に連れてきた経路を、なぜ香栄（シャンロン）が知っているのか。明明（ミンミン）を欲しがっても、驚き一つ見せない姿も、恐ろしい。普通は妃をもらいたいなどと商人が言えば、不快感を示し、ありえないと取り合わないはずだが、丞相は香栄（シャンロン）が岩准（ガオシュン）の想いを受け止め、出方をうかがっているように見えた。

「しかし、夜伽の頻度が高い割に懐妊の気配がないのは、子が出来にくい身体……ということはありませんか」

「そうね。廉龍（リーロン）もあの調子だし、入れ替えをしても、いいかもしれないわ」

「ならば……」

「でも妃を下贈することは、陛下の許可なしに出来ることではないのよ。それに、明明（ミンミン）さんは廉龍（リーロン）のお気に入りなの。妃を手放してもいいと思えるほどのものと交換でもない限り、無理だと思うわ」

「香栄（シャンロン）様、私は陛下のご意思ではなく、香栄（シャンロン）様のお考えを知りたいのです。そして、対価の用意はございます」

「まぁ、よほど明明（ミンミン）様に惹かれていらっしゃるのね」

岩准（ガオシュン）のたたみかけに、香栄（シャンロン）は苦笑する。

「ええ。明明(ミンミン)様は美しい。雪郷美人の血を引いていらっしゃるような、透き通るような瞳と肌に、つややかな髪。体型も優れた画人の流線のようにしなやかで、あんなにも素晴らしい女性はいませんから——ああ、香栄(シャンロン)様も、素晴らしい女性の一人ですが」

「中身が想像と違っても？　後宮の外ではどう伝わっているか知らないけれど、口の重い子だから」

「もちろんでございます。それに、女性は秘密や棘が少々あったほうが、美しいものでしょう？」

「でも、岩准(ガオシュン)様にかしずきたいと下げる頭は、とても多いと聞くわ。それに、飽きたり使えなくなったりしたら、すぐ取り替えてしまうとも……」

「それは嫉妬でございます。成功する者は数多の嫉みを受けるものです。貴妃として後宮に入った末に、皇后として先代と共にあられた香栄(シャンロン)様も、覚えがございませんか。女性の園は、男社会より苛烈と聞きますよ」

「どうかしらねぇ」

香栄(シャンロン)は岩准(ガオシュン)から、丞相に視線を向ける。

「柳(リウ)丞相はどう思う？」

「私は……難しいことではありますが、陛下は皇貴妃をお迎えなさっていることですし、項明明(シァンミンミン)の後宮入りの理由は、舞とその美しさ、そして陛下の一存によるものですから、他の妃と比べれば、下賜は妥当かと」

「ふぅん。なら貴方の言うとおりにすすめてみましょうか。岩准(ガオシュン)様の明明(ミンミン)さんへの気持ちは、とても強いみたいでしょうし。あの子を幸せにしてくれるのなら、私は何も構わないわ」

「もちろんでございます。この岩准（ガオシュン）、必ずや明明（ミンミン）様を幸せにしてみせましょう」

岩准（ガオシュン）が誇らしげな声で頭を下げ、揖（れい）をした。香栄（シャンロン）は見定めるようにその様子をじっと見つめた後、立ち上がる。

「なら、話はこれでおしまい。悪いけど丞相と今後の話をする気だったの。申し訳ないけれど、もう下がって頂けないかしら」

「承知いたしました香栄（シャンロン）様。またお会いできる日を楽しみにしております」

「私もよ」

香栄（シャンロン）は護衛に目配せし、岩准（ガオシュン）を送らせた。


しばらくして、他の護衛が「お帰りになられました」が耳打ちしてくると、先程から気まずそうにしている丞相に声をかけた。

「岩准（ガオシュン）様、本当に明明（ミンミン）さんを慕っているのかしら。あの人、生粋の商人よ？　どんな人に対しても、無意識に商売品として価値を見出そうとしてしまう。そんな人が、客寄せも出来なそうな妃を嫁にするだなんて」

——おかしいわねぇ。

香栄（シャンロン）は、丞相の前に立つ。

「ろくに話も出来ないでしょう？　商人の嫁としての価値は美しさだけ。舞は素晴らしいけれど、岩准（ガオシュン）様は見ていないはず。おかしいわ。それに、貴方——前まで岩准（ガオシュン）様と、距離があったでしょう？

いつの間に仲良くなったのかしら。それとも、仲良くならないと、不都合でも生じてしまうようになったの？」

香栄（シャンロン）は丞相を見る。その瞳は、慈愛に満ちた形をしていながら、視線は冷ややかで、どこまでも深い黒だった。

丞相の額に、汗が滲む。

吹き荒れていた夏の暴風が、ぴたりと止んだ。

第七章 切望の闇路に終止符を

あるところに、嘘つきの道化がいた。

道化は幼い頃から、善良を装いながら、欲しい男の隣にいた。

男は美しく、まるで人形のような面立ちで、肌は雪の白さを持ち、瞳は桃の丸さを、唇は三日月の如くきゅっと上がって、近所では「愛らしい、神の遣いの子供」と評判だった。

道化はそんな男に、簡単に近づくことができる立場にあった。

男が怪我をすれば甲斐甲斐しく手当てをして、病に臥せれば、看病をする。

もともと身体の弱い男は、家の外に出ることもままならない。同じ年の男が、外で楽しそうに遊ぶ様子を眺めるのを見た道化は、作り噺(ばなし)をして、男を愉しませてやった。

しかし、男は病気ではなかった。ただ、虚弱なだけだ。歳が重なるにつれ、床にいる回数は減り、外で同じ歳の子供と遊ぶことが増えた。道化の体力も力も、男は簡単に上回った。

ずっと近かった距離が、離れていく。

決定的だったのは、毎年件だって行っていた夜市に、男は友人たちと向かっていってしまったことだ。

ただ愛らしい自分の男に、元気になってもらいたかった、悲しんでほしくなかっただけなのに。

寂しそうに、外を眺めていた男が元気になって嬉しいはずなのに。

男が元気になった今、自分はなにひとつ嬉しくない。

献身に猜疑心が滲み、今まで定義されていた自分のあり方、男への感情全てが、一夜にして、あっという間に変質していった。

澄んだ水に一滴の墨が垂れてしまえば、もうもとには戻れない。

それでも道化は上手くやっていた。

どこにも行くな。誰のものにもなるな。

自分のものにならぬのならば、孤独に死んでくれ。

ずっとずっと傷ついて、自分に手を伸ばしながら幸せになってくれ。

激情を優しさで包み、悟られぬように上手くやっていたのに。

時は過ぎ、男女の差がどんどん広がっていった頃。

道化のもとへ、妃として入宮するよう、緋天城(ひてんじょう)から命令が下った。

世はどこまでも、自分を許してくれない。

身を焦がしながら望むものは、この世に生まれる前から、永遠に手に入れられない運命だと定められた。いったいこの世界はなんなのか。自分を苦しめるためだけに存在しているのか。

それならばあまりにも残酷で、ろくでもない。

怨恨の渦の中でくすぶるうちに、道化のほしい男は、後宮の籠の中に自ら飛び込んでいってしまった。

「なぁ郭(クオ)、聞いたか。瑞(ルイ)様が女官たちを懐柔する動きを見せているという話は」

じりじりと太陽が照りつける深華門(しんかもん)で、顔なじみの商人が声をかけてきた。

本当の項明明(シアンミンミン)――点賛商会(てんさんしょうかい)の名のもとに、郭(クオ)を名乗っている道化は、「そうなのですか？　知りませんでした」と、目を見開く。

「ほら、あれ見てみろよ」

商人が、深華門(しんかもん)の外塀近くにある橋を指した。そこでは瑞(ルイ)が女官たちに詩を聞かせているようだった。

「瑞（ルイ）様はいい客だ。相手をしていても殺される心配はないし、勧めればなんでも買ってくださる。最近では女官に宝石をやっているらしい」

郭（クオ）は瑞（ルイ）に関して、道楽息子という印象しか抱かなかったが、他の商人は違う。

廉龍（リーロン）は、妃へ贈り物をしない。美しい織物や宝石に興味を示すどころか、嫌悪すら感じさせる節がある。軍事予算に関しては、熱を入れていることから、赤は赤でも花や宝石でもなく血を好んでいると噂されるほどだ。

一方瑞（ルイ）は、総龍帝（そうりゅうてい）が死にすぐ姿を隠したと聞いていたが、黎涅（リンイエ）に戻ってきてから、宮女や女官たちに菓子や簪を贈ってやったり、希少な酒を買い高官たちをもてなしたりなど、地盤固めのような動きが見られる。

「そうなのですね……」

「後宮の中にも入れるわけだし、今、晴龍帝（せいりゅうてい）のお子を産む妃もいない。瑞（ルイ）様が変な気を起こして、それこそ後宮に入ったばかりの皇貴妃様あたりといい仲になったなんて噂でもたてば、下手すれば内乱になるんじゃないか？　ほら、皇貴妃様、いい血を引いてるって噂だしなぁ」

縁延宮（えんえんきゅう）から突然、皇貴妃になった宮女、一鈴（イーリン）。その采配は、色狂いではなく、凍王（ドンワン）と呼ばれ心などないとされる晴龍帝（せいりゅうてい）により行われた。後宮の外では、その天変地異のような存在にたいして、もしかしたら高貴な家の血を引いていたことが分かったのかも知れないと、勝手に理由を創っている。

「亡国の姫」「戦の献上品」「高位の貴族の隠し子」。

憶測が飛び交い、もはや娯楽として消費されていた。

「しっかし、どうにかならないのかこの暑さは……」

商人は、うんざりした顔で、手拭いで自分の顔を拭いた。

深華門では、自らがきちんと入宮許可を得た商人であることを示す必要があるほか、持ち込む品物も調べられる。毒や危険なものがないようにだ。さらに先日、毒蟻が潜んでいるかも知れない植物を大量に持ち込むなんていう行動に出た者がいたせいで、門での検閲がより強固になった。

そのため、深華門の塀に沿うように商人たちは並び、みな茹だるような暑さに辟易している。

問題の植物を手配したのは、自分だった。他ならぬ自分の無知により、周囲が巻き込まれる形となってしまったことを、道化は申し訳なく思う。ほかの商人たちは、誰が売ったかまでは知らない。謝罪したいが、道化は後宮入りのため、とある者の手によって入宮した。他の証人からの反感を集めることは避けたい。

「厳しい暑さですが、日傘や、薄い織物がよく売れそうです」

郭は言って、声を潜める。

「有益な情報を頂いた御礼と言ってはなんですが……実はここだけの話、水仙宮の柳若渓様は、淡黄色ではなく、濃い橙の衣を好まれているという話は」

せめてもの償いに、郭は情報を流す。

商人にとって、客の好みの情報は絶対に同業に伝えぬものだ。郭のそばにいた商人は驚きながらも、

「思えば、向日葵柄の小物に対して、反応が薄かったような」と首をひねる。

「……しかし、よいのですか？　水仙宮は点賛商会様を頼りにされているのでは？」

「一夜の儲けより、この後宮で長く勤め、細く長く商いを続けるのが目的なのです。私はまだまだ新参者なので、皆様とのご縁を欲しているのですよ」

郭(クオ)が言うと、周囲はほうと惚けた顔をした。男女問わず、個の顔は物事を有利に進めることができる。真実と嘘を混ぜた贖罪をしていれば、商人たちの調べが終わった門番が、深華門(しんかもん)を開く。

閉ざされた緋色の門が、きしむような音を立てて開くたびに、道化は強く思う。

いっそのこと、自分のこの想いごと燃えて、燃えてしまえ。

弟を囲うこの城が焼き尽くされ、灰になってしまえ。

そうしたらきっと自分は、かつてのように笑える。

還ることができるのだ。優しい過去の記憶の中へ。

✿

晴龍帝(せいりゅうてい)は、いったい何なのか。

一鈴(イーリン)では判断ができぬままに、夏は過ぎていく。

——雨涵(ユーハン)の教育とともに。

「町に入る前に、関所があるでしょう？　昔はね、通行するだけでお金を取っていたの。関銭(せきぜに)と言うのよ。総龍帝(そうりゅうてい)が即位して間もない頃かしら！　遺体にも税を取っているの！　普通の品物より、少なく納める決まりだけれど！　遺体にまで税を取るなんておかしいわ！　一鈴(イーリン)はどう思う？」

陣正(ジェンジャン)と協力して作ったらしい表を、雨涵(ユーハン)は広げる。みみずのような文字しか書けなかった雨涵(ユーハン)は、今では書の達人のような達筆ぶりだ。

今日はこれまでの螺淵（らえん）の税制度について教えてくれるらしい。この間までは剪紙についてだったが、だんだん政（まつりごと）じみてきた。

皇貴妃として一生を過ごすならば有益この上ない情報だが、一鈴（イーリン）は刺客。悪しき者をひっそりと排除する刺客に俗世のことは関係ないし、廉龍（リーロン）へ政に関して進言する気は毛頭ない。そして、当の廉龍（リーロン）はといえば、緋天城（ひてんじょう）を留守にしている。山を切り崩し大規模な整地を行っている西刺（シースー）の視察のほか、恐水病に関するとりまとめも行うらしい。役人を呼んだり、使者を遣うことをしなかったのは、自分の目で確認をしたいのかもしれない。

「……どうも思いません」

一鈴（イーリン）は答えた。恐水病対策について頼んでいるのは一鈴（イーリン）だが、自分のような、ならず者が政に関わるべきではない。

「そうなの……あ！　確かに密命で関所に触れないように移動しなければいけないものね、一鈴（イーリン）は……あっ！」

雨涵（ユーハン）は大きく目を見開き、自分の口を覆った。

わざとやっているのか。もし雨涵（ユーハン）が、廉龍（リーロン）の対刺客用の護衛であったなら、こんなにも有能な護衛はいない。

「で、でもほら、その地方によって縁起とかあるしね、そういうほうの理由で関所を通らない一鈴（イーリン）だって、関係のあることよ！　死は営みの一部だから！」と、焦った様子を全面に出す。このまま後宮にいれば、雨涵の手によって一鈴の素性が明らかになることは時間の問題かもしれない。

だが、明明の前で下手をうったとき、助け舟を出してくれたのも雨涵である。

「あっわ、私、馬車に本を置いてきてしまったから、ちょっと失礼するわね」

そんな雨涵は、まばたきを何度も繰り返しながらさっと部屋から出ていった。誤魔化すつもりなのか、落ち着くつもりか。

どちらにせよ、このままだと一鈴はいずれ刺客だとばれてしまうことになる。首をひねっていれば、

「なんだよ屍体がどうのって」と、不機嫌そうな雲嵐がやってきた。茶の入った盆を持っている。

「まだ、宮女たちと上手くいっていないのですか」

一鈴の声に、呆れが交じる。

雲嵐と宮女たちの溝は深い。皇貴妃に仕える宮女たちは、家柄のいい娘が選ばれているらしいが、ぱっとしない官吏の娘というていで入った一鈴に対して、悪い態度は出さない。しかし、雲嵐に対しては嫌悪を隠さぬようで、未だ冷戦が続いているようだった。一鈴が落とし所を見つけたほうがいいのかもしれないが、子供のいざこざでも命のやり取りに発展しそうもないことは、極力関わりたくない。

「俺は上手くやろうとしてるんだよ。こっちが絶望したくなるほど、あいつらの見る目がないだけで。それより、妃同士で物騒なことばっかり言ってんじゃねえよ」

雲嵐は面倒くさそうに茶を注ぎ始める。「祭祀に着ていく服はどうだとか、髪型の話とかしろよ。衛尉でもあるまいし」

祭祀……思えば、廉龍の残酷なふるまいとして、失態を犯した人間の足を灼いたりして愉しむとい

うものがあった。しかし、一鈴（イーリン）が後宮に来て随分経つが、そんな残酷な催しが開かれている気配はない。

「そういえば、後宮で足を灼く祭祀があると聞いたのですが」

一鈴（イーリン）が雲嵐（ウンラン）に問う。すると雲嵐（ウンラン）の瞳と口がみるみる開いていった。

「お前平気な顔して気持ち悪いこと聞いてくんじゃねえよ。茶の席だぞ。汚え話しやがって」

雲嵐（ウンラン）は「下品だろうが」と一鈴（イーリン）に注意をしながら、茶の席の準備を整えた。この様子だと、足を灼く催しはなさそうだ。しかし前に、生贄を選ぶ祭祀があったと、雨涵（ユーハン）が言っていたはずだ。

「魂心捧華（ちんしんほうふぁ）がそうではないのですか？」

「そんなわけねえだろ。魂心捧華（ちんしんほうふぁ）はままごとだよ。昔は日照りが続いたり、雨が振りすぎたりして、ありもしない奇跡にすがるやつが多くて贄選んで魂捧げてっていうのは、百年も前の忌々しい歴史だ。今許されるはずがないだろ。そもそも晴龍帝（せいりゅうてい）は、祭祀嫌いだからな」

「祭祀嫌い？」

前に郭（クオ）が廉龍（リーロン）は贈り物をしないと言っていた。さらにそこに、祭祀が嫌いというのも入ってくるのか。

「普通は、四季折々――いや、もっと多いな、だいたい五日に一度くらいは、後宮で祭祀があったんだ。それに伴い宴も沢山ある。五穀豊穣や螺淵（らえん）の繁栄を祝したり、もちろん妃や皇帝――螺淵（らえん）を作った龍王様の誕生を祝ったりする祭祀や宴だって何日も開かれるはずなのに、晴龍帝（せいりゅうてい）がぜんぶ潰したんだ。今残っている祭祀は、弔いに関するものや、魂心捧華（ちんしんほうふぁ）のような五穀豊穣を祈るもの、必須とされている即位儀礼だけだ」

祭祀や儀礼を廃する。そんなことが許されていいのか。一鈴（イーリン）は雨涵（ユーハン）の言葉が信じられなかったが、嘘をつかれているとも思えない。

「即位の儀式も、代々伝わる環首刀を賜ったり、大盃で清め酒を飲んだり、宴も無しで、民の前で即位宣言をしただけ。てっきり万宗の入れ知恵かと思ってやつに聞いたら、晴龍帝は祭祀全般を悪しき慣習として憎んでいるらしい」

悪しき慣習。王朝にとって、大切なことのはずだ。俗世と距離を置いた生き方をしていた一鈴ですらそう思うのだから、宰相や役人たちでも、異を唱える者はいたはずだろう。

「もうすぐ行われる深浄天祭は、開かれるみたいだけどな」

「深浄天祭？」

一鈴は聞き慣れない単語に首を斜めにする。すると陣正が「祭祀という規模ではないのだけれど」と前置きしながら口を開いた。

そうして語りだした陣正いわく、深浄天祭は、死者を弔うための催しらしい。後宮の空に色とりどりの提灯を飾り、死者に思いを馳せるという。

「どうして空に提灯を飾るのですか」

「死者が空に向かう……天国に向かうためだよ」

雲嵐が言う。

「悪い人間は地獄に落ちて他は勝手に上に向かっていくのではないのですか」

一鈴が問うと、雲嵐は首を横に振った。

「悪いことをしても、生きていた頃、その罪を水の中で、洗い流すんだ。深い深い、奥底まで潜って。

そうして、浴びた血を一生懸命洗い流して、水の中から見えた提灯の光を目印にして、天へ登っていくの」

「悪人を天国に」

「軍人は人を殺す。そういうやつらにも救いがあっていいだろって考え方だ」

確かに軍人ならば、人を殺したことも当然ある。国のために、戦わなくてはいけない。

しかし雲嵐(ウンラン)の言葉に、陣正(ジェンジャン)は「俺は天国に行く気はないですけどね」と苦笑し、「陛下は、色々と、祭祀や儀礼を短縮したり、失くしました。でも、深浄天祭だけは残すと定めているのです」と、静かな声音で言った。

陣正(ジェンジャン)は、幽津(ヨウチン)遠征で廉龍(リーロン)を助けたと訊く。

廉龍(リーロン)が凍王(ドンワン)なのか……人となりを知ることが出来るかも知れない。

勉強会が終わったら、陣正(ジェンジャン)を呼び出し、総龍帝(そうりゅうてい)と廉龍(リーロン)の関係について聞いてみたほうがいいかもしれない。今は深く語る気はないようだが、一対一で問えばまた違うだろう。

「大変一鈴(イーリン)！　大変大変大変よ！」

一鈴(イーリン)が気まずそうな陣正(ジェンジャン)から視線を外すと、慌ただしい声が響いてきた。

今度はいったい何なんだ。本を蘭宮(らんきゅう)にでも置いてきたのか。一鈴(イーリン)が脱力しながら雨涵(ユーハン)の声のするほうに振り向くと、焦り顔の郭(クオ)もいた。雨涵(ユーハン)と郭(クオ)、二人はほとんど同時に、口を開いた。

「明明(ミンミン)が、明明(ミンミン)の下贈が、決まったの！」

项明明は、皇帝からの寵愛を受けているにもかかわらず、子をはらむことはなかった。

それどころか、妊娠騒ぎを起こして後宮を乱した。役人らは事態を重く受け止めながらも、晴龍帝の寵愛を得ている明明に手出しが出来なかった。そこに手を上げたのが、宮廷と繋がり深く、手広い事業で集めた富を、惜しげもなく国の繁栄へ捧げている豪商岩准だった。岩准は明明と文を交わしており旧知の間柄で、项家とも縁がある。自分に下賜というかたちならば、「後宮を追放された」という不名誉な称号が明明につくことはないだろう。

そんな話が、晴龍帝のいないうちに急速に決まっていったらしい。

「どうしたものだろうか。僕、文を書いた記憶なんてないどころか、文を書く筆一つ持っていないのだけれど、三日後には岩准様と顔を合わせなくてはいけないらしいんだ」

そう言って、躑躅宮の寝室の椅子に座る明明は、首をひねっていた。

あれから、一鈴は「宮女が言ってたのよ！」と明明の下賜について語る雨涵の言葉により、噂の真意を確かめるため、躑躅宮に向かった。『これじゃあ本当に世話人じゃあないですか』なんて脇腹をつついてくる小白をあしらいながら明明の部屋にたどり着いて聞いたのは、噂の肯定だった。

「そもそも、晴龍帝の許可なしにどうしてそこまで話が進むんですか。ありえないでしょう？」

一鈴はつい否定的な口調になった。明明の口から聞いたのは岩准が、「国の繁栄へ自分自身を捧げている」らしいが、それは表向きの顔にすぎない。岩准は人売りを主として、女子供を攫う卑劣漢だ。金のためなら何でもする男で、後宮で商売をするために去勢をするまではいいが、子供が出来ない身体だからと他国で子供を引き取り、また別の国で売るという犬畜生以下の存在だ。なのに、どうやら巷では聖人として君臨しているらしい。

「丞相の意向もあるらしいんだ」

「丞相……」

若渓（ルオシー）の、父親。雲嵐（ウンラン）は娘を利用するろくでもない親と言っていたが、確かに明明（ミンミン）がいなくなれば自分の娘の位を上げることに繋がるかもしれない。でもそんな勝手を、果たして晴龍帝（せいりゅうてい）が許すものか。

「それに、母后様から、直接言われたんだ。岩准（ガオシュン）様のところへ行って、螺淵（らえん）の力になって欲しいって。どうやら僕が岩准（ガオシュン）の嫁になると、いくらか国にお金が入るらしいよ」

――どうしたものか。明明（ミンミン）自身、八方塞がりのようで、ため息をついた。

少し見ない間に、どうしてこんなことに。

「……もとに戻ろう、明明（ミンミン）」

一鈴（イーリン）が頭を抱えていると、郭（クオ）が呟いた。

「戻る？」

「ああ。元に戻ろう。私が項明明（シアンミンミン）として、お前は項星星（シアンシンシン）として、元に戻るんだよ」

確かに、姉のほうが妃に、商人を弟がすればいいだけの話だ。しかし、明明（ミンミン）は首を横にふった。

「嫌だよ。姉さんと僕が入れ替わって、上手くやれると思えない。それに、姉さんはまだ晴龍帝（せいりゅうてい）とそこまで接していない。信頼関係を築けていないだろう？　姉さんが危険だ。それに、心強い味方は、こちら側にいるんだから」

そう言って明明（ミンミン）は一鈴（イーリン）を見た。

「でも」

郭は、複雑そうな表情で一鈴を見てくる。もう、郭と明明は互いの存在を知っているし、いつだって入れ替われる状態だ。逆に明明の妊娠騒動があってから、どうして入れ替わらなかったのか、不思議なくらいだった。今まで訊ねることはできていなかったが……。

「それに、岩准のもとから逃げるにしても、男の力のほうが有利だよ」

明明は、逃げるつもりかもしれないが、それはできそうもないと一鈴は思う。

岩准は、腹の中が黒いどころの話じゃない、他人の屍を金にして肥えた獣だ。人の心がない。岩准には、公的に嫁はいないが、蝶よ花よと育てられた娘ですら、婚姻をちらつかせ呼び寄せ、売り払ってしまい、さらにはその家を盗賊に襲わせ土地ごと奪うような畜生だ。

明明に対しても、本当に求めているのは、明明の容姿だ。それも恋心ではなく、『商品』としてだろう。明明を後宮から連れ出したら、足に枷かなにかをつけて、そのまま商品として並べてしまうに違いない。

「……岩准様とお会いするのは、三日後のいつですか？」

「夜だよ。日入の終わりくらいかな。役人たちも一緒らしい」

「さようですか」

ならば岩准の腕と足を潰してしまえば人も売れまい。

明明や雨涵が不安そうな顔をして、あれこれ明明の下贈を阻止する作戦を立てる中、一鈴はひとり、その夜どうやって宮殿を抜け出し、岩准を襲撃するかを考えていた。

雨涵と星星が暗い顔をする一方、一鈴は比較的落ち着いた気持ちで蘭宮を出た。
岩准を襲撃することに関しては、一鈴のなかでもともと定まっていたことだ。三日後、まだ晴龍帝は帰ってこない。雲嵐さえなんとかできれば、岩准の襲撃は難しくないはずだ。
なにせ、岩准は深華門の向こうからやってくる。謁見が天龍宮で行われ、さらに昼間のことであったのなら厳しいが、夜闇には慣れている。

いつもどおり、いつもどおりに、自分は邪悪を討てばいい。

しかし、一鈴の計画を、当然郭も雨涵も知らない。雨涵は「どうしましょう」とあれこれ悩み、星星も暗い顔だ。だが、「大丈夫、岩准のことは打つから」と爽やかに安心させることは悪手だ。申し訳ないが、この三日間は明明も含め、周囲の人間には悩んでもらうほかない。

さっと一人で出ていき、さっさと打って帰る。そのためには、今までどおりの単独行動が必須だ。

今回は、人の心に対して、あれこれ考える必要もないのだから。

母后が、明明と岩准の結婚について口添えしているところが気になるところだが、どうやら岩准は、緋天城の中では聖人で通っているようだ。あの底しれないように見えない香栄も、邪悪に騙されてしまったのかもしれない。

後宮を出されるかもしれない明明に関しては、正直、そのほうがいいんじゃないかと想うところもある。元々明明は男で、見つかれば最後死刑は免れない。追い出されたほうが安全だろうし、むしろいい機会であるように一鈴は思う。

「じゃあ私、蘭宮でもいっぱい作戦考えるからね！　またね！」

分かれ道で雨涵が陣正を伴いながら、一鈴に手を振った。郭はどこか力ない様子で、去っていく雨涵を見送っている。

星星が深華門から後宮に出るにあたっては、蓮花宮に続く大路を通ることになる。必然的に一鈴、雲嵐、そして郭の三人で歩くことになった。雲嵐は、一鈴たちから少しだけ離れ、周囲に気を配っている。雨涵に聞かれれば騒ぎだしてしまいそうだが、郭相手なら大丈夫かと、一鈴は郭にひっそりと声をかけた。

「郭様」

「？　はい」

「大丈夫ですよ、明明様のことは」

一鈴は言う。家族を想う姉の心が、楽になるように。

「私が対処します」

安心させるように続ける。岩准に害をなしたとき、一鈴の仕業だと前もって言うことに他ならないが、幸い星星は雨涵たちと同じく一鈴を「隠密行動を行う正義の人」か何かと誤解しているふしがある。そして夜菊は、菊をばらまくから夜菊なのだ。菊さえばらまかなければ夜菊だと思われることもない。

しかし、一鈴の想定に反して、郭は安心するでも不安になるでもなく、どこかどうしようと悩むような――むしろ一鈴の一言で思い悩むような表情をした。

「郭(クオ)様？」

「あっいえ、嬉しくて、驚いてしまっただけです。まさかそんなふうに仰っていただけるなんて、ありがたいことです。どう恩返しをしたらよいか……あははは。一度のみならず、二度もご縁があるとは、ぜひ、今度商売のほうでも……」

そう言って、郭(クオ)はごますりをしてきた。さっきまでの表情は幻だったかのような変わりように、一鈴(イーリン)は混乱する。結局そのまま、一鈴(イーリン)はそれ以上深い会話をすることなく、郭(クオ)と別れたのだった。


翌日のこと。

蓮花宮(れんげきゅう)に香栄(シャンロン)がやってきた。

「あれから廉龍(リーロン)は食事会を開こうとしないし、こうしてお話がしたいって思ってたのよ」

客間で、香栄(シャンロン)が点心を前に微笑む。

明明(ミンミン)について訊くため、一鈴(イーリン)は万宗(ワンゾン)に頼み、香栄(シャンロン)との茶の機会を設けてもらった。

真っ白な団子に、きつね色の揚げ菓子などが、少しずつ皿にのせられていることで、一鈴(イーリン)の足元に隠れている小白(シャオパイ)の地団駄が止まらない。

「奶王糯米糍(ココナッツ団子)に、番薯酥(さつまいものパイ)、どちらも私のお気に入りなの」

そう言って、香栄(シャンロン)は一鈴(イーリン)に食べるよう促してくる。どちらも毒の香りはしない。一鈴(イーリン)の右手にあるのが、雪のように白い繊維質にくるまれた団子で、もう一つ、もったりとした芋餡らしきものが、きつね色の生地に包まれている。一口食べて、やはり毒がないと確信を持つ。

膝のそばでは、小白(シャオパイ)が『自分ばっかりずるい、食べさせろ』と伝えるように、それも香栄(シャンロン)に気付かれない程度の微妙な塩梅で暴れていた。後で作ってやると意思をこめながら、甘味を噛みしめる。

一鈴(イーリン)は食に興味がない。目の前にある食べ物だって、自分が食べるより蜜袋鼯(フクロモモンガ)の小白(シャオパイ)が食べたほうが、職人もうかばれるだろうと思っている。小白(シャオパイ)がいなければ、わざわざ料理なんてせず、草をむしって食べたり、捕まえた魚を丸焼きにしたりして、もっと野性的な生活をしていた。粥や粽子(ちまき)なんてものも、決して作らない。

「どう？　美味しい？」

だから、香栄(シャンロン)に感想を問われ、困った。

こういった食事の場では、なんて伝えるのが最適なのだろうか。

美味しいが無難なのか。それとも、もう少し詳しく伝えるべきか。

人間と食事をする機会なんて、ほとんどなかった。脅す言葉は幾千と出ても、甘味を挟んだ向こう側の人間に伝える言葉は持ち合わせていない。一鈴(イーリン)はしばらく悩んだ末に、「美味しいです」と絞り出すような声で言った。

「良かった。一鈴(イーリン)さんって、随分味わって食べるのね、職人がいたら喜んだことでしょう。廉龍(リーロン)なんて、職人に作ってもらっていた頃だって、さっと食べて、さっと出ていく感じだから」

「陛下は職人の料理を召し上がっていたのですか」

「当然よ。刺客を警戒したのは、先帝を殺してからだわ。それにね、変わったのは食事のとり方だけじゃないの。心そのものよ。完全に別人になってしまったの。まぁ、三年前の幽津(ヨウチン)遠征のあとも、少し頑なになった雰囲気はあったけれど……」

　あっさりと香栄（シャンロン）は答えるが、先帝は香栄（シャンロン）の夫だ。それも仲睦まじい夫婦と評判で、先帝の香栄（シャンロン）の寵愛ぶりは、世俗を知らない一鈴（イーリン）の耳にも入るほど。繊細な話題に足を入れてしまったと一鈴（イーリン）が口ごもれば、それを察したらしい香栄（シャンロン）が「気にしないでいいわ。もう、全て過ぎ去って、戻らないことだもの」と、砂をさっと風に流してしまうように続けた。

　このまま、香栄（シャンロン）の柔らかそうな部分に踏み入りたくない。一鈴（イーリン）はしばらく考えた後、本来ここへきた目的を果たすことにした。

「……明明（ミンミン）様からお伺いしました。岩准（ガオシュン）様についてのことが、すすめられていると」

　婚約なのか婚姻なのか、はたまた愛人としての下贈なのか。

　分からぬ一鈴（イーリン）は曖昧な表現にとどめた。

「あら、早いわね。一鈴（イーリン）さんが躑躅宮（つつじきゅう）に向かった話は聞いていたけれど、きちんと仲良くしていたのね」

　その言葉に、一鈴（イーリン）はぐっと喉の奥が詰まった。自分の行動は――雲嵐（ウンラン）を伴うような、隠密を欠いた行動は、香栄（シャンロン）にも知られている。

　廉龍（リーロン）を殺した時、一鈴（イーリン）と接していた人間は咎められる。いっそどんな人間でも全て利用すれば、任務の効率はぐっと良くなるだろう。

　しかしそうしてしまえば、獣と同じだ。今でさえ、人間のふりをしているだけなのに、そこまですれば、かつての少年に合わせる顔がない。

「どうして、淑妃明明（ミンミン）の相手が、岩准（ガオシュン）様なのですか。他にも、いらっしゃるのではないですか」

まっとうな、人間が。

一鈴は明明の相手が岩准でなければ、様子見をするつもりだった。男だと知られるのならば、その危険は回避させた。しかし今回、相手は岩准、誰が嫁になろうとも、阻止しなければならない。

相手が、たとえば自分たちにせっせと罠をはろうとする若溪であってもだ。

「別に、誰でもいいのよ、妃は。問題は、岩准様に後宮の妃を下げ渡すことが目的だから」

「誰でもいい——?」

「ええ。今螺淵では、富が必要なの。良き国を作るための富を、廉龍は欲してる。そのために、岩准様からの出資が必要なの。それに、岩准様は後宮に商いに来ていたこともあるの。だから子供が作れない。白い結婚になるわ。ただの愛妾になるだけだし、悪い話でもないはずよ」

それではまるで、岩准の人身売買となんら変わらないではないか。一鈴の拳に、力がこもった。

「一人の妃を売って、良き国など本当に作れるのですか」

「あら、岩准様は聡明で、今まで螺淵に尽くしてくれたお方よ? それとも——一鈴さんは岩准様となにか縁があるのかしら」

「……それは」

岩准が悪人だと告発することは可能だが、今出せる証拠がない。証拠がなければ、以前一鈴が若溪を逃したときのように、相手にされなくなってしまうのではないか。一鈴が言葉を途切らせると、香栄は畳み掛ける。

「それにね、女が政をどうこう動かせるわけではないから、私に良き国なんて聞かれても、答えられないわよ」

「性別と政に、なにか関係があるのですか」

生きていても死んでいても、男も女も変わらない。心臓の形に差はないし、特に——悪人の思考行動は皆一緒だ。他人を同じ人間と認識せず、一方的に屠っていく。しかし、良き国をつくる政に性別の関係があるのか。

「……そうね、関係ないわね」

訊ねると、香栄は目を見開いたあと、くすくすと悪戯っ子のように微笑んだ。

なにか、罠にかかった獲物を見つけるような、嘲笑ともとれる蠱惑な笑顔だ

独りで笑いだした香栄に、憶宝の間で感じた恐怖が一鈴のなかで蘇る。香栄は「明日」と話を続けた。

「良ければ、明日は一緒に夕食なんてどうかしら？　廉龍を交えての食事会は、結局、途中でなくなってしまったし」

「え……」

「私、もうすぐ行かなくてはいけないから。今度こそゆっくりしましょうよ」

香栄は一鈴の返事を待たずに、すぐに立ち上がると、部屋の外へ出ていってしまう。

一鈴は半ば取り残される形で、香栄を見送った。

香栄が蓮花宮を去った後、一鈴は雲嵐を伴い、蘭宮に向かうことにした。

昔は父親を殺すような人間ではなかった。そういった悲しみの意図があるのかもしれないが、もし

かしたら別の意味があるのかもしれない。そして、祭祀嫌いについて話を聞いていたときの、陣正（ジェンジャン）の様子も気になっていた。

よって一鈴（イーリン）は、どうにか陣正（ジェンジャン）と、それもふたりきりで話がしたいと思い、後宮のなかで雲嵐（ウンラン）を撒くことにしたのだ。

でも、そばには雲嵐（ウンラン）が居る。

陣正（ジェンジャン）と二人で話がしたいと言っても、受け入れはしないだろう。

なにかないだろうか。

一鈴（イーリン）は隣を歩く雲嵐（ウンラン）を見ながら思案する。

「何だよ。じろじろ見やがって。なんか悪さするつもりか」

雲嵐（ウンラン）が胡散臭いものを見る眼差しを向けてきた。万宗（ワンゾン）にも向ける視線だ。万宗（ワンゾン）がいればまだ雲嵐（ウンラン）の注意力が散漫になりそうなものなのに、あいにくいない。どうしたものかと一鈴（イーリン）は悩んで、はっとした。

雲嵐（ウンラン）が、気にしているもの……若溪（ルオシー）……？

雲嵐（ウンラン）は、万宗（ワンゾン）を嫌い、そして若溪（ルオシー）を気にしていた。

「雲嵐（ウンラン）」

呼びかけると、雲嵐（ウンラン）は不機嫌そうに振り向いた。

「なんだよ、やっと蓮花宮（れんげきゅう）に戻る気になったのか」

「いえ、先程徳妃様が、あちらにいるのが見えたので……」

そう言うと、雲嵐（ウンラン）の眉間が一瞬動き、纏っている雰囲気がわずかに変わった。

「匂いなんてしねえけど……」

ただ、一鈴（イーリン）から目を離すつもりはないようで、「だからなんだよ」と言い返してくる。

「雲嵐（ウンラン）を、気にしてる様子でした」

「俺を気にしてる？　自分の匂いをごまかす香でも使ってんのか……？」

「それは分かりませんが……」

厳密に言えば、若溪（ルオシー）が雲嵐（ウンラン）を気にしていたのは「以前」の話だ。初めて若溪（ルオシー）と話をしたとき、雲嵐（ウンラン）は気付いていない様子だったが、若溪（ルオシー）は雲嵐（ウンラン）に対して、殺意や憎悪、複雑そうな心の激しさがないまぜになったような顔をしていると、一鈴（イーリン）は感じていた。「若溪（ルオシー）が泣いている」「暗い顔をしている」と言って注意を引くことも考えたが、やはりそれは心苦しい。過去について語ってみたが、どうだろう。

一鈴（イーリン）が雲嵐（ウンラン）をうかがうと、雲嵐（ウンラン）はしばらく足を止めたあと、「お前、見えるところにいてくれないか」と問いかけてきた。

「あいつは、父親に命令されれば、お前に何するか分からないからな。確認してくる。いいか、お前は蘭宮（らんきゅう）から勝手に出るなよ。勝手に帰るな。勝手なことしたらもう外に出さないからな」

まるで言い聞かせるように、雲嵐（ウンラン）は強い視線で一鈴（イーリン）が差していた方向を見た。

「ごゆっくり」

一鈴（イーリン）は、雲嵐（ウンラン）が走っていくのを見送る。すると奇跡的に、蘭宮（らんきゅう）の前を掃除している陣正（ジェンジャン）の背中が見えた。

「陣正（ジェンジャン）」

呼びかけると、「皇貴妃様」と、少しだけぼんやりした声で陣正（ジェンジャン）が振り向いた。

「ちょうど良かった……実は、陣正（ジェンジャン）と二人で話がしたかったのです」

「え……それはもしかして……」

察しがいい。声が聞こえる距離には人もいないことだし、すぐに総龍帝（そうりゅうてい）と廉龍（リーロン）の関係について切り出そう。そう思った次の瞬間、

「僕を殺すおつもりなのですね……」

陣正（ジェンジャン）が愕然とした。違う。しかし一度一鈴（イーリン）は、陣正（ジェンジャン）をこっぴどく脅した。その恐怖が今なお陣正（ジェンジャン）を蝕んでいるようで、陣正（ジェンジャン）は顔を引きつらせている。

「雨涵（ユーハン）様も、驚くほどの速度で教養を身につけております。僕の存在意義は蘭宮（らんきゅう）にない、そう判断されているのですね……」

「ち、違います！　陛下についてお聞きしたくて……」

「え、へ、陛下に関すること、あ、ああ、なるほど」

――すみません僕てっきり……。と、陣正（ジェンジャン）は懐から手帕（ハンカチ）を取り出し、額や頬ににじんだ汗を拭いた。

「でも、陛下に関することなら皇貴妃様のほうがお詳しいのでは？　内々に得た情報があるでしょうし」

今まで、雨涵（ユーハン）の妄想に幾度となく助けられてきたが、とうとう雨涵（ユーハン）の妄想に道を阻まれる瞬間が出てきてしまった。一鈴（イーリン）は「お心は、あまり分からず……」とぼんやりはぐらかす。

「それに、先帝様について、私はあまり知らないのです。国の外にいた時期も長くて」

「なるほど……？　ああ、もしかして、御礼の品物をお探しですか？」

陣正(ジェンジャン)がなにか誤解をしている気がする。一鈴(イーリン)は確かに廉龍(リーロン)に助けられたが、品物を贈るつもりはなかった。人の命を奪うことを生業としている自分に、たとえ相手が後に殺す対象であったとしても、御礼の品物を贈る資格がないからだ。

「それとも、陛下をお出迎えするにあたっての品物とか？」

どちらでもない。

どちらでもない。ただ、皇貴妃という立場で廉龍(リーロン)について訊ねることは、あれこれ詮索されるたねとなるらしい。嫌な予感がしながらも、一鈴(イーリン)は「陛下は昔……どんな方だったのかと、気になって。陣正(ジェンジャン)のほうが、螺淵(らえん)にいた時間も長いでしょうし。それに、先程みんなといた時、なにか知っておられるような様子でしたので」

「ああ……まぁ、そうですね。確かに僕は、陛下が十三歳くらいの頃……丁度陛下が天天(テンテン)様を連れて帰って来た頃から、陛下を知っています。でも、万宗(ワンゾン)様のほうが、よくご存知かと」

相変わらず陣正(ジェンジャン)ははぐらかすような言い方をする。一瞬脅すという選択肢が頭に浮かんで、一鈴(イーリン)は首をふり、再度尋ねた。

「幼い頃から、残酷と言われていたのですか」

「とんでもない！　子供の頃は年相応の方でしたよ。瑞(ルイ)様のほうが問題を抱えていたくらいで、廉龍(リーロン)様は大人しく、次期皇帝として、淡々と暮らしているご様子でした」

瑞(ルイ)、皇帝の異母弟だ。明明(ミンミン)に対して関心を持っていたようだが、あれ以来見かけていない。ただ宮女たちは、美しいだとか、気前がいい、優しいと、評判が良さそうだった。星星(シンシン)のような人気を持っているのかもしれない。雲嵐が、「女にだらしないやつは出世しないぞ。それに、そのうちどっかの宮女と夫婦になるんじゃねえか」なんて吐き捨てるように言い、宮女から無視をされる憂き目にあっていた。

「そういえば、前に陛下は脱走したと聞きましたが」

「ああ。そうです。僕は緋天城に勤めたてで、陛下を探すまで戻ってくるな、なんて無茶苦茶を言われて、必死になって探しました。身なりの綺麗な子供なんてすぐに見つかるだろうと思っていたら、日が暮れても、何日経っても見つからなくて、どうしたものかと思っていたら、陛下が自らお戻りになられたのです。我々に見つからぬよう、服は平民のもので……本当に大変でした」

わざわざ着替えて脱走したのか。よほど前から計画を練っていたように思う。

「そういえば陣正は幽津遠征で陛下を――」

なにか、廉龍のなかで分岐点となったところがあるのか。

一鈴が問おうとしたその時だった。

ざっと、陣正の顔色がみるみるうちに青く変わっていく。

「幽津遠征については、何も話をしたくないです」

ぼそりと陣正が呟く。一鈴はハッとした。追求に気をやりすぎて、かつて雲嵐が陣正を英雄と説明した時、陣正が暗い顔をしていたことまで、想いを巡らせることが出来ていなかった。

言葉を返せぬ一鈴に、陣正は続ける。

「申し訳ございません。でも、思い出したくないのです。悲劇を言い訳に、自分の盗癖を赦してもらおうとする気はありません。けれど、あの地獄を思い出さずに済むように、私は……」

「すまない、陣正（ジェンジャン）。言わなくていい。もう聞かない。悪かった陣正（ジェンジャン）」

一鈴（イーリン）にも、探られたくない記憶がある。なのに、陣正（ジェンジャン）のそれに触れてしまったことを、後悔した。

「いえ、すみません。僕こそ取り乱してしまって。もう三年経ったことなんですけどね、お恥ずかしい限りです」

「そんなこと……」

一鈴（イーリン）は、十年以上経ってもなお、過去の記憶とともに現在を生きている。その歪みのなかで、自分の軸足を定められない。

「……でも、たぶん、いつかは話せると思うので、待っていてください」

決意するような声音で、陣正（ジェンジャン）は一鈴（イーリン）を見た。

「皇貴妃様に、止めていただいて、雨涵（ユーハン）様に信じていただいて、少しずつ自分が、今を生きているような気持ちになっているんです。なので、いつか、いつかは、お話ができると、思います。あの惨劇を伝えることが、今後の悲劇を生まないようにすることへ、繋がると、思うので」

「陣正（ジェンジャン）……」

「そして、私が唯一言えることは――」

――幽津（ヨウチン）遠征で、私は何も守れなかった。それだけです。

降り注ぐ夏の日差しが遮られる樹の下で、陣正（ジェンジャン）の声は静かに沈んでいった。

幽津（ヨウチン）遠征で何も守れなかった。

陣正（ジェンジャン）は確かにそう言っていたが、陣正（ジェンジャン）は廉龍（リーロン）を守っている。皇帝の命を守る。何より誇って然るべきことなのにどうして陣正（ジェンジャン）は廉龍（リーロン）を守っていないと感じているのだろう。疑問は残るが、今の陣正（ジェンジャン）からはあれ以上の情報は得られない。結局廉龍（リーロン）についてなにも知ることは出来なかった。

どうしたものかと考えつつ、蘭宮（らんきゅう）を出て雲嵐（ウンラン）を待つ。後で文句を言われるのは嫌だと、門番の隣に立たせてもらうことにした。

そうしてしばらく待っていると、軽やかな足音が聞こえてきた。

「ああ、一鈴（イーリン）ちゃんだ」

甘ったるい声が横からかかる。

話しかけてきたのは、瑞（ルイ）だ。初めて会ったときより、衣は上質そうで、ひと目で王族と分かるものを身につけていた。

「瑞（ルイ）様……」

また後宮に入ってきたのかと、一鈴（イーリン）は警戒を覚えた。邪悪な悪人の雰囲気はないが、善ではないと勘が告げている。

「どう、廉龍（リーロン）とは、あいつといて楽しい？」

軽い口調で瑞（ルイ）は一鈴（イーリン）に近づき、隣に並んで歩いてきた。隣立つ門番たちが「瑞（ルイ）様」と止めるが、瑞（ルイ）はかけらも気にしない。

楽しいなんて感情はどこにもない。「いえ」と短く答えるが、瑞（ルイ）は涼しい顔で「だよね」なんて同調してきた。

「どういう意味でしょうか」

「だって廉龍といてもつまんないでしょ。なに考えてるかわかんないし、暗いし」

瑞が不自然に一鈴へ振り向く。髪に触れてこようとしたことを悟った一鈴は、すぐに体勢を変え、さりげなく避けた。

瑞のほうは避けられたことが意外だったのか、少しだけ不機嫌そうに目を細めた。

「つれないなぁ」

つれるつれないの問題ではない。

まっとうな人間で、誰かを愛する性質があるならば、誰かに興味を持つことだってあるだろう。

しかし一鈴には、その資格がない。人間に「つれる」ような感情を抱いた時点で、刺客としても役に立たなくなる。存在への赦しすら失う。

恐水病の件で任務を停滞させている自分は、じわじわと存在理由を薄めているのだ。それでも、亜梦の想いには報いたい。そこに在ったのは瞬きのような時間でも、真実を暴くことで、相手の人生に影響をもたらしてしまったのだから。

「一鈴ちゃんって、父親に連れ回されてお手伝いさせられた末に、後宮入りしたわけでしょ？　自由がないって意味では俺と似たような口だし、気が合うと思うんだよなぁ」

俺と似たような口。瑞は望まぬ立ち位置にいるということだろうか。瑞は皇帝の異母弟。そのせいで命を狙われることもあるだろうし、王族の中では自由でも、市井の自由さとはかけ離れている。

瑞（ルイ）は「そのあとは廉龍（リーロン）に無理やり皇貴妃にさせられてさぁ」と、哀れみの目を向けてくる。

「一回くらい、自分で何かを選んでみて、思うままに、自由にしたいって思わない？」

「とくに」

そもそも一鈴（イーリン）の素性は造り物だ。架空の父親への憤りは感じないし、自由への渇望もない。

自分と瑞（ルイ）は違う。そう考えてから、ふと思い至った。

――瑞（ルイ）は総龍帝（そうりゅうてい）に憤りを感じているのでは。

「出自ばかりは選べない。そもそも、生まれてくることも選べない。結局は、父親が勝手にしたことの責任を取らされているわけだし」

異様なほど早口で、冷たい声音だった。

「お父様が――先帝に対して、なにか思うところがあるのですか」

思わず一鈴（イーリン）は問う。

「あるよ。当たり前でしょう？　総龍帝（そうりゅうてい）は、廉龍（リーロン）派で、廉龍（リーロン）ばっかり目をかけていたし」

ふっと、瑞（ルイ）は馬鹿にしたように笑った。声からは、そこはかとない憎悪を感じた。総龍帝（そうりゅうてい）は清らかで、どんな者にも懇篤だったと聞く。人の良さが災いしてか、政治手腕はあまり評価されていなかったが真面目で、不義理や怠惰を嫌っていた、とも。

そんな総龍帝（そうりゅうてい）からすれば、幼い頃から女に目がない瑞（ルイ）より、人を殺していなかったらしい時代の廉龍（リーロン）のほうが、可愛いのかもしれない。

ただ、ここまで憎まれるほど露骨に区別していたとは、意外だった。

「廉龍について、俺が色々教えてあげようか」

蜜を絡めるように、瑞が甘く囁く。

「結構です」

一鈴はすげなく拒否した。瑞から情報を得られるかもしれない、なんて思ったこともあったが、この調子ではいい情報が得られるとは思わない。

しかし、瑞は話を続ける。

「今は涼しい顔をしているけど、廉龍って昔は、役に立たない弱虫だったんだよ。何にも出来ない泣き虫だったのに、よりによって、一番目をかけてくれた総龍帝を殺したんだ。恩知らずの、凍王だよ」

──あはは。

瑞はなんてことないように笑う。廉龍をいつか殺す一鈴ですら、不愉快な笑みで。

「そうですか」

なるべく淡々と返せば、瑞は新しいおもちゃを見つけた子供のように口角を上げた。

「俺はさ、廉龍は皇帝にふさわしくないと思っているんだ。先帝を殺した、徳のない皇帝が導く螺淵に、未来なんて無いでしょう？　悪い人間は皆報いが来るようになってるんだ。だからいずれ廉龍にも、裁きが下る時が来る。その時、一鈴ちゃんが心配だなって思うんだよ」

悪い人間に報いが来る。果たしてそうだろうか。一鈴が殺してきた人間は甘い蜜をすすり、人の苦しみを金に変え、私腹を肥やしていた。一鈴が殺すまで、人を犠牲に幸せを得ていた。

自分の存在が、悪人の報いになっているのか。違う。報いを受けない悪人がいるから、一鈴が仕事をしている。

　だから自分は生きている。

「一鈴ちゃん、俺につかない？」

　どうやら廉龍についての話もすべて前座で本題はこちらだったらしい。

　確かに一鈴は廉龍を殺そうとしている。瑞と協力することは、仕事を進める上で助けになるだろう。

「もしこれから皇帝が変われば、皇貴妃でいられないけどさ、一鈴ちゃん可愛いし、後宮に残してあげてもいいよ」

　しかし、瑞は一鈴が後宮にいる目的を知らない。あくまで、父親の体裁や、一鈴自身の進退を引き合いに出しながら交渉をしてくる。

「大変恐れ入りますが」

　一鈴は頭を下げた。

「お断りします」

「どうして？」

　断られる気がなかったようだ。瑞は取り乱しているように見えた。

「興味がないからです。私は国が平和であることを望みますが、国の未来に関わりたいとは思っていません」

　今一鈴がしたいのは、自分のような人間を二度と出さないことだけだ。その手段は、悪を潰すこと。国を引っ張り、動かす資格はない。したいとも思わない。

「一鈴（イーリン）ちゃん、まだ廉龍（リーロン）とそこまで仲良くないでしょ？　いつ殺されるかわからない不安な夜を過ごすくらいなら、俺と夫婦になったほうが得だって。俺は、誰か殺したりしないし」

「全く」

全く仲良くない。日が経っているわけでもない。だが、それをいうのなら、瑞（ルイ）ともだ。

そして自分には、誰かと夫婦になりたいという感情すら無い。

宮女たちいわく、瑞（ルイ）は百戦錬磨で瑞（ルイ）を受け入れない女は螺淵（らえん）にいないとまで言っていた。実際、宮女、そして位なき妃からは、絶大な指示を得ている様子だ。瑞（ルイ）を警戒していた女官たちさえも、瑞（ルイ）に惹かれていた。

しかし、一鈴（イーリン）は違う。

「何か勘違いをなさっているようですが、私は瑞（ルイ）様の思っているような人間ではございません」

――ただの人殺しですので。

付け足すわけにはいかないため、一鈴（イーリン）は瑞（ルイ）を残してその場を去った。

雲嵐（ウンラン）のことが気がかりだが、あのまま瑞（ルイ）と問答を繰り返すことは、避けたほうが良いと思ったからだ。

「後宮って、ぐちゃぐちゃしてるな、小白（シャオパイ）」

一鈴（イーリン）は、小白（シャオパイ）に話しかけながら歩いていく。

人間の心の揺れ動きは、やはり疲れる。後宮に来た当初、あまりに立て続けに物事がおきたことで疲弊していたことを思い出した。

あれから夏が来て、それももう終わろうとしている。明明（ミンミン）の問題は、特にあれこれ調べることもなく、推察することもなく、ただただ、岩准（ガオシュン）の馬車を襲撃すればいいから、気が楽だ。

結局、一番楽なのは、この手でぜんぶ済ませること。

そうすることで生きてきたし、これからもそうなる。

『刺客が殺し以外で誰かを助けられない。そんなことはありえない』

廉龍（リーロン）の言葉が、頭の中で蘇る。

――でも、今回求められているのは、間違いなくこの手だ。

一鈴（イーリン）は気持ちを奮い立たせるようにして、ずんずん道を進んでいく。やがて、花陽（かよう）の宴（うたげ）が開かれた明花園（めいかえん）に到着した。

明花園（めいかえん）は、催しが無い限り警備がつかない。庭師や水やり係の宮女がせわしなく行き交っているだけだ。茶会でもないのに明花園（めいかえん）にいる一鈴（イーリン）を見つけ、何故いるんだと驚くものの、挨拶を済ませると皆すぐ自分の持ち場に戻っている。老齢の庭師は鋏で芙蓉の花を適宜摘んで、麻袋に詰めていた。明花園（めいかえん）で存在できるのは、七分咲きから満開まで。それらを過ぎれば、花はつまれてしまう。

あの花は一体どこに向かうのだろう。ただ焼却炉で燃やされるだけなのか。つまれていく花に哀れみを覚えていると、静かな足音が近づいてきた。

「おや、一鈴（イーリン）様、お散歩ですか」

後方から、白銀の髪をなびかせた万宗（ワンゾン）が歩いてくる。帳簿か何かを小脇に抱えている。軍機処の帰り、もしくは行く途中なのだろう。

「雲嵐（ウンラン）は……置いてきてしまわれたのですね？」

万宗（ワンゾン）は一鈴（イーリン）の背後を見る。

「確かにうるさくてかさばりますけど、護衛の腕は確かなので、離れないようにして頂けたら嬉しいです。どんな危険があるか、分からないので」

「すみません……」

一鈴（イーリン）は謝罪するが、これからも雲嵐（ウンラン）を撒くことは変わらない。それに、一番危険なのは自分だ。

「瑞（ルイ）様とどんなお話をされていたのですか」

「……歴史についてです」

嘘を吐くことは容易い。しかし、見透かされるような瞳に、一鈴（イーリン）ははぐらかしながら確信した。

遠くから、一鈴（イーリン）が瑞（ルイ）になびかないかを、万宗（ワンゾン）は見ていたのだ。

瑞（ルイ）に絡まれる一鈴（イーリン）を助けることなく、皇貴妃が信用できる人間かどうか、主人のために知るために。

雲がかかった空色の瞳は、人々に安らぎを与える湖畔のようだ。それでいて真意が見えない。笑みを浮かべている。口角も上がっている。雲嵐（ウンラン）より敬意を持って人と接しているだろう。

それなのに、なにか一点の志以外に目的がない——それこそ、一鈴（イーリン）が任務を遂行するときと同じ、静の気配がした。

一鈴（イーリン）は万宗（ワンゾン）の姿が消えるのを待ってから、ため息を吐いた。

「陣正（ジェンジャン）から話を聞くだけなのに、なんだか長かったな、小白（シャオパイ）」

瑞（ルイ）と万宗（ワンゾン）、立て続けに気の抜けない人間と相対したことで、一気に疲弊した。そもそも上午には香（シャン）栄（ロン）と会っている。早く雲嵐（ウンラン）と別れた場所に戻らなければ……と足を早めれば、口論をするような、不機嫌さを隠さない若溪の声が生け垣の向こうから聞こえてきた。気配は二人。若溪、そして雲嵐だ。

そして今、一鈴の後ろに立つのは――、

「話っていったい何のことかしら。蓮花宮の宦官ふぜいと一緒にいるところを見られて、おかしな噂なんてたてられたくないのだけれど」

切り捨てるような若溪の声音だ。こころなしか、殺意が滲んでいるように思う。

「おかしいって……そもそも海巫のお前が、後宮にいることだっておかしいだろ」

海巫というのは、何のことだろうか。それにしても、とんでもないところに出くわしてしまった。一鈴がげんなりしていると、小白は「楽しそう！」と浮き立っていた。この間、好奇心で自分の身を滅ぼしかけたことを忘れているらしい。

「それに、お前こそおかしい。いっつも苛々して。お前、そんな奴じゃなかっただろ。皇貴妃に歯向かったりして、お前らしくないぞ」

一鈴にとって若溪は、人を蹴落とすことを得意とし、あの雨涵を悪女に仕立て上げた狡猾な人物だ。その手腕は、目を見張るものがある。しかし、どうも雲嵐に対しては感情的に見える。雲嵐いわく、幼い頃を知っている仲だからこその距離感だろうか。

雲嵐はいつもより優しい声音で問いかけているように思うが、しばしの沈黙の後、若溪は「私らしさって何よ。私の何を知ってるのよ、宦官の分際で」と繰り返す。

「宦官の分際って……お前と俺に、序列なんてないようなものだろ」

「あるわ。ずっとあった。私は宰相の娘で、貴方は腕力だけ評価されてる士官でしょ。その道も手放して宦官まで落ちて、どこまで恥を晒せば気が済むのよ。気持ち悪い。醜いわ」

若溪は雲嵐を嘲笑し、そのまままくし立てるように問い詰める。

「士官で出世が見込めないから去勢したのかしら。士官から宦官なんて珍しいものね、でも大丈夫？　大事な大事な幼馴染を北摘に置いていってしまって。今頃、他の男にお世継ぎをお願いしているんじゃない？」

「若溪お前――」

「私はよその宦官なんかと話す気はないの。次に馴れ馴れしく話しかけてきたら、お父様に報告して、後宮で働けないようにするから、そのつもりで」

若溪は雲嵐から顔をそむけ、足早に去っていく。雲嵐は、急いで若溪を追っていった。

一鈴の懐の中に隠れていた小白は前足をばたばたと動かし、愉快そうにしている。

「何が楽しいんだ小白。人が揉めているのを見て喜ぶなんて、どうかしてるぞ」

――あれは揉めてるんじゃないですよ。御子様には分からないでしょうけどねぇ。

ぽんぽんと小白は前足で打叉を示し、一鈴を差すと、幼子が飴を舐める素振りをしてくる。目つきが完全に人を馬鹿にする目で、「なんだと」と反抗してみせるが、丸まってさらに挑発してきた。

「本当に、どこでそんなの覚えてくるんだ……」

呆れた一鈴はため息をつく。

それにしても、大事なお世継ぎなんていう直接的な言葉を、若溪が言うとは思わなかった。

一鈴が雨涵がらみの一件で若溪を犯人だと暴いた時、若溪は余裕を崩さなかったのに、さっきは焦りすら感じさせた。不思議に思っていると、隣にすっと郭（クオ）が立つ。

「他人の痴情に惹かれるという意味では、人間と蜜袋鼯（フクロモモンガ）に差はないのかもしれませんね」

先程、一鈴（イーリン）が感じていた気配の正体――郭（クオ）はどこか悪戯っぽく笑ってみせた。

「楽しい？　いつ刃物沙汰が起きるのかと、ひやひやするのではなくてですか」

「刃物沙汰なんて大げさな。あれは戯れのようなものではないですか。水仙宮（すいせんきゅう）のお嬢様は、随分とわかりやすいことでいらっしゃる。さすが海巫（うみなぎ）様だ」

海巫（うみなぎ）様。

それは先程雲嵐（ウンラン）も言っていたことばだ。

「あの、海巫（うみなぎ）様というのは、なんでしょうか」

「海巫（うみなぎ）というのは、海が近く、それでいて神は天だけではなく海にもいると考える水信仰の強い地域で、海の災いが起きぬよう祈りを捧げる神の遣いです。螺淵（らえん）では男が一族を継ぎますが、巫だけは女が継ぎます。生き神のようなもので、その土地の政に口を出すことはないものの、絶対的な存在として崇められ、少しでも揶揄すれば、罰されて死にます」

「そんなことが……」

ならば若溪（ルォシー）は、海巫（うみなぎ）の道を、生き神の道を絶ち、後宮にやってきたことになる。

「きっと徳妃様は、好いた男が、自分以外の女に付き従い、昼夜問わず共にあるということが、心穏やかではないのです。刃物を持ち出すところまで至るのはきっと先ですよ」

「その根拠は、どこに」

一鈴（イーリン）は問う。月を背にした商人の星星（シンシン）は、笑うばかりで返事をせず、新たに言葉を紡ぐ。

「ねぇ、一鈴（イーリン）様、岩准（ガオシュン）様の件、何もしなくていいですよ」

「……は？」

「岩准（ガオシュン）様はね、淑妃明明（ミンミン）が男だということを、知っているのですよ」

目の前の郭（クオ）の言葉が、信じられなかった。一鈴（イーリン）は岩准（ガオシュン）を始末する。だから岩准（ガオシュン）の悪行について言わなかった。根拠もない。でも、耐えられず一鈴（イーリン）は声を出す。

「なぜ」

「私がお伝えしたのです。淑妃明明（ミンミン）は男で、私の双子の弟だと。だから後宮から出すのに、協力してほしいと」

「ま、待て、郭（クオ）、落ち着いて聞いて欲しい。岩准（ガオシュン）はろくな男じゃない。なぜか宮廷での評判はいいが、あいつは聖人なんかじゃなく、人を――」

「知ってるよ。そんなことは」

当たり前のように、郭（クオ）が返事をした。

「商人として、まだ日は浅いけど……岩准（ガオシュン）が悪人なのは知ってる。だからこそ、取引をしたんだ。弟を逃してくれたら、私が岩准（ガオシュン）の商品になるって」

「そんな、それじゃあまるで――」

郭（クオ）が、犠牲になることと同じじゃないか。

一鈴（イーリン）が声にする前に、郭（クオ）は首を横に振った。

「ただ犠牲になるつもりはない。さっと逃げるさ。心配ない。だから——」

——きみの助けは、必要ないよ。

郭(クオ)——明明(ミンミン)の、切羽詰まった懇願は、一鈴(イーリン)の足をその場に縫い止めるには十分だった。


郭(クオ)と別れたあと、雲嵐(ウンラン)と合流した一鈴(イーリン)は、雲嵐(ウンラン)からこっぴどく叱られた。

というのも、雲嵐(ウンラン)と別れてうろついたことではなく、若溪(ルオシー)と雲嵐(ウンラン)の会話を盗み聞きしたことだ。若溪(ルオシー)を追って去った雲嵐(ウンラン)は、一鈴(イーリン)と郭(クオ)が生け垣の向こうにいたことを、その異常な嗅覚で感じとっていたらしい。「商人と仲良く他人の不幸の覗き見かよ」「愉しみを他人任せにしていたら人間どこまでも堕ちる一方だぞ」と半刻しっかり詰められた末に一夜明け、一鈴(イーリン)が香栄(シャンロン)との食事会の準備をしていると、思わぬ来客があった。

「グゥ……グゥ！」

天天(テンテン)が後宮を巡回するのは、だいたい夕方だ。しかし廉龍(リーロン)が不在であるということで、夕方の巡回は行われていなかった。それは役人側の都合だったためか、勝手に深華門(しんかもん)を飛び越え、天天(テンテン)が入ってきてしまったらしい。天天(テンテン)が来てくれたことは不快ではないが、問題は十分にある。そのため、「食事会の準備を手伝うわ！」とやってきた雨涵(ユーハン)に付き添っていた陣正(ジェンジャン)が、天龍宮(てんりゅうきゅう)にいるであろう万宗(ワンゾン)のもとへ報告に駆けてくれている。

「……こいつ、猫のわりに図体が大きいよな」

一鈴(イーリン)の警護をしている雲嵐(ウンラン)が、天天(テンテン)の尻尾の毛をつまんだ。思えば、天天(テンテン)と雲嵐(ウンラン)が面と向かっているところを見るのは、初めてかもしれない。一鈴(イーリン)が眺めていると、天天(テンテン)は一気に吠えだし、雲嵐(ウンラン)を威嚇した。

「ウゥウウウ！」

天天(テンテン)はいつもの無害そうな表情と異なり、歯をむき出しにして噛みつかんばかりの勢いがある。

しかし、一鈴(イーリン)は、どこか心ここにあらずで、うまく反応できなかった。

――きみの助けは、必要ないよ。

星星(シンシン)の言葉が、離れない。

明日、淑妃明明(ミンミン)は皇帝不在の間に、岩准(ガオシュン)との顔合わせとなる。星星(シンシン)の意思からして、廉龍(リーロン)が異を唱えたとしても、結婚に至るのかもしれない。

そもそも異を唱えるかも危うい。後宮内に男がいることは、廉龍(リーロン)の立場を危うくさせることでもあるからだ。

「やっぱり……明明(ミンミン)が心配よね……？」

黙っている一鈴(イーリン)の顔を、雨涵(ユーハン)が覗き込んでくる。

「まぁ……」

「でも、安心して。私作戦を立てているから」

雨涵(ユーハン)はどんと自分の胸を叩く。安心は微塵も出来ない。

「私がお嫁に行こうと思うの！　明明(ミンミン)は問題があるけれど、私はほら、お嫁に行っても殺されないし、いい案でしょう？　一鈴(イーリン)たちと別れるのは悲しいけれど、明明(ミンミン)がお嫁さんになったら、男だってことがばれて殺されちゃうかもしれないもの。人の命には代えられないわ！」

何を言ってるんだ雨涵（ユーハン）は。

一鈴（イーリン）は思わず怪訝な顔をした。母后は後宮の妃なら誰でもいいと言っていたが、実際岩准（ガオシュン）の指名は明明（ミンミン）だ。雨涵（ユーハン）が「嫁に行く」と言っても、「ならおいで」にはならない。元々雨涵（ユーハン）を求めているのなら、雨涵（ユーハン）が呼ばれるはずだ。

そんなことをしても、明明（ミンミン）は――郭（クオ）は助からない。

でも、同時に一鈴（イーリン）は思う。

望まれていないのに、勝手に動いてもいいのか――と。


「どうしたの？　一鈴（イーリン）さん。緊張しているの？」

蓮花宮（れんげきゅう）での食事会。一鈴（イーリン）は、豪勢な食事と、笑みを絶やさない香栄（シャンロン）を前に、頬を引きつらせていた。

「はは……」

一鈴（イーリン）はもともと人間を相手にすることを不得手としているが、香栄（シャンロン）はいっとう苦手だった。思い返せば、憶宝（おくほう）の間（ま）で曰く付きの絵を見せてきたし、廉龍（リーロン）の食事会では、なにか、水面下での冷戦を繰り広げている様子だった。まだ、数える程度しか顔を合わせていないし、香栄（シャンロン）が一鈴（イーリン）に好意を抱いているとも思えない。なのににこやかに接してくるのは、息子の選んだ皇貴妃だからなのか、ただそういう気質か、それとも打算があってのことなのか、ぜんぶ分からない。悪意たっぷりの視線を投げかけてくる若溪（ルオシー）のほうが、よほど安全に感じる。

「ほら、一鈴（イーリン）さんも食べないと、お腹いっぱいでも動けないけれど、お腹が空きすぎても、いざという時動けないわよ？」

香栄（シャンロン）は小皿に水晶蝦仁（エビ炒め）を取り分け、一鈴（イーリン）に渡した。つやつやとした餡が絡む蝦を前にしても、一鈴（イーリン）の食指は動かない。ただ、いつまでも食べないというのも失礼にあたる。一鈴（イーリン）はおずおずと箸で水晶蝦仁（エビ炒め）をつまみ始めた。

「今日は廉龍（リーロン）もいないし、だいぶ減らしてもらったのよ。残すことが美徳でも、限度があるから。それにしても……品数が少なすぎるかしら？」

香栄（シャンロン）が続けて、焼鴨を小皿にのせるが、一鈴（イーリン）にはとてもそうは思えない。豚の丸焼きに、野菜炒めに甘味も何種類と、汁もあり、今までの生活では考えられないほどの量だ。

「娘がいたら、こんな感じなのかしら。私は廉龍（リーロン）しか知らないから、よくわからないけれど」

香栄（シャンロン）がしみじみと言うが、一鈴（イーリン）にはその意図も、家族というものの正誤も判断がつかなかった。

生まれた時から自分の道に存在しないもの。それが家族だ。

人殺しとして生きているうちに、家族の顔を知らずに済んで良かったとは思っている。

もし、生きていたとしても。

自分はあの箱庭で邪悪な所業により生を掴んだ以上は、合わせる顔もない。関わっても不幸にするだけ。自分のことなど忘れていればいい。

「……」

一鈴（イーリン）は香栄（シャンロン）の言葉に返事をしなかった。曖昧に頷いて、場を流す。香栄（シャンロン）のほうも気に留めることなく、そのまま話を続けた。

「ずっと前から、お金が増やせたらいいなと思っていたのよ」

なんだ突然。さっきと話が変わったのか。一鈴（イーリン）は戸惑いつつも、「お金を増やす？」と香栄（シャンロン）の言葉を繰り返す。

「ええ。普通は人が死んだら、その人が持っていた財産って、その家族に行くでしょう？」

「はい」

「死んだ人でも、過去に悪いことをしたことが分かったら、その人の財産を全部国が貰うってことにしたらいいんじゃないかなって思うのよ。ほら、家族が悪いことをしてないなら、生活をしていくうえで、お金は必要でしょう？　だから、天涯孤独の悪人が死んだらって、限定だけれど」

——今、私は、お前を殺して財産を貰うと、宣言されているのだろうか……？

一鈴（イーリン）は顔をひきつらせながら、「なるほど」と相槌をうつ。背中を伝う冷や汗が止まらない。香栄（シャンロン）が何を考えているか分からない。いや、分からないのはずっと前からだ。今一鈴（イーリン）が死んだとして、その金を国が使うことに抵抗はない。もちろんないが、その説明を香栄（シャンロン）から受けることには、激しい抵抗がある。思えば、憶宝（おくほう）の間（ま）で真っ赤な絵を見たときも、同じように脅迫された覚えがある。疑っているのなら、警戒心を向けたり、攻撃的な言動を向けたりしてくれる方がむしろありがたい。出会ったばかりのころの廉龍（リーロン）からも同様に疑われ、「命はないと思え」と言われたこともあったが、廉龍（リーロン）のように直接的な表現で脅迫してもらうほうが、これまで数多くの悪人から刃物を向けられてきた自分には、よほどありがたかったのだと実感した。

「一鈴（イーリン）さんはどう思う？」

そして、この真綿で優しく優しく首を絞め、口には一滴ずつ水を垂らすように圧をかけてくる瞳を見ていると、ここが現実であるかさえ曖昧な気がしてくる。

「良いと思います。とても、とても……」

「そう？　ならすすめてもらえるよう、頑張ってみるわ。ありがとう一鈴（イーリン）さん」

なんの礼なのか。一鈴（イーリン）の持つ財産を譲り受けると確信した上での宣戦布告か。先程までうっすらと感じていた義理の母親としての名残は完全にかき消え、ぎこちない食事をしていると、誰かが部屋の窓に立った。香栄（シャンロン）を警戒していたこと、窓の外からは殺意を感じられなかったことで、一鈴（イーリン）が驚きながら目をこらすと、そこにいたのは雨涵（ユーハン）だった。

「お、お、お食事中申し訳ございません！　母后様！　こっ、皇貴妃様に連絡があり参りました！」

半ば混乱状態の雨涵（ユーハン）は、汗をかき、息を乱しながら謝っている。香栄（シャンロン）を見ると、「どうぞ」と、雨涵（ユーハン）を招くでも、一鈴（イーリン）を外に行かせるつもりもなく、手を動かした。どうやら窓越しにさっさと用件を済ませろということらしい。一鈴（イーリン）は慌てて立ち上がり、窓へ駆け寄った。雨涵（ユーハン）の後方からは、へとへとになりながら陣正（ジェンジャン）が走ってきた。

「どうしてここに？」

香栄（シャンロン）の護衛が、みすみす雨涵（ユーハン）を通すとも思えない。周囲を警戒していると、雨涵（ユーハン）は息を整えながら言う。

「あのね、宦官の人に通してもらったの。一鈴（イーリン）に急ぎで伝えたいことがあるからって。最初は止められたんだけど、白い服の……官吏の方が通してくれて」

「何も窓からやってこなくても……それで、伝えたいことって？」

「あのね、躑躅宮（つつじきゅう）で商人さんが、倒れてて……明明（ミンミン）がいなくて……どうやら、明明（ミンミン）が連れ去られたみたいなの！」

「連れ去られた……？」

明明（ミンミン）が連れ去られた。躑躅宮（つつじきゅう）で商人が倒れているならば、強引に連れ去られたということなのだろうか。

いや違う。

姉は岩准（ガオシュン）に情報を流していた。商人が倒れている意味がわからない。

――岩准（ガオシュン）様はね、淑妃明明（ミンミン）が男だということを、知っているのですよ。

――取引をしたんだ。弟を逃してくれたら、私が岩准（ガオシュン）の商品になるって。

商人郭（クオ）の目的は？　姉は一体、何を望んでいる？

一鈴（イーリン）は今までの星星（シンシン）の言葉を思い返す。彼女は、弟を追ってやってきた。雲嵐（ウンラン）のように。

後宮から、弟を出してやりたいと。

後宮から出ることは難しい。死んだふりをして出るか、誰かにすり替わって出るかだ。

……明明（ミンミン）と、星星（シンシン）は双子。弟は姉のふりをして、後宮に入った。

姉は、姉のまま後宮を出る。商人である弟は、後宮にいる必要がなくなる。

「最初から、そのつもりだったのか……」

姉の望みが、岩准を使い自分が犠牲となって弟を商人に戻すことだとしたら、一鈴がなんとかすると申し出ることは、おせっかいに他ならない。

いらないと言うわけだ。一鈴は納得しながら、雨涵に問う。

「岩准の馬車は今どこに？」

「大路を通る以外で、躑躅宮から深華門まで行くには、通っている商用の道が一番ひと目につかないから、そこを使っているとしたらまだ後宮内にいるはずよ」

「分かった」

一鈴は覚悟を決めて母后に振り返る。

「申し訳ございません、あの、本日の食事は――」

「何か、問題ごとかしら？　私のことは気にせず、行ってちょうだい？」

突然の非礼にもかかわらず、香栄は微笑む。一瞬、一鈴は明明について話そうか迷ったが、一鈴はやめて踵を返す。

自分で始末をつけたほうが絶対に早い。

それに、今夜岩准を相手にする。

場合によっては、殺すかもしれない。

言わないほうがいい。

一鈴は、しばし悩んだ後、雨涵に「あれをつかいます」と伝え、蓮花宮を出た。

「追いますか？」

皇帝、母后、そして皇貴妃。三人が介した食事会と同じことを繰り返すように出ていった一鈴。その姿を見送った香栄の護衛が、小さな声で主人に問う。

「いいの。自由にさせてあげて？　手筈どおりだから。完璧すぎて、楽しくなってしまうくらい」

香栄は花巻を指でちぎり、それをゆっくりと食した後、窓の外で一鈴を追うか、ここで留まろうか悩む賢妃を一瞥し、「忙しない子」と、小さく鼻で笑ったあと、「ちょっと」と呼びかけた。

「はいっ！」

「貴女、暇ならここにある食事、少し食べてくれないかしら？　一鈴さんも行ってしまったし、私だけでは食べきれなくて」

「いえっあの、こ、皇貴妃様を、追わなければ――」

「命令よ」

香栄は冷ややかな声で言うが、雨涵は「聞けません」と震え声で言った。その気弱な姿に、追憶が蘇り、わずかに顔が歪む。

「貴女は行ってはだめ。私の話し相手になって頂戴」

香栄が人差し指をさっとふった。すると雨涵、陣正の後ろから香栄の護衛が現れ、雨涵と陣正の肩をささえ、天龍宮の中へといざなっていく。

「……行っても、邪魔になるだろうから」

二人の姿が見えなくなってから、香栄(シャンロン)は箸を置き、卓の前に並ぶ料理を眺めた。

「そろそろ別の方法を考えないといけないわね。三度目は流石に、あの子からも怪しまれるでしょうし」

香栄(シャンロン)はそばにいた護衛に語りかける。

窓の外には、月明かりを隠す厚い雲がうごめいていた。

❀

食事会を飛び出した一鈴(イーリン)は、雨涵(ユーハン)の作った衣装と面で姿を隠し、夜闇に紛れ殿舎の屋根の上をかけていた。今宵は暗夜。人を隠すにふさわしく、また、自分のような人殺しが深淵に紛れることを助けてくれる。簡単に深華門(しんかもん)の門番の目を盗み、さっと後宮から抜け出し緋天城(ひてんじょう)の外壁を風のような速さで駆けていると、確かに雨涵(ユーハン)の言っていた道に、見慣れない馬車が、凄まじい勢いで走り出しているのが視界にうつった。

馬車は五つの荷台をつなぎ合わせたもので、走りながらもその身を左右にがたがたと揺らしている。

「岩准(ガオシュン)の乗りそうな、いかにも悪趣味な馬車だ」

一鈴(イーリン)は一度屋根に飛び上がると、そのまま車両の天井に降り立った。身体を蜘蛛のようになめらかに動かしながら、安々と走行中の馬車の中へ乗り込む。車内にいた護衛に気付かれぬよう近づいていき、簡単に絞め落として周囲を確認する。明明(ミンミン)はいない。売り物らしい絨毯や宝石が木箱に詰められているだけだ。

「一つ一つ脱輪でもさせていくか」

今回、明明(ミンミン)の救出が何よりの優先事項だが、岩准(ガオシュン)が栄えるということは、その分この螺淵(らえん)で悪事が行われるということと同義だ。岩准(ガオシュン)の荷物を山奥に放ったところで文句は言われないだろう。

一鈴(イーリン)の肩に乗っている小白(シャオパイ)が、手癖の悪そうなそぶりを見せた。「馬鹿なことを言うな」と注意してから、一鈴(イーリン)は次の車両に移り、聞こえてきた声に、足を止めた。

「皇帝が凍王(ドンワン)なんて呼ばれているが、岩准(ガオシュン)様も恐ろしいお方だ」

「ああ、村を黒幇(こくはん)に襲わせて、金と男は黒幇(こくはん)に、自分は女を集めて、高く売り飛ばすなんて、まさに狩りだ」

「醜い子供はさっさと殺してしまう岩准(ガオシュン)様は、存外凍王(ドンワン)と気が合うかもしれないな。気に入らぬ人間はさっさと殺してしまうのだろう？　凍王(ドンワン)は」

「しかし凍王(ドンワン)はどうやら――」

子供。

どうやら岩准(ガオシュン)の護衛たちの声だろう。

一鈴(イーリン)の心臓の鼓動が激しさを伴い始める。冷静になって、明明(ミンミン)を救出に向かわなければ。

いつもの任務とは違う。殺すだけではなく明明(ミンミン)を助けなければいけない。

落ち着かなければ。

向かいの車両には、どうやら男たちが複数いるらしい。走行中の馬車の中だからか、気配がたくさんある気がして、上手く察知が出来ない。様子をうかがうために、一鈴(イーリン)は気配を殺しながら、男たちの声がする車両の窓帘(カーテン)を少しだけ開き、視界に映った光景に、絶句する。

改造され、通常よりも大きくなった馬車の中、岩准（ガオシュン）の護衛らしき男が、五人立っている。別に人数は問題ない。しかし車内の壁や床には、もう時間が経ち、何ヶ月と経ったような血の跡が染み付いている。

拭いきれない、暴力と悲しみの形跡だった。

岩准（ガオシュン）は人間を売り買いしていることは、承知の上だ。襲撃して、美術品を強奪することもしている。分かっていることだった。

なのに、じりじりと喉の奥が焼かれるような錯覚がして、つま先から頭の先まで、炙られる如く熱くなる。耳鳴りがして、忌々しい鈴の音が頭に響く。

こんなこと許されて良いはずがない。

一鈴（イーリン）が、拳を握りしめたその時だった。

「お前、そこで何をしてる」

護衛の一人が、一鈴（イーリン）の肩を掴んだ。反射的に一鈴（イーリン）は男を投げ飛ばす。広い馬車の壁に、男が叩きつけられた。話し込んでいた男たちが、一斉に一鈴（イーリン）の方を見る。男たちはすぐに鞘から短剣を引き抜き、一鈴（イーリン）に向かって構えながら接近してきた。

一鈴（イーリン）は、一度ふらりと揺らめくと、大男のそばに飛び上がる。そのまま思い切り、男の顎へ足を打ち込み骨を砕く感触に、一鈴（イーリン）は自分を取り戻すような感慨を覚える。

ああ、もうこれは必要ないか。

一鈴（イーリン）は面を外した。顔を見られたところでなんともない。

どうせ、生きては帰さないのだから。

「貴様一体何者だっ」

四人になった男たちが一鈴(イーリン)を囲んだ。

一鈴(獣)は、襲いかかろうとする四人の獲物を視界に捉えた。みな滑稽で醜い。

かつて見たあの神々しい少年と、本当に同じ種族なのか疑わしい。

「私はお前たちの、同族だよ」

✿

岩准(ガオシュン)は、威士忌酒(蒸留酒)をあおっていた。

緋天城(ひてんじょう)内は広く、そして元々の地盤が隆起している土地柄ゆえか、景色が素晴らしい。

螺淵(らえん)から北国、豪雪地帯の技工士に出資し、轅と鵄尾で五つの馬車を繋いだ特注のものだ。五両編成からなる馬車がよく映える。深華門(しんかもん)を守る衛尉たちは一新されたが、緋天城(ひてんじょう)の外門は、まだまだ総龍帝(そうりゅうてい)の時代が色濃い兵士が多く、岩准(ガオシュン)が運ばせている品物を、見過ごしてくれた。金も詰んだし、結局、皇帝や他人に危険が降りかからなければいいのだろう。

晴龍帝(せいりゅうてい)の代により、商いが厳しくなった今、もう螺淵(らえん)には用がない。

だからこそ、螺淵(らえん)での最後の仕入れとして、後宮を破り妃を連れて行くという、強硬手段に出た。

項明明(シァンミンミン)――素晴らしい商品になる。

凍王(ドンワン)の寵愛を受けていた妃ともなれば、引く手あまただ。このまま螺淵(らえん)で先細りの商売を強いられるよりずっといい。

　ふっと鼻で笑いながら、馬車の窗帘（カーテン）を少しだけ開く。中には宝石、金像、織物と、あらゆる高価な装飾品と美術品が所狭しと並んでいる。そして馬車の最奥に、項明明（シァンミンミン）がいる。

　そんな五連編成からなる馬車を引くのは、普通の馬では到底出来ない。筋肉を増強させる薬を餌に混ぜ、痛みで足を止めないように麻痺薬を身体に塗ってある。薬の影響で普通の馬よりずっと早く死ぬが、餌と塗り薬で代えはいくらでも作れるため問題視する必要はない。馬が足りなくなれば買えば良い。買えなくなれば下々の人間に銅貨を握らせ、盗ませてくれれば良い。人が大切に育てた馬のほうが、長持ちする。

　血走った瞳で息も絶え絶えになりながら、それでも素早い走りを魅せてくれる馬にほくそ笑み、岩准（ガオシュン）は馬車の窓から月を見上げた。螺淵（らえん）で見るであろう、最後の月だ。

　しばらく月の洗礼を浴びた後、酔いも回ってきた岩准（ガオシュン）は、女でも抱くかと一列目の馬車から二列目の馬車にうつる。危なげな足取りで接合部を綱渡りのように渡るが、落ちはしない。いつだって、自分の人生はこうだった。危ない橋を渡っても渡っても、転びはしない。誰も渡ったことのない土地を踏み、そこで富を得る。金は自信になる。自信があれば挑戦ができる。挑戦無くして富は得られない。自分は、自分にしか出来ないことをやっている。だからその分、儲けることが出来るし、いい女が抱ける。

　だからこそ売り物は、正しく扱わなければいけない。

化粧をする。稀にぼろぼろにしたまま売り、同情をひこうとする商人がいるが、そんなやつは三流だ。どんなに身汚い奴隷でも、きちんと食事をさせ適切な重さにして、化粧をし髪を整えれば、商品になる。たまに思わぬ化け方をする奴隷もいて、そういう瞬間に立ち会うと、やりがいを感じる。段々じっとしていることに飽きてきた、岩准（ガオシュン）は、品物の質を確認するために、一列目、二列目と、揺れる馬車を器用に渡り始めた。

そして、五列目で窓を睨む明明（ミンミン）の元へ向かう。

やはり美しい。高く売れるだろう。しかし売りどきもきちんと見分けなければならない。果物の収穫のように、見誤れば腐物に頭を悩ませ損をする。

「お前も難儀な女だな。後宮入りの生贄になるために項（シアン）家にもらわれて、弟がせっかく妃になるのを肩代わりしてくれたっていうのに、わざわざ弟を殴って自分が妃として俺に買われようとするなんて」

岩准（ガオシュン）は明明（ミンミン）の髪をひと束撫でる。

「……」

項明明（シアンミンミン）は返事をしない。

「家族って、そんなに大切なものか？　金や命より」

岩准（ガオシュン）は揶揄する気もなく、純粋に問う。

わざわざ姉のために後宮入りした弟も、その弟を助けるために商人となり、自分に近づいてきて、こんなに回りくどい手段を使った姉も、理解できなかった。

貧しい暮らしは、嫌なものだ。貧しければ食うに困る。病になっても薬に困る。

生きていることすらままならない。働いても、沼の底に足を取られているかのように、どうにもならない。負の連鎖が永遠と続く。誰にも優しくできなくなる。清貧なんてありえない。貧しさは人から全てを奪っていく。

金を得て岩准（ガオシュン）が変わったと言うものがいた。しかし、それは違うと、岩准（ガオシュン）は思う。死と隣り合わせの、今ですら考えただけで死にたくなるほどの絶望的な貧しさを味わい、自分は変わったのだ。

変わったあと、運良く金を得ただけの話。

金がないことで人の心が変わる。金があることで変わるのは身体の健やかさだ。

金持ちは性格が悪いなんて、所詮戯言。生まれつき金を握っているのは一握り、貧しさや苦しみを味わい、絶望を前にして狂いだした末に金を手にした人間のほうが多いから、そう見えているだけだ。

そして自分は、もう二度とあの絶望を味わうことはない。

岩准（ガオシュン）は明明（ミンミン）を眺め確信する。

凍王（ドンワン）が寵愛していたという部分も箔がつく。それに、恐ろしい凍王（ドンワン）はまだ黎涅（リンイエ）にいない。視察中だ。

「お前は美しい。うんといい飼い主に買ってもらえるだろう。晴龍帝（せいりゅうてい）よりずっと優しい。あんなに残酷な人間はいないからな。父親譲りの冷血が流れてる。あんな奴はそういない。誰に買われても、後宮にいたときより幸せだ」

「父親譲りの、冷血――?」

岩准（ガオシュン）の言葉に、明明（ミンミン）が眉をひそめる。その瞬間、馬車の車体ががたりと揺れた。

「ったく、酒でも飲んでるんじゃないだろうな……?」

いつも使ってる御者だが、替え時かもしれない。頭をがりがりと掻きながら、明明（ミンミン）に背を向け馬車の先頭に戻ろうとすると、違和感を覚えた。

　なにか危険なものが迫っているような……いや、乗り込んだか。

「おい、止めろ！」

　岩准は馬車の後ろから声を張り上げる。御者は無事だったようで、馬車は何事もなく止まった。並走していた馬車に合図を送り、護衛たちに出てもらう。元士官や盗賊、岩准が実力だけを見て雇った者たちだ。

「なにかが乗り込んでる。見つけたらそのまま殺していい。ただし、商品は傷つけるな」

　岩准の命令に、男たちが動き出す。皆背が高く、鍛え上げた腕は木の幹のように太い。ただの物取り程度なら、容易く捻り潰すだろう。護衛に任せ、岩准は馬車から下りた。

　岩准に命じられた護衛たちは、岩准を見送りながらも松明と剣を手に車体を囲んだ。もともと岩准はその富ゆえに、同業のみならず黒幇や一部の貴族からも狙われる存在だ。岩准こそが財宝の鍵と呼ばれており、そんな岩准とともに仕事をすることは、簡単ではない。それに、護衛をしながら仕事を手伝ってもらうほうが効率がいいと、護衛たちは皆、岩准の手伝いを行っている。後ろ暗いことも随分としてきたが、そのぶん報酬は弾んでいる。ただの黒幇の用心棒や、兵士として働くよりずっと生活は豊かになった。始めこそ女子供を攫い、その付属物を殺すことに抵抗はあれど、慣れた。今では、人間が金に見える。殺せば殺すほど儲かる。こんなにいいことはない。

　それが護衛の中で共通した思いだ。

「ここにはいないようだ」

「木の枝か岩にぶつかったか、何か轢いたんじゃないか？」

「警戒を怠るな。罠という可能性もある」

屈強な護衛たちは、周りを確認しながら馬車の点検を行う。しかし、一人が「おかしい」と首をかしげた。

「なんでここに六人しかいないんだ。二人の護衛はどうした？　赤と青の襟巻きの」

「岩准（ガオシュン）様の護衛に行ったんじゃないか？」

「岩准（ガオシュン）様の護衛についたのは、五人だ。その二人じゃないだろ」

「岩准（ガオシュン）様についているのは、五人、車体の確認をしているのは十人で――」

護衛たちは、周囲を確認する。しかし周りにいるのは六人だ。あとの四人はどうしたのか。まさか岩准（ガオシュン）のほうへついていってしまったのか。

「待て、一旦集ま――」

ひゅうっとぬるい風が吹き、人を集めようとしていた護衛が黙った。すぐあとに、大きなものがどんと倒れる音がする。何事かと松明を向ければ、血だまりがあった。そばには、先程までみなを集めようとしていた護衛が倒れている。駆け寄ろうとして、護衛たちは足を止めた。松明に照らされた暗がりから浮かび上がるようにして、凪いだ瞳の女が立っている。黒い衣を着ている。その黒が、元々の布の色なのか、護衛たちには分からない。女は気怠げに自分の手のひらを眺めている。その手からは血が滴っているが、女は痛がりもしない。それどころか、笑ってみせた。

相手は、取るに足らない細い女だ。怖がることはないのに、誰も近づけない。

「お前は――」

誰かが、口を開いた瞬間、ざぁっと突風が吹く。甘く立ちのぼるような菊の香りがしたあと、すぐに口の中に鉄と生臭さが広がった。

息ができない。身体に激痛が走り、男たちは次々崩れ落ちていく。

十人いたはずの護衛は、全員床に倒れ伏していた。何が起きたか分からず、酸素も取り込めず、痛みに悶えながら、男たちは月を背に自分たちを見下ろす女をうかがう。

女は、感情の欠片も感じない、無感動な瞳で立つ。その黒い瞳は、どんなものより淀み、深い闇を孕んでいた。


近くの茂みで月を眺めながら煙管を取り出し、一服を始めた岩准（ガオシュン）は、今宵の月の神秘的な美しさに、心奪われていた。

きらきらと薄白く輝く満月の、なんと美しいことか。物音一つしないから、よりその美しさを堪能できる。

「そういえば、今年はもう、月の宴は開かれないのか」

月の宴は、池に酒を並々と注いで楽しむ催しだ。一部の者しか話すことすら許されない高い妓女を呼び、乱れる夢のような場だが、今年主催が殺されたことで参加は望めなくなった。

ならば自分で開いてしまおうか。参加費で設けられるか。それまで女を美しいままに保管しておく金を踏まえても、十分元が取れるだろうか。月の宴は儲けなんて考えぬものだったが、池と酒の管理も難しそうだ。煙を吸いながら思案して、今は月を愉しむべきかと、岩准は月を愛おしむ。

「いい月だ。いい女を抱くにふさわしい」

「確かに、悪人の血で彩ったら、もっといい月になりそうだなぁ」

それまでの静寂を切り裂くが如く、落ち着いた女の声が耳元をかすめた。

やけに凍てついた声で、人から発されたものとも思えず、幽鬼の類かと、一瞬ありえぬ想像をしてしまった。

そして、自分が先程見過ごしてしまった違和感に気づく。

物音一つしない——何故だ。

岩准は馬車のほうへ振り返ろうとした。それと同時に手元の煙管がなにかに弾かれ——真っ二つに砕けていく。目の前に立っていたのは、華奢な男か普通の女か、判断は出来なかった。

「なっ——⁉　お前、賊か？　お、おい、来てくれ」

「誰も来ない」

「は？」

「お前の盾は、私が全部壊した」

目の前の人像は言うだけで近づいてこない。こちらに殺す気はないのか。好機だと岩准は手にしていた煙草を人像に投げつけ、馬車に駆け戻る。

「おい、助けてくれ！」

しかし、誰からも返事がない。舌打ちをして馬車の先頭へ向かうと、御者が倒れていた。息はない。

馬車の周りには、岩准（ガオシュン）が雇った護衛が何人も倒れていた。渡していた質の良い剣は折られ、抵抗の痕が見受けられる。

全員、息がない。

屈強な元兵士に国外で著名な黒幇（こくはん）の用心棒を雇っていた。

なのに、音もせずあの人像は、岩准（ガオシュン）が目を離したと同時に、そんな人間たちを殺してしまったというのか。

ありえない。

ありえるはずがない。

そんな強さを持つ人間なんて、螺淵（らえん）では夜菊（よぎく）しか——、

「確認は済んだか?」

岩准（ガオシュン）が人像の正体に思い至るのと、同時に、真後ろであざ笑う声がした。

「お前……お前は、まさか……夜菊（よぎく）……なのか……」

夜菊（よぎく）しか、いない。こんなにも簡単に、一人で殺戮を行える化け物は。

問いかけてきた悪魔の囁きは、岩准（ガオシュン）の言葉を肯定するように、「ああ」と頷いた。

「私がここに何をしに来たか、分かるか」

「……分かるさ、わたしを、殺しに来たんだろう」

尋ねられた岩准（ガオシュン）は、ゆっくりと振り返る。月明かりを背にしたその人像の顔はよく見えない。

人の形をしている。言葉を話している。人間の声だ。しかし暗闇から響くその声は、温度も感情もなく、鈴かなにかを無機質に鳴らしているようで、ぞくりと背筋が凍える。

しかし、それと同時に、奇妙な高揚感を抱いていた。

「夜菊。私はその噂を聞くたびに、お前を雇いたいと思っていたんだ。お前は、いくらで雇われているんだ。裏に、お前に命じている者がいるのだろう？　その者からいくらもらっているか分からないが、必ずその倍は出してやる」

岩准は夜菊が現れた報せを聞くたびに、夜菊の裏で采配を振るう人物について感じていた。

方々で悪人を始末する夜菊だが、黒幇の内情のほか、緋天城の政にまつわる人間も多く殺している。皆悪しきことをしていたことに変わりはないが、たとえそうであったとしても、情報を集める速度と、殺しに行くまでの時間の辻褄が合わないのだ。特に、高官殺しに関しては、宰相とも縁深い岩准ですら知らぬことだった。そうした情報を得る立場――たとえば同じ高官など役人ならば、夜菊のように身軽にどこへでも行くことは出来ない。足がつく。そのため岩准は、夜菊が緋天城の中の人間――総龍帝が雇った刺客もしくは、緋天城と繋がりがある人間が雇った刺客だと思っていた。

「どうだ夜菊。悪い話ではないだろう」

この窮地は、好機に違いない。これまでだって何度も危ない橋を渡ってきたのだ。今回だって大丈夫だ。自分は神が気まぐれに与える困難を、金に代えてやる。

岩准は意気込むが、夜菊は首を横に振った。

「金なんていらない」

「なんだと……なら、ほ、ほしいものは、なんでも用意する、だから、」

「私がほしいのは、綺麗な世界。だからお前は、死んでくれ」

岩准（ガオシュン）の視界に、紅の花が散る。

自分の血か、幻か。理解する頃には、重い体が地面に張り付いた。護衛の一人でも、助けに来てはくれないか。金ならあるのに。もっともっと稼いで、いい暮らしがしたい。いい女を抱きたい。

そのためには、何を犠牲にしても構わない。

結局最後に嗤うのは自分なのだから。

もっともっと、自分は高みを——岩准（ガオシュン）は、輝く月へ手を伸ばす。しかし、遥か高く、地面からはずっと遠いところにある光は、掴めそうもなかった。

「小白（シャオパイ）、行くぞ」

昏倒した岩准（ガオシュン）を見下ろす一鈴（イーリン）は、かっと目を見開く岩准（ガオシュン）の瞼を押して閉じさせると、煌々と輝く月を一瞥し面をつけて馬車に戻る。

——元気だして。

小白（シャオパイ）は一鈴（イーリン）を励ますように前足を動かした。

「別に、いつもどおりだよ」

「しう……?」

小白（シャオパイ）は怪訝な顔をする。頭を撫でてから、倒した護衛たちをまたいで馬車にのり、中で縮こまっていた女たちの縄を解く。醜く繋がれた馬車の最後尾の扉を開くと、中にいたのは姉のふりをする弟——

——のふりをした姉がいた。

本人が本人にすり替わる。複雑で面倒なことをした女に、一鈴（イーリン）は手を差し伸べる。

「元気そうで良かった」

しかし、姉は一鈴（イーリン）の手を取らず、静かに一鈴（イーリン）を見据えた。その視線は、まるで岩准（ガオシュン）のもとから救われることを、望んでいなかったような、凪いだ眼差しだ。

「助けてなんて、言ってない」

「……」

「君は、後宮の中を整える人間で、弟の頼みを聞いてくれた優しいひとだ。でも、私は……私と弟は、その優しさには救われない」

捨て置くように、姉は言う。一鈴（イーリン）は、「奴隷として、売られても」と、返す。すぐに「ああ」と帰ってきた。

「私は、岩准（ガオシュン）の嫁になっても、一生他国の人間に、売り飛ばされても良かったんだ。そのほうが——きっと幸せだ」

他国の人間に売り飛ばされても構わない。

一鈴（イーリン）は耳を疑った。奴隷として売られたいなんて、おかしい。自分から苦しみの道を望むなんて異常なことだ。罪人でもないのに。

「——私は狂ってるから」

姉は言う。

一鈴はこれまで、目の前の姉が遠くの弟に向ける眼差しを、見てきた。ただ見ているだけとは、とても言い難い視線だ。殺意すら感じられた。

「弟には、幸せになってもらわなくちゃいけない。誰よりも、私の手の届かない場所に行ってもらわなきゃいけない」

「それと、お前が岩准の嫁になることと、どう繋がるんだ」

「繋がるさ。淑妃明明は、後宮を出なければいけなかったのだから。弟には幸せになってもらいたい。幸せな結婚をしてもらいたい。なのに後宮には、ろくな女がいない。忠誠も徳もない、へらへらした商人にうつつを抜かす馬鹿ばかり。しかも、女は皇帝のものだ。女官や宮女は皇帝の異母弟に秋波を送っているし、四花妃だって、政に幅を効かせ、絶対的な権力を持つとはいえ、夫と死別している全結華に、宰相の娘で能力はあれど、性格が伴わない柳若溪、柳若溪ほどの邪悪さないが無神経で、家が没落して貧しい罗雨涵、一番まともそうな皇貴妃様は、結局皇帝のお気に入りだ」

自分は皇帝のお気に入りではない。しかし、後ろ盾がないなかで後宮最上位の皇貴妃という位を授かった身の上から、明明は判断したのだろう。一鈴は、明明の言葉を遮ることをしなかった。

「早く交代してもらいたい。自分と。皇貴妃様が弟の正体を知って、それでも味方してくれて、信用できると思ったたし、皇貴妃様に協力してもらえば、すぐ弟と交代できると思った」

「なら、どうして——今まで交代しなかったんだ。こんなことになるまで……」

明明と星星を、明明と星星に代えないことに。

わざわざ北摘（ベイチャイ）に向かって、縁談を破談にさせるような姉のことだ。弟が後宮の中で、死と隣り合わせでいる状況を許すというのは、矛盾している気がした。今日星星（シンシン）は、持ち込んだ秘薬で弟を眠らせ、無理やり交代したようだが、薬を持っていたのに使わなかった理由は、いったい何故なのか。

一鈴（イーリン）は目の前に立つ姉を見つめる。その瞳は落ち着いていて、冷静に一鈴（イーリン）を見返した。

「好きだからだよ。弟のことが、ひとりの男として」

ひとりの、男。

家族としてではない、恋を孕んだ愛としてということなのか。

一鈴（イーリン）は驚いて目を見開いてしまう。すぐに姉が、自嘲気味に笑った。

「受け入れられないことは分かってるよ。私だって、自分の気持ちと、折り合いがつけられずにいるんだ」

「折り合い？」

「あの子には、私の手の届かないところで幸せになってほしい。でも、どこにも行かないで、私のそばにいてほしい。あの子は陛下と仲がいい。陛下は、噂に聞くような極悪人でもなさそうだ。私が妃になって、あの子が後宮を出て、あの子が商人として大成して、誰かと幸せになる。私はそれを見ることも叶わない。許されない。だから傷ついてほしい。あの子が、私の幸せの犠牲の上で立っていることを、あの子自身が自覚して、一生傷ついてほしい。傷ついて苦しんで苦しんで、ずっと私の事を覚えていてほしい。そうじゃないのなら」

――死んで欲しい。

井戸の底を思わせる昏い瞳で、姉は言う。

「後宮には皇貴妃様がいる。陛下も協力してくれている。しばらくはこのままがいいんじゃないか。焦って弟を出してしまうのは、逆に弟を危険に晒すことになるんじゃないか。沢山、沢山理由を作って自分に言い訳をしながら、弟を見ていたんだよ。私は」

「でも、結局入れ替わったじゃないか」

姉として、弟を救おうとしたじゃないか。それでも。

しかし言葉を紡ぐ前に、姉が首を横にふった。

「私は弟が生きている限り、私が生きている限り、私は一生弟を欲し続けるよ。でも、弟を傷つけたくない。でも、私のそばにいないなら死んでほしいんだよ。弟に近づく人間は全員、消えていなくなって欲しい……そう考える自分が嫌いだ。嫌いだという感情が、まだ残ってる。でも、岩准(ガオシュン)の嫁になって、どこかの国の奴隷になった私を思い出して、一生傷ついていてほしい」

悲鳴のようだった。想いを口にすることで、泣き叫ぶのを耐えていると感じられた。間髪入れることなく、姉は話を続ける。

「だから、頼むよ皇貴妃様」

姉は気怠げに立ち上がると、自分の衣を自ら破った。まるで、争い襲われたと、見せかけるように。

「淑妃、項明明(シアンミンミン)は死んだことにする。協力してくれないか」

姉は一鈴(イーリン)を見据える。本気だと、肌で感じた。

「どういう意味だ」

「入れ替わらずとも、項明明の死体が出れば、項明明が後宮にいることはできなくなる。弟を商人にして、抑えてよ」

「そんなこと、私が引き受けると思っているのですか」

「引き受けざるをえなくなるさ」

そう言って、項明明は宝物箱から見つけていた小刀を手にし、自分の首めがけて一気に引き抜いた。

❁

道化師はずっと、自分が底なしの淵へ堕ちたきっかけが、思い出せないままだった。

幼い頃に母が後宮に入ったことで、道化師は女と会う機会が少なかった。父の行商に付き添い目にするのは、男ばかり。父は女相手にも商売をしていたが、機会で言えば圧倒的に少ない。たまに女の商人が顔を出すこともあったが、なんとなく世俗の女の印象とは少し違っていた。

鏡で自分の顔を見ても、なんとも思わない。けれど、弟を見ると胸の奥が、きゅっと切なくなる。その瞬間が何度も、何度も、何度もあった。小さかったその切なさが、重なるように大きくなって、いつしか自分でも抱えきれない、手のつけられない衝動に変わっていた。

血の繋がった、弟が好きだった。許されないことは分かっていた。ずっと隠し通すつもりで、自覚したときから毎日毎日、その思いを殺そうと必死だった。その一方で、独占欲は膨らむばかり。落とし所も見つけられず、恋の話を耳にする度、有りえぬ未来を夢見る自分が嫌だった。

弟には幸せになって欲しい。

姉として。

大義名分を振りかざし、汚い言葉を他の女に浴びせかけたことだって何度もある。姉という立場は、弟を他の女から引き離すためには有効だった。

しかしその効力は、いつか切れる。その瞬間に、自分は弟に何をするのだろう。

弟を自分から守ろうとするのが「自分」なのか、弟を闇雲に欲するのが「自分」なのか、道化師には判断がつかなかった。

だから、救われた気持ちがしていたのだ。

弟から離れることが辛い。胸が痛むうちは、一緒にいられない。

後宮は入ったら最後、よほどのことがない限り、前の暮らしには戻れない。外遊の同行をすることもあれど、位持ちの妃は政（まつりごと）を知りすぎてしまう。生きて帰ることは出来ない。

後宮は、姉が弟を好きになってしまった罪を償うための牢だった。

黎涅（リンイエ）へ出立する前夜、姉は弟に酒に誘われた。苹果（りんご）を詰めた瓶に白酒をそそぎ、何年も熟成させた銘酒だった。二人で酒を飲み交わし、月を見上げ、「行ってくる」「分かった」と、言葉を交わし、眠りにつき夜が明けると——夕方になっていた。弟は、姉のふりをして後宮に向かった。丁寧に、家屋の馬車も荷車の車輪も、破壊されていた。ならば馬に直接乗って行こうとしたが、そもそも間に合わない。

すべてが手遅れだった。

それから、死ぬ思いで姉は後宮に入る手段を探していたが、それからまもなくして、父親が死んだ。

病気だったのだ。姉は父の知り合いで、商人の家に引き取られることとなり、そこで男のふりを――弟のふりをして、後宮で商いをするようになった。

　弟を、守るために。

　弟を、縛るために。

　自分は今、結局どちらを選んでいるのだろう。想いながら、道化師は自分の首に刃を突き立てようとする。しかし、強い力で、腕を掴まれた。

❀

「協力できるか、そんなこと」

　一鈴(イーリン)は、自分の首に刃を向けた姉の腕を掴んだ。折れてもいい、折っても構わない。全力で腕を握り、刃から引き離そうとした。

「協力できるか！　して、たまるか！」

　そうして、今度は自分に言い聞かせるように叫んだ。

　――お前は逃げているだけだ。

　聞いた当初受け入れ難かった廉龍(リーロン)の言葉が、蘇る。

　助けは必要ないという訴えを、かき消すように。

「結果はどうであれ、お前は岩准(ガオシュン)の嫁になることを選んだじゃないか。それが全てだ。私は、色恋を知らない。そもそも恋に身を落とす資格はない。でも、お前だけが消えていなくなるべきだとも思えない。お前が身勝手な恋をしているのなら。勝手にしろ。私もこうして、勝手にする」

これまで、邪悪な存在をその場で見続けてきた。その都度殺してきた。それに比べれば、お前はちっぽけな存在だ。そう言っても、きっと目の前の嘘吐きは納得しない。

悪に手を染めた人間は死ぬべきだが、そうではない人間は生きているべきだ。その考えも、一鈴の思いを押し付けることになる。そして、陣正を見て、その考えはずっと揺らいでいる。

一鈴は、人が悪しき道に到達する一線は、とても遠いものだと感じていた。歩いて歩いて、選ばぬともいいのに、人間の心の弱さで、超えてしまうのだと。

しかし、陣正を見て、実はその線がとても近くにあり、いつでも人はその線を歩いている気がしてきた。

そしてたとえ悪しきことをしても、償いの気持ちがあれば、やり直せるのではないかという可能性も。その一方で、岩准は、一鈴や譜たちを生み出した存在は、死ぬべきだと思っている。

ままならない。分からない。混迷の中でもがくようになりながら、一鈴は姉を見据える。

「お前は本当に死ななくてはならない人間なのか……」

「皇貴妃様……」

「……お前が幸せになる方法を、少しは考えたらどうだ。お前は弟の幸せを考えて、弟がどうだと、そればかりだ。一生誰かを想い続けることが出来ることは、悪しきことではない。弟のためにお前は商人になってまで後宮入りしたんだ。男と性別まで偽って。覚悟を決めろ。それだけ苦悩して、死にたくなるほど辛い時間を過ごしたならば、絶対にいい答えに巡りつくだろう」

――それに。

一鈴（イーリン）は、一度手のひらを握りしめてから、目の前の姉を見据える。

「私が後宮にいる間は、お前も、明明（ミンミン）も殺させない。だから、自分から死のうとするな。逃げるな。私も、逃げないから」

亜梦（ヤーモン）について、思うところがあった。ああやって何かが起きた後に暴くのではなく、その前に止められていたらと、強く思う。たとえ、後宮入の時期によって、絶対叶わぬことだったとしても。

でも今は、間に合う。

凶行を止めることが出来る、唯一の機会なのではないか。

一鈴（イーリン）は姉の腕を掴む手を強める。

やがて、兵士たちがこちらに向かうような声が聞こえてきた。

「私は善人じゃない。お前の望む優しさは、与えられない」

一鈴（イーリン）はそう言うと、郭（クオ）に手をかけ、その意識だけを失わせる。かつて弟を運んだときと同じように抱えた。

さて、このまま後宮に戻るか。それとも緋天城（ひてんじょう）の前辺りに転がしておくべきか……。

しかし自死を試みられても困る。

一鈴（イーリン）が思案していると、小白（シャオパイ）がつんつんと一鈴（イーリン）の足元をつついてきた。一体何だと視線を向ければ、岩准（ガオシュン）や護衛たちがもともと倒れていたところを差している。

「なんだ小白（シャオパイ）、菓子でも落ちてたのか？　拾い食いはするなって何度も――は？」

一鈴（イーリン）は目の前の光景に絶句した。岩准（ガオシュン）や護衛が倒れているところに、紅菊が落ちている。

「な、なんで菊の花が？」

小白（シャオバイ）はしたり顔をしている。

「なんてことをするんだ小白（シャオバイ）……！　確かに最近菓子を控えるように言っていたが、こんな報復をしなくても……」

一鈴（イーリン）は慌てて紅菊を拾おうとして、動きを止めた。

何やら松明を持った人影が、遠くから揺らめいて近づいてくる。しかし、ろくでもない役人と同じくらい、この場にやってきてほしくない相手で、一鈴（イーリン）はぐっと喉の奥が詰まった感覚がした。

「夜菊（よぎく）か」

一鈴（イーリン）は振り向いた。後ろに、廉龍（リーロン）がいる。

「久しぶりだな」

友人のような、親が子に言うような声音に、戸惑う。

会ったことがない。それとも自分の正体が知られているのか、一鈴（イーリン）は一歩も動けなくなる。

一鈴（イーリン）が振り向くと廉龍（リーロン）はとても優しそうな、穏やかな顔で立っていた。

「その女を……助けてくれたのか」

「では、殺すのか」

世間話をするように廉龍（リーロン）は問いかけてくる。一鈴（イーリン）はすぐ首を横に振った。

「会えるとは思ってなかった。岩准（ガオシュン）を殺しに来たのか」

「悪いが、その女は後宮の妃なんだ。お前に殺す気がないのなら、こちらで預かる」

自死を図ろうとするから、丁重に扱ってほしい。そう伝えたいところだが、声を発したら知られてしまいそうで、一鈴（イーリン）は明明（ミンミン）を地面に転がした。

「ありがとう。夜菊（よぎく）」

いつもの冷え切った声と異なり、なだらかな礼を伝えられ一鈴（イーリン）は戸惑った。また首を横にふる。

「ちゃんと食べてるか」

なんでそんなことを聞くんだ。疑問で頭がいっぱいになりながらも、一鈴（イーリン）は頷く。

「良かった。こっちは……まぁ、うまくはいっている。後宮内に、刺客らしい人間が入ってきてはいるが、お前との約束は果たすつもりだから、安心してほしい」

約束――？

晴龍帝（せいりゅうてい）と約束なんてしたつもりはない。

立ち尽くす一鈴（イーリン）を前に、廉龍（リーロン）は壊れ物を扱うように菊の花びらを手にした。

「そろそろ行ったほうがいい。兵士が来る」

そして、あろうことか一鈴（イーリン）に退却するようすすめてくる。

一鈴（イーリン）は頷き、その場を立ち去る。

「また会えるのを、楽しみにしてる」

背中に優しい声がかかり、足を止めることはせずとも違和感を覚えた。

先程の、晴龍帝（せいりゅうてい）の声。

自分を夜菊と知りながらも、刺客の来訪に恐れるわけでも、敵意を示したわけでもない。

まるで、ほっと安心の息をつくかのような声音だった。

相手は、邪悪を尽くす刺客のはずなのに。

一鈴は、廉龍の真意が見えぬまま、後宮に戻った。


後宮に戻ると、一鈴は深華門のすぐそばまで来ていた雨涵と茂みで落ち合い、雨涵から借りていた衣装と面をすぐに取り払った。まとめて布で包んでいると、後から商人の装いをした弟が走ってきた。

「姉さんは！」

「晴龍帝に渡した」

一鈴は言う。それと同時に、深華門が開き、馬で戻ってきた廉龍が明明を抱えてきた。

危なかった。少しでも到着が遅れていたら、後に夜菊だと怪しまれるきっかけになってしまう。

弟は、晴龍帝のそばに駆け寄る。

「陛下に不敬だぞ！」

深華門の兵士は弟を止めようとするが、廉龍が冷ややかな目で制止した。

「やめろ」

「しかし――」

「岩准を招き入れておいて、今更、仕事を全うするような顔をするな」

廉龍は馬から降りると、明明を地面に寝かした。そして鞘に入れたままの環首刀を手に取り、深華門を警備していた兵士たちを素早く打ってしまった。兵士たちは倒れ、死にはしないまでも、意識を失っている。

「くだらない。腐ってる」

吐き捨てるように兵士を見下ろす姿は、先程夜菊に向けていた眼差しや、陣正、奏文に向けていたものとも全く異なり、どこまでも冷酷で、物を見るようだった。

「おい」

やがて廉龍は、立ち尽くしていた一鈴を見る。

「私は岩准の死体を検めに行く。万宗にそう言っておけ。それと、淑妃の後始末をしておけ」

「始末とは」

「見ておけ。躑躅宮に戻せ。どちらにするかは……好きにさせろ」

「……え」

廉龍は、本当の姉弟が、今後どうするかも、自由にする……と言いたいのだろうか。

「陛下」

「煩い」

廉龍は手短に返事をし、馬にまたがるとそのまま深華門を出てしまった。

「姉さん！」

後ろで声が響く。

廉龍に打たれたことで、兵士は誰もいない。制止する存在のない弟は姉に向かい、そのまま抱きしめた。

「無事で良かった……！」

弟は、涙を流しながら姉を抱きしめた。やがて、姉が目を覚ます。

「星星（シンシン）……」

姉はうっすらと、瞳を開けた。

「僕を一人にしないでよ。もうどこにも行かないで……」

弟は姉を必死に抱きしめている。

「僕は姉さんの為なら、どうなったっていいんだ。姉さんの為なら、なんでもしたい。何を捨てたって良いんだよ。だから、犠牲になろうとなんてしないでよ……！」

「そんな、そんなふうに思ってほしくなんかない。私は、お前に幸せになってもらわないと……」

「姉さんが犠牲になる幸せなんて、欲しくないよ。姉さんが幸せじゃなきゃ、僕は一生、幸せになんてなれない……！」

「星星（シンシン）……」

本当の项明明（シァンミンミン）は、弟の星星（シンシン）を前に涙ぐむ。一方的に星星（シンシン）に抱きしめられていた身体は、おそるおそる片割れの背中に手を回す。

「もう絶対、こんなことしないで」

弟が、強く、強く訴える。姉の瞳から、すっと涙が流れた。

「……分かった」

その一言は、一鈴（イーリン）が今まで聞いた商人の言葉のどれよりも、真実の音がこもっていた。

豪商岩准（ガオシュン）が淑妃明明（ミンミン）を強引に攫おうとしたところ、「夜菊（よぎく）」が現れ、葬られた報せは、またたく間に後宮に広がった。それと同時に、いわば身内向けの域を出ていなかった岩准（ガオシュン）のそれまでの悪行が、一気に明るみに出た。

裏で人を攫い売り買いしていたことも、襲撃をして美術品を仕入れていたことも、何もかもだ。

民の認識では、夜菊（よぎく）は闇に潜み静かに獲物を屠る。しかし此度は緋天城（ひてんじょう）の中で、それも豪商岩准（ガオシュン）の馬車を襲撃するという今までにない行動をした。夜菊（よぎく）に対して、世間は、岩准（ガオシュン）のあまりの非道ぶりに対する怒りだ、晴龍帝（せいりゅうてい）に対しての警告だと政を踏まえ説う者など、様々だった。

ただし、多様な説を唱える者たちが共通して言うことは、夜菊（よぎく）が宮廷に出没した情報は今までなかったことから、宮廷勤めならば夜菊（よぎく）の不可侵領域だと、ぬるま湯に浸る気持ちで悪事を働いていた者たちが、心を改めるか、もしくは宮廷を去るだろうということだった。

ただし、岩准（ガオシュン）の財力に目がくらんだ深華門（しんかもん）を司る宦官たちは夜菊（よぎく）云々の前に皆、清流亭により粛清された。不思議と、今回粛清されたのは、以前後宮に刺客を招いた宦官たちと交代になった新入りではなく、総龍帝（そうりゅうてい）の代から緋天城（ひてんじょう）を守る、いわば古株の宦官たちだった。だが、夜菊（よぎく）登場の話題にはかなわず、それが話題に上ることはなかった。

「さぁさぁ、縁起物！　縁起物！　硝子の菊の置物ですよ！　これを飾れば厄は落ち、災いは遠ざかって、貴女をお守りする、大変縁起のよい品物でございます！」

そして、淑妃誘拐事件から、十日。

点賛商会の郭――もとい、ややこしい誘拐騒動を引き起こしたお騒がせな姉は、商人のふりをして、商いの場に立っていた。一鈴は青空の下、そのたくましい商売根性に呆れるようにしてその姿を眺める。

あれから、淑妃項明明はこれまでどおり弟が担うこととなった。危険を伴うが、廉龍との連携や、郭星星の商いなど、後宮でこれまでどおり関わっていくには、現在のかたちのほうが都合がいいらしい。そのままでいれば安全だろうにと思うが、双子の決めた選択だ。自分が口を出す筋合いはないかと、一鈴は思い直す。

伸びをしてから花の蜜を吸う小白を自分の服に戻し、雲嵐を伴いながら踵を返そうとすると、後ろからゆっくりと明明がやってきた。明明は「皇貴妃様と話をしたいです」と雲嵐に声をかけた。

「お前この間大変だったな、なんかあったら言えよ」

雲嵐はすんなり頷く。美貌の力……というわけでもなく、いつも厳しい眼差しには同情の色が浮かんでいる。そういえば、明明は雲嵐に自分の素性をとても悲劇的に語っていた。あの話を、いまだ信じているのかもしれない。雲嵐は明明の宦官とともに、周囲の警戒を始めた。

一鈴自身、周囲に部外者の気配は感じない。

「ぼくに続いて、姉さんを助けてくれてありがとう。礼を言うよ」

ふふん――と気取った調子で明明は微笑んでくる。それが礼を言う態度かと思うものの、一鈴は礼を求めていなかった。誰かからの感謝なんて、欲しくはない。

「別に、助けたつもりはないです。もともと、岩准(ガオシュン)は生きている以上、悲しみを生み出す存在ですから」

「侠客のような心持ちをもっているんだね。本当に夜菊(よぎく)みたいだ」

「え」

明明(ミンミン)の言葉に、一鈴(イーリン)は顔をひきつらせる。その一方で、明明(ミンミン)は困ったように。

「ああ、別に君を夜菊(よぎく)と思っているわけではないよ。でも、岩准(ガオシュン)を討ったのは、夜菊(よぎく)……って片付けられているでしょう？　目立ちたくない君には都合がいいことかもしれないけどね」

そう――豪商を討ったのは夜菊(よぎく)、と片付けられた。

一鈴(イーリン)がやったことに変わりないが、何者かに岩准(ガオシュン)が襲われた、犯人が分からない――調べよう――と動かれるよりまだ『まし』ではないかと、特に否定もせずごまかしている。

一方明明(ミンミン)や雨涵(ユーハン)たちは、一鈴(イーリン)が岩准(ガオシュン)を倒したと知っているが、『一鈴(イーリン)は密偵なので隠密行動は必須。そのため自分の手柄ではなく、夜菊(よぎく)のおかげと処理している』と、受け止めたようだった。

二重にも三重にもややこしくなっている状況に、一鈴(イーリン)は辟易とする。

最初こそ雨涵(ユーハン)の誇大妄想に苦しめられていると思っていたが、こうしてかなり助けられている面もある。衣装や面のこともだ。今回、それらがなければ廉龍(リーロン)と遭遇し、一鈴(イーリン)の人生は終わっていた。

「僕、最初は君のことを、疑っていたんだよ。皇帝を殺す刺客じゃないかって。本当に馬鹿な考えだったんだけど」

馬鹿じゃない。一鈴(イーリン)は思う。

廉龍(リーロン)を殺すことを命じられて、一鈴(イーリン)はやってきたのだ。回り道ばかりして、ろくな情報も得られないが、使命を忘れたわけではない。それ故に、明明(ミンミン)の冗談交じりの振る舞いに顔を引き攣らせた。

「それに、僕は聞いたんだよ。岩准(ガオシュン)が後ろ暗いことをしていても、表の螺淵(らえん)で影響力を持っていたのは、廉龍(リーロン)と距離の遠い、高官たちと繋がっていたかららしいんだ。岩准(ガオシュン)がいなくなったことで、奴隷として囚われていた女性たちが解放されたのはもちろんのこと、晴龍帝(せいりゅうてい)も政がやりやすくなったんじゃないかな」

明明(ミンミン)は平然というが、一鈴(イーリン)は戸惑った。

ではあれか、自分は邪悪を滅ぼしながらも並行して、晴龍帝(せいりゅうてい)に力を貸すことになったのか。

後宮に入って助けた虎は、廉龍(リーロン)の飼っている虎で。

礼を言ってきた宦官(陣正)は廉龍(リーロン)の恩人か何かで。

見捨てられなかった妃に泣きつかれ、手を出した相手は廉龍(リーロン)となにか協力関係にある女装妃(明明)で。

極めつけに、今回殺した相手は廉龍(リーロン)の敵(岩准)。

自分の行動が全て廉龍(リーロン)に直結していることが、一鈴(イーリン)は非常に恐ろしくなった。このなかのうち、誰かが余計なことを話せば、自分の任務は終わってしまう。そもそも一鈴(イーリン)には、雨涵(ユーハン)という、度し難い、いつ何を語りだすか分からない急所が存在している。

でも。

廉龍(リーロン)は果たして凍王(ドンワン)なのか。

総龍帝(そうりゅうてい)を殺したのか。

そもそも……死んだほうがいい悪人である岩准(ガオシュン)は、廉龍(リーロン)と距離が遠いという。

思えば岩准は利己的な人間だ。螺淵で甘い蜜を吸っていたが、金のためとはいえ、明明を強奪なんて、強硬な手段を何故取ったのか。

——もしかして、螺淵で商売が出来なくなった、もしくは、螺淵を出る予定だったから？

明明を、皇帝の寵妃を奪えば、当然螺淵にはいられない。岩准がそこまで短絡的に動くとも思えない。前提として「螺淵ではもう商いをしなくなる」「他国に行く予定だった」と考えれば、腑に落ちる。

それに、あの悪趣味な五両編成の馬車も、まるで夜逃げのようだった。

「思いやりの強い君に、一つ忠告があるんだけどね」

岩准と廉龍の関係について考えていると、明明が静かに言う。

「忠告？」

「うん。母妃香栄様には、気をつけたほうがいいよ」

「陛下と距離があるからですか。総龍帝のことで」

一鈴は問う。すると明明は首を横に振った。

「君には言ってなかったけど、僕らの実の母親は、後宮の妃だったんだ。姉さんは知らないけど。総龍帝の代で……賢妃だった。僕らを産んでから、妃になったかたちだけど」

「え」

総龍帝の代の妃は、皆、後宮を出されている。しかし明明たちは、項家の養子に入ったと聞いていた。父親が、死んで——。

「では、その、賢妃様は」

一鈴が言葉を返すと同時に、ざぁっと爽籟が吹き抜ける。

「殺された」

明明が、冷ややかな眼差しで言う。

「犯人は、分かってる。母后香栄様が――僕らの母親を、殺したんだ」

❀

東抉の豪商、岩准の訃報が柳丞相の耳に入ったのは、明明を引き渡した翌朝のことだった。

明明を入れていたはずの馬車は開け放たれ、周囲には何人もの女子供の足跡がついていて、あろうことか――菊の花びらが添えられていた。

夜菊が、岩准を粛清したのだ。今まで夜菊は、緋天城のそばで殺しをすることがなかった。そもそも夜菊が狙うのは、悪人であっても国とは遠い者、黒幇が多い。王朝に詳しくないか、身分が低く黒社会には精通している人物だろうというのが丞相の見立てで、つまるところ、緋天城に入ってくることはないと考えていた。

しかし、夜菊は岩准を殺した。

夜菊が悪を許さず、清い螺淵を目指し動いているならば、確実に自分の元へやってくる。

居ても立ってもいられず、柳丞相は梅花宮に急いだ。

突然の申し出にもかかわらず、香栄は柳丞相を応接間に通してくれた。

「岩准様、殺されたのですって」

丞相が手帕で汗を拭っていると、香栄が言う。

「はい……項明明は、誰が殺したか見ていないとのことです」

「ふふ。明明さん恐ろしい光景を見なくて、運がいいわね。それに、岩准様が運んでいた女性たちも、売り飛ばされる寸前で助かるなんて、素敵な幸運だわ」

香栄の表向きの嘘に合わせて、柳丞相も相槌を打つ。士官から聞いた話では、岩准はどうやら、螺淵を発つ予定だったらしい。最後の仕入れとして、項明明の嫁取りを希望したようだった。しかし――何故か計画を変え、非合法な手段に走ったようだった。

「宝石はすべて回収できたと聞くし、思わぬところからお金が降ってくるものね。そう思わない？」

「そ……そうですね……」

「葬列はどうしましょうか。盛大なものになるでしょうから、爆竹を大きく鳴らしても構わない場所……海なんていいわね。螺淵に尽くしてくれたからと、ある程度口を出しても、感謝されるでしょうし」

突然の死に、驚いていないのか。柳丞相は確かに岩准に死んでほしいと思っていたが、夜菊が討ったと聞いて、一抹の不安を抱いていた。自分のところにもやってくるのではないかという不安だ。狙われる心当たりがないわけではない。しかし悪事が明らかになっていないのなら、狙われる道理もない。そう信じながら、香栄のもとにやってきた。

なのに香栄は、夜菊を気に留める素振りがない。

現在の香栄は政治に口を挟まないが、過去の功績から宮廷内外に強い影響力を持っている。性別の差、というのもあるのかもしれない。権力者は皆男だ。大尉も御史大夫も、宦官も、自分の道の先が香栄（シャンロン）に妨げられることもないとわかると、下手に意を唱えるより、黙っていることで恩を売ろう、気に入られようと動いた。

その息子である廉龍（リーロン）は、総龍帝（そうりゅうてい）の築き上げてきた螺淵（らえん）を尽く破壊し、丞相である柳（リュウ）を脅かす敵だ。

そして、香栄（シャンロン）にとって廉龍（リーロン）は息子であるが、愛おしい夫である総龍帝（そうりゅうてい）を殺した男でもある。複雑な勘定があるだろう。

だから、廉龍（リーロン）を押さえるために、香栄（シャンロン）の力は必要で、良好な関係を築くべきだ。

香栄（シャンロン）との関係を築いてきた自分は有利だ。なのにどうしてか、香栄（シャンロン）から薄ら寒いものを感じる。

「でも、本当に良かったわね。柳（リュウ）丞相」

「な、なにがですか」

香栄（シャンロン）に声をかけられ、柳（リュウ）丞相はハッとした。長い間、考え事をしていたようだ。時間がどれほど経っていたか、分からない。今まで話しかけられ空返事をしていたのか、それとも香栄（シャンロン）が自分を観察し、機会を伺った末に話しかけてきたのか。

「岩准（ガオシュン）様が死んで」

香栄（シャンロン）はにこやかなまま話す。

「ど、どうしてです」

そう返すのが精一杯だった。

「だって、奥様のことで、融通してもらったのでしょう。私も同じですもの。ちょっとね、秘密のお買い物をしたのだけれど、人の耳に入ってしまったら、いつその口から秘密が漏れるか、やっぱりひやひやするじゃない？」

ふふふ。香栄はいつものとおり笑う。

ひた隠しにしていた秘密が、誰に言ったわけでもないのに洩れている。

香栄は、何を目的として緋天城に立っているのか。何を成そうとしているのか。

柳丞相は何一つ分からない。窓の外では、真実を覆い隠すように、光を通さぬ雲が流れている。

「明明さんが高く売れたときにその分け前を貰うより、岩准様に死んでもらったほうがずっと大きなお金が動くでしょう。岩准様から死ぬ前に受け取った結納金に、岩准様の遺産、死ぬ前も死んだ後も国に貢献してくださるなんて、素晴らしい方だわ。早逝なんて、もったいないくらい」

――ねぇ、柳丞相。

香栄が、無垢な瞳を向けてきた。その瞬間、恐怖によって背筋が凍る。

「……香栄様は、何が目的なのですか」

聞いてはいけないと理解しながらも、祈るような気持ちで問う。

目の前の女は、少女のようでありながら魔性を秘めた瞳に、月を描いた。

✿

後宮に再び襲撃者が現れ、しばしの間どこの宮殿でも、大規模な身辺調査及び、抜け穴等が調べられたが、細々とした役人の汚職は出てきても、抜け穴の存在はない――と判断された。

そうして、喧騒の日々が続いた中で、深浄天祭が開かれた。

空には色とりどりの提灯が並べられ、後宮の大路では、踊り子たちが舞を披露している。

虹彩湖にも水に浮かぶ丸い灯りが浮かべられ、四花妃や縁延宮の妃は、一人ひとり提灯を持ち、湖に浮かべていた。

皆、落ち着いた表情だ。死者を弔うものだからと、雨涵も今日は静かだった。

一鈴も皆にならい、提灯を浮かべる。そばでは明明が躑躅の描かれた提灯をながしているところだった。

──僕らの母親を殺した。

その言葉が本当なら、香栄は人を殺した。ということだ。

そんなふうには見えなかったが、香栄の底知れなさの正体が、少しだけ分かった。

その身一つではとうてい抱えきれない、殺意。

それを、想像できないほどの意思で抑え込んでいる──故の底知れなさ。

思案しながら水に触れていると、ふいに白檀の香りがした。

同じように提灯を持つ香栄が、一鈴の隣に立った。

「一鈴さんは、お母さんのことを考えているのかしら」

「え」

問われ、間を置いてしまう。父も母も存在しないが、後宮では母を早くに亡くしたことになっていることを思い出し、「まぁ」と手短に応える。

「それは、総龍帝様に向けて……ですか」

一鈴(イーリン)は尋ねる。香栄(シャンロン)のもつ提灯は、純朴な花が描かれたものだ。皇帝を思う提灯とは不釣り合いな気もするが、香栄(シャンロン)から見た印象かもしれない。

「いえ？　だってあのひとのは、もう用意があるでしょうから」

香栄(シャンロン)は、やや白けたように言う。

一鈴(イーリン)は瞬時にまずいとわかったが、特に香栄(シャンロン)は責める素振りもなく、「ほら、祈らないと」と一鈴(イーリン)に促した。

一鈴(イーリン)は、提灯に目を向け、心の中で祈る。

――いつか。螺淵(らえん)の悪逆の全てを絶ったあと。

――深い地の底で、貴方たちが、安らかであることを祈りながら、私は苦しみ続けます。

――だからどうか、もう少しだけ、私が生きていることを赦していてください。

もうずっと前から決まっている覚悟を胸に、空を仰いだ。

自らの果てを――夢見て。

❀

深浄天祭が虹彩湖(こうさいこ)で開かれ、空と水に提灯が浮かぶ頃。

廉龍(リーロン)は天龍(てんりゅう)の間(ま)で、一人窓から虹彩湖(こうさいこ)を眺めていた。しばらくして懐から、かつて幽津(ヨウチン)遠征で、夜菊(よぎく)から受け取った根付を握りしめ、お守りのように自分の胸にあてる。

幽津(ヨウチン)遠征で地獄を見たあの日、廉龍(リーロン)は夜菊(よぎく)と言葉を交わした。

鼓膜が破れ、音なんてほとんど聞こえなかった。目に血が滲み、唇の動きはうっすらとしていた。

でも、声がなくとも、唇の動きで相手の言葉は分かる。

『どうしたら、お前のように強くなれる』

廉龍（リーロン）は、夜菊（よぎく）の強さを目の当たりにして、そう訊いた。

『強くなんてならなくていい』

でも、望む答えは得られなかった。

『私の強さは、数多の亡骸を生む。だから私は、この螺淵（らえん）を綺麗にした後死ぬ。一人残らず、悪人を殺した後に』

それどころか、あまりにも酷い果ての算段を、夜菊（よぎく）は口にしたのだ。

『どうして、悪人と戦ったなら、その分幸せになるべきだろう』

『戦ったからだよ。人の命を奪ってるんだ。悪人が相手でも。だから、私は光のもとを歩いちゃいけない』

『ならばお前の幸せはどこにある』

『ここにある』

夜菊（よぎく）は、懐から小刀を取り出した。

それはかつて、廉龍（リーロン）が少女に渡したものと、同じものだった。

こんな世界にいたくないと全てを投げ出した果てに出会い、自分よりも弱く報われない存在を見つけ、守ってやらねばと、こんな存在を守るために自分は生まれたのではと、考えることが出来た少女こそが、夜菊（よぎく）だった。

『かつて、私を助けてくれた人が、渡してくれた。この世界にいい人間なんて一人もいない。誰も助けてくれない。そう思っていた。でも違った。これを渡してくれた人がいた。私を助けてくれた人がいた。私の神様だ。神様が、きれいな世界に住んでいるなら、私はいいんだ』

『……一人地獄に落ちてもか』

『ああ』

『なら、俺も一緒に落ちる』

寄り添いたいと、思った。

共に冥闇を望もうと、心の底から。

『ならばこの螺淵（らえん）が綺麗な世界になったら、その時は、俺を殺せ』

『馬鹿なことを言うな』

『馬鹿なことじゃない』

廉龍（リーロン）は願うように言った。

『馬鹿なことじゃない』

誰かに期待することは、とうの昔にやめていた。

でも、期待せずにはいられなかった。目の前の、自分が作り出してしまった、悲しくて、どうしようもないほどに、苦しい存在に。

『お前を一人にはしない。一人で螺淵（らえん）を綺麗にしようとするな。俺も、する。だから』

廉龍(リーロン)は、夜菊(よぎく)の腕を掴む。

そしてかつて少女に伝えたときと同じ言葉を発した。

夜菊(よぎく)は廉龍(リーロン)の言葉に思うことがあったのか、それともかつて隠剣を渡したのが、目の前にいる男だと気づいたのか、分からないが、戸惑っていた。

『殺されなければな』

最後に夜菊(よぎく)はそう言うと、廉龍(リーロン)の元を去っていった。

だから、目的を果たすまで――絶対的な皇帝として、晴龍帝(せいりゅうてい)として、立たなければいけない。

この螺淵(らえん)を、悪人が一人たりとも存在しない美しい場所にしたあと、最後に残った邪悪な存在として、自分が消えることで初めてこの世界は、完成する。

そうしなければ、生まれてきた意味がない。

生まれてきたことが、悪しきことだったのだから。

自分という存在そのものが、夜菊(よぎく)を生んだ罪だから。

特別書き下ろし番外編

掴みて繋ぎ手

「さっ、蓮花宮に行きましょう！　陣正！」

「はいっ」

賢妃雨涵は、蘭宮の門の前に立ち、陣正に微笑みかけた。

晴れ晴れとした青い空が広がり、朝日が濡れた地面を照らしている。

「昨日は大雨でしたが……今日は綺麗に晴れて良かったですね」

「陣正！　昨日も世界は美しかったわ！　雨粒がひとつひとつ、建物の光を反射していたもの！」

「雨涵様……」

「あっごめんなさい陣正、押し付けるつもりはなかったの！　陣正は晴れが好き、私は、晴れも雨も好き……」

「いえ……俺は、雨も美しいと、思いますよ」

優しい声に、雨涵は嬉しくなりながら、陣正と空を見る。誰かと同じ景色を見ることは、嬉しい。

それが、鏡片越しの世界を手にして、知ったことの一つだった。

雨涵の視界は、物心ついたときからぼんやりとしていた。色は分かれど、物の輪郭すら定まらない。

自分の手も、鼻先ほどに近づけてようやく指と指の境が識別できた。

光と色が分かるのに、その物がどうあるか知ることが、とても難しい。雨涵は手にとって触れて、音を聞いたり、匂いを感じたりして、自分なりに視野を広げていった。

しかし日々の生活は、困難の連続だ。暗い道は天と地の区別すらままならず、色が似通った場所……自然豊かな森に入れば、自分がどこから来たのか、どうすれば家に帰れるかすら、わからなくなってしまう。自分の目の前の道が、どこに続いているか分からない。どれほど歩けば、どこにいくのか、そのすべてが分からない。

他人にとっては平坦な道も、雨涵（ユーハン）にとっては、とてもとても、険しい道になるのだ。

しかし、雨涵（ユーハン）がその足を止めた時。必ず父、母、そして三人の弟と、二人の妹——雨涵（ユーハン）の家族の誰かが、その手を取って導いてきた。

見えない自分を支えることは、とても大変なことだろうと、雨涵（ユーハン）は思う。けれど家族は、申し訳無さそうにする雨涵（ユーハン）を励まし、いつだって共に歩こうとしてくれた。雨涵（ユーハン）が歩く道を、優しい道にするために、家族は険しい道を歩くことすらあった。そうして、自分の代わりに怪我をする家族のため、雨涵（ユーハン）は傷の手当てが得意になった。見えなくても、簡単な止血や、消毒が出来るようになった。

だからこそ、総龍帝（そうりゅうてい）より水路工事を任されていた父が、その金を私欲のために使い果たしたと謂れなき罪をかけられ、家が没落したとき、雨涵（ユーハン）は思ったのだ。先行きが見えない不安に苛まれる家族を、今度は自分が支えなければと。住んでいた屋敷も、家財道具もほとんど没収され、罗（ルオ）家は身一つで辺鄙な土地へ送り出されたが、雨涵（ユーハン）は見えないながらも、家族のために内職をし、家族を支えようと尽力した。

けれど、どこかで限界も感じる。ただでさえ、自分は狭い世界に生きている。

見えない自分が、家族の負担になってしまってはいないだろうか。

自分がいなくなれば、家族の生活はもう少し楽になるのではないか。

物食べる口がひとつ減れば、そのぶん、家族の空腹は埋まるのだから。

優しい家族にはとても言えないが、思い悩む日々が続いていた頃。緋天城から、雨涵を賢妃として迎えるとの命が下った。

自分の家は、すでに没落し貴族の家ではないのに。

でも、妃になれば支給金が出る。内職よりも家族にお金を入れられる。

好機だと感じる雨涵とはよそに、家族は不安そうにしていた。雨涵はただただ賢妃に空き枠が出来たからとばかり思っていたが、その実、緋天城で第一皇子廉龍による父殺しが行われ、新しき皇帝となった廉龍により後宮が一新された状態で、雨涵に招集の命が下ったからだ。

「殺されに行く必要はない」

「皆で逃げよう」

家族は雨涵を説得したが、雨涵の意思は変わらなかった。

家族のために、後宮に入る。そして家族を助ける。

雨涵は、家族のために後宮入りした。

深華門に隔てられながらも、同じ空の下では、家族が確かに存在していると感じながら。

「今日は詩歌ですよね？　一鈴様にお伝えするのは……」

雨涵が蓮花宮に向かう橋を渡っていると、隣を歩く陣正が問いかけてきた。

「そうよ！」

雨涵（ユーハン）は詩歌の歴史や、一鈴（イーリン）が興味を持ちそうな詩歌を、一生懸命覚えた。

一鈴（イーリン）は、後宮でみんなを守る仕事をしている。

妃やみんなの困りごとを探して、解決する仕事だ。皇帝の命令で、あまり螺淵（らえん）のこと、視力に問題はない……それどころか、よく見えているはずなのに皆が知っていることを、知らない。それはつまり、仕事が忙しくて、見てこなかったということだ。楽しいこと、素晴らしいこと、美しいもの。そのことごとくが詳しくない。

だから、教えてあげたい――と思っているし、陣正（ジエンジャン）にもそう伝えているけれど、他にも理由がある。

一鈴（イーリン）は、雨涵（ユーハン）や他の者が感謝すると暗い顔をする。とても悲しそうな顔を。

その表情は、雨涵（ユーハン）が家族の身を案じ一鈴（イーリン）を殺そうとして、出来ず、自分の無力に泣いていた時に垣間見たものと同じだった。

お礼を言われることは嬉しいこと。言えることも、嬉しいこと。

なのに一鈴（イーリン）は、感謝されるたびに、悲しそうな顔をする。

ずっと疑問に思っていたが、見えないものを探るのには慣れている。一鈴（イーリン）の声や、その人となりにぼんやりと触れて、やがて気付いた。

一鈴（イーリン）には、何らかの後ろめたさがある。

だから、感謝されることを恐れている。

理由はたぶん、強いから。幽津（ヨウチン）の英雄とも呼ばれる陣正（ジエンジャン）を倒してしまうくらいには。

脅迫されていた頃は、自分を脅迫していた存在が、元々軍人で、皇帝の危機を救った存在だと分からなかったが、陣正（ジェンジャン）はとても優秀な兵士だった過去があり、その腕もなまってない。なのに、一鈴（イーリン）はただ呼吸するように倒してしまった。

一鈴（イーリン）の強さに対して、おそらくその強さを間近で感じたであろう陣正（ジェンジャン）は「あそこまで強くなるために、いったいどれほどの痛みを負ったんでしょうね」と、どこか自嘲気味に言っていた。

少しずつ、一鈴（イーリン）の輪郭をおぼろげに手繰り寄せて、想像する。

一鈴（イーリン）は、誰かを守るたびに傷ついているのかもしれない……と。

人間は間違う。つまり、助ける仕事を続ける限り、助けられない存在を目にすることもある。

家族を殺すと脅された自分のように、襲いかかっている相手を、向かい打たなければいけない。

それが一鈴（イーリン）に与えられた仕事で、一鈴（イーリン）はその役目を果たしながら生きていこうとしている。

本当は家族と離れたくない。後宮入りすれば家族にお金を入れることができる。そう思って後宮入りした雨涵（ユーハン）は、その気持ちが少しだけ分かる気がした。

なんとか自分に与えられた役目を果たそうと。今を生きている。

でも、だからこそと、雨涵（ユーハン）は思うのだ。

一鈴（イーリン）は戦っている。確かにそれは人を傷つけたことだ。でも、一鈴（イーリン）は同じぶんだけ、誰かの悲しみを癒したのではないかと。

そうした結果の、一部分だけを見続けて、俯いてしまうなんて勿体ない。

生きているのに……きちんと見えるのに、罪悪感から世界の良さを視界にうつすことができないなんて勿体ない。

人の悲しみや苦しみ、それらを生み出すものと戦っているはずの一鈴（イーリン）は、そのぶん、もっともっと、守った景色の素晴らしさを、沢山見ていくべきだ。

そして、一鈴（イーリン）が、誰かを傷つけるだけではなく守っているのだと、知ってほしい。

この素晴らしい世界を、眺めても大丈夫なのだと、わかってほしい。

あなたが守った世界は、あなたのおかげで、こうして光溢れていることを、伝えたい。

「一鈴（イーリン）！　おはよう！」

晴天の下、夏の日差しに負けること無く駆ける雨涵（ユーハン）は、蓮花宮（れんげきゅう）の中庭に佇む一鈴（イーリン）の姿をはっきりと捉えた。後宮に入る前はぼんやりとした視界だったから、雨涵（ユーハン）は家族の顔を知らない。後宮に入った以上、その腕を引くのは、夢のまた夢だ。それは痛いほど分かっている。でも、後ろは向かない。その分、一鈴（イーリン）は誰かの手を引いていたい。

「今日は天気がいいから！　外で詩歌を詠みましょう！　知らなくても大丈夫！　教えてあげる！」

雨涵（ユーハン）は一鈴（イーリン）の腕を掴んで、引っ張っていく。

今日も世界にはこんなにも光で溢れているのだから。

あとがき

いつもお世話になっております。稲井田です。後宮花箋第二巻、いかがでしたでしょうか。一鈴と廉龍を主軸とした、後宮の出来事が少しずつ明らかになっていく巻です。なかなか難しい場面ですので、お礼を……。

素敵なキャラクターデザイン、カバーイラスト、挿絵を描いてくださった藤実なんな先生、「悪役令嬢ですが攻略対象の様子が異常すぎる」の3巻から6巻、舞台と尽力してくださり、なおかつ「後宮物を」と後宮花箋執筆のご依頼のほか、後宮シリーズに尽力してくださった扶川様、太田様およびTOブックスの皆様。

デザイナー様、校正者様。

本作に関わってくださった皆様に、感謝申し上げます。

そして最後に、読者の皆様、誠にありがとうございます。

それでは。

【参考図書・サイト】

『随園食単』（袁枚／岩波書店）
『大奥と後宮愛と憎悪の世界』（石井美樹子／実業之日本社）
『宦官側近政治の構造』（三田村泰助／中央公論新社）
『皇帝と皇后から見る中国の歴史　中国時代劇がさらに楽しくなる！』（菊池昌彦／辰巳出版）
『史上最強図解仏教入門』（保坂俊司／ナツメ社）
『中華生活文化誌』（中国モダニズム研究会／関西学院大学出版会）
『中華料理の文化史』（張競／筑摩書房）
『中国絵画入門』（宇佐美文理／岩波書店）
『集英社版学習漫画　中国の歴史1中国文明のあけぼの』（春日井明・岩井渓／集英社）
『集英社版学習漫画　中国の歴史2秦の始皇帝と漢の武帝』（春日井明・岩井渓／集英社）
『集英社版学習漫画　中国の歴史3三国志と群雄の興亡』（春日井明・岩井渓／集英社）
『集英社版学習漫画　中国の歴史4隋・唐帝国と長安の繁栄』（春日井明・群山誉世夫／集英社）
『集英社版学習漫画　中国の歴史5宋王朝と北方民族の興隆』（春日井明・阿部高明／集英社）
『集英社版学習漫画　中国の歴史7明帝国と東アジア』（川勝守・井上大助／集英社）
『集英社版学習漫画　中国の歴史8清帝国とアヘン戦争』（川勝守・井上大助／集英社）
『中国料理の世界史　美食のナショナリズムをこえて』（岩間一弘／慶應義塾大学出版会）
『化粧の日本史　美意識の移りかわり』（山村博美／吉川弘文館）
『古代人の化粧と装身具』（原田淑人／刀水書房）
『古代中国の24時間－秦漢時代の衣食住から性愛まで』（柿沼陽平／中央公論新社）
『古代中国の日常生活　24の仕事と生活でたどる1日』（荘奕傑／原書房）
『伝統×現代　深化する中国料理』（國安英二・古谷哲也・荻野亮平／旭屋出版）
『新しい中国点心　生地からわかる基本とバリエーション』（吉岡勝美／柴田書店）
『地球の歩き方　世界の中華料理図鑑』（地球の歩き方編集室／学研プラス）
『中国茶&台湾茶　遥かなる銘茶の旅』（今野純子／秀明大学出版会）
CHINA HIGHLIGHTS
https://www.arachina.com/culture/crafts/gendiao.htm
昆虫エクスプローラ
https://www.insects.jp/index.htm
NHK 読む子ども科学電話相談質問まとめ NHK　らじる★らじる
https://www.nhk.or.jp/radio/kodomoqmagazine/detail/20180823_03.html
日本緑茶センター
https://www.jp-greentea.co.jp/
NGK サイエンスサイト　日本ガイシ株式会社
https://site.ngk.co.jp/lab/no28/

螺淵人物覚書

罗雨涵（ルオユーハン）

取得情報

年齢——十六
好きなもの——[redacted]
目標——立派な賢妃になること
夢——いつか自分でも本を書いて、未来の誰かに知識や今あったことを伝えたい
好きな食べ物——何でも好む

没落令嬢として

罗(ルオ)家はその当主が水路工事で謀反を起こしたことで、総龍帝により没落処分とされた家だ。しかし、新たに皇帝となった廉(リー)龍(ロン)により、賢妃として後宮入りすることとなった。本来ありえない処遇だが、没落し貧しくなってしまった家族のため、懸命に皇帝に近づく。幼少期から視力に問題があり、周りのことがよく見えない。故に若(ルオ)溪(シー)の謀り、脅迫と災難に囲まれても気付かず——

抑えられない熱意

一鈴(イーリン)を殺しかけた雨涵(ユーハン)だが、一鈴によって間一髪のところを助けられる。雨涵の目は、どんな高価な眼鏡であっても補正できないものであったが、一鈴が裏の世界で仕事をしている職人を紹介し、表では出回っていない眼鏡を手に入れた。新たな世界に心躍らせる雨涵は、本、楽器、手芸、詩、知的好奇心の赴くままに邁進する。そして、自分の世界を広げ、照らしてくれた人として、あまりものを知らない一鈴に善意で自分の知識を与えようと尽力し、影の世界を見る一鈴の腕を引く。その姿は強引としか言い表せないもので、一鈴も当然拒絶するが、一鈴とは相反する思惑を持つ小白の『裏切り』や、様々な要素が重なり、一鈴は振り払うことが出来ない。そうして、没落令嬢雨涵は、知らず知らずの間に、螺淵(らえん)で最も恐ろしい刺客である夜菊(よぎく)の腕を引っ張り、今日も光へ突き進んでいく。

螺淵人物覚書

项明明（シァンミンミン）

取得情報

年齢 ―――――― 二十五
好きなもの ―― 舞姉
目標 ―――――― 母親を見つけて[redacted]
夢 ―――――― 姉とのんびり自然豊かなところで暮らしたい
好きな食べ物 ― 刨冰（かき氷）

偽りの寵妃

美しい容姿と、艶やかな舞の名手である明明は、家格は全家に劣るものの、貴妃の結華より廉龍と心が近いとされていた。凍王の寵妃とも呼ばれ、本人もまともに口を聞くのは廉龍だけと徹底していたが、その正体は女装した男であり、項明明の弟、星星。養子に入った項家で、姉の明明は項家の実子の代わりに後宮に入る予定であったが、さらに自分が身代わりとして、姉すら騙し、姉の名を騙り後宮入りした。すぐに廉龍に正体を暴かれ、廉龍の思惑により協力関係を結ぶこととなるも、偶然が重なったことで若溪の謀りに遭い、処刑の危機に晒されてしまう。一鈴の機転により助けられ、さらには姉と予期せぬ再会を果たすことに。

共に歩む者

一鈴を皇帝の密偵と考える明明は、わざわざ皇帝にそのことを伝えない。さらに後宮で問題が起きるたび、一鈴の正体を知る者として、報告を行ったり調査を手伝ったりしようとするなど、協力に前向きだ。しかし、女装妃は、本来後宮に存在してはならぬ者。明明の素性が明らかになれば、明明はおろか、秘密を知る者も危ない。それでもなお自由に振る舞うのには、廉龍にすら伝えていない理由があり——

漫画配信サイト
CORONA EX
コロナEX
TO books
OPEN!!
詳しくはこちら！
https://to-corona-ex.com/

TOブックス
コミカライズ
連載最新話が
読める!
月額400円(税込)で
全作品が読み放題!

後宮花箋の刺客妃　二

2024年1月1日　第1刷発行

著　者　稲井田そう

発行者　本田武市

発行所　TOブックス
〒150-0002
東京都渋谷区渋谷三丁目1番1号　PMO渋谷Ⅱ　11階
TEL 0120-933-772（営業フリーダイヤル）
FAX 050-3156-0508

印刷・製本　中央精版印刷株式会社

ISBN978-4-86794-037-2

Printed in Japan